Zum Text:
Immer geht es um Beziehungen: die Partnerschaft, die auf der Kippe steht, und die eine neue Wendung durch ein gefährliches gemeinschaftliches Abenteuer erfährt, die langjährige scheinbar glückliche Ehe, die ein unerwartetes plötzliches Ende findet (Urlaube mit Clotilde), der one-night-stand, der sich als Irrtum herausstellt (Zimmer mit Küchenbenutzung), die unverhoffte Liebe eines für die Realitäten blinden jungen Mannes (Kaspers Reise nach Sizilien).

Aber gleichzeitig begegnen wir den faszinierenden Facetten von Landschaft und Kultur Südeuropas, von Südspanien (Extremadura, Zwillinge), Griechenland, Mallorca (Die Urkunde), Rom und Sizilien.

zum Autor:
Engelbert Manfred Müller, 1940 geboren, in Köln und Leverkusen aufgewachsen, war 40 Jahre als Lehrer an Volksschulen, Hauptschulen und Gesamtschulen tätig. Davon verbrachte er 9 Jahre an Schulen in Chile und Mexiko. Nach seiner Pensionierung 2003 tauschte er sein jahrelanges Malhobby gegen das Schreiben ein. In der Zeit von 2004 bis 2010 entstanden drei Gedichtbände, ein Band mit Erzählungen aus Lateinamerika, ein Band mit Erzählungen aus Südeuropa, ein Band mit Erzählungen aus Deutschland, ein Kurzroman und zahlreiche Kurzgedichte zu Bildern unter dem Titel „Wörter fürs Auge".

2015 erschien sein Erzählband „Das Auge der Stadt" im Buchhandel und 2016 sein Lissabon-Roman „Nur ein Schlüsselanhänger" sowie sein Erzählband „So nah und so fremd" mit Erzählungen aus Lateinamerika.

Engelbert Manfred Müller lebt seit 1982 mit seiner Familie in Bergisch Gladbach.

Extremadura

und andere Erzählungen aus Südeuropa

von Engelbert Manfred Müller

Bei der Gestaltung der Titelseite wurde ein Foto des Autors verwendet

Bibliografische Informationen der Deutschen Nationalbibliothek:
Die Deutsche Nationalbibliothek verzeichnet die Publikation
in der Deutschen Nationalbibliografie, detaillierte bibliografische
Daten sind im Internet über http:/ /dnb.dnb.de abrufbar.

© 2016 Engelbert Manfred Müller
Herstellung und Verlag:
BoD – Books on Demand Norderstedt

ISBN 9 783741 274145

Inhalt

Extremadura	7
Urlaube mit Clotilde	151
Zimmer mit Küchenbenutzung	177
Zwillinge	198
Kaspars Reise nach Sizilien	245
Die Urkunde	321

Extremadura

Man sah ihm an, dass ihm die Zuschauer überhaupt nicht behagten. Seine schwarzen Augenbrauen zogen sich über seinen kleinen runden Augen wie im Zorn in die Höhe und fanden ihre Fortsetzung in den Falten auf der Stirn. Dabei hielt er das scharfe Messer bereit um zuzustechen. Sein Kollege in seinem ochsenblutfarbenen T-Shirt hatte Schweiß auf der breiten Stirn und ein lustvolles Lächeln in den Winkeln des kleinen Munds, während er langsam und wie mit Sorgfalt in das rote Fleisch schnitt. Den Strohhut hatte er leicht in den Nacken geschoben, denn es war heiß unter der blauen Plane, die eigentlich vor der brennenden Sonne schützen sollte. Aber es hatte ja keiner mit dieser Bullenhitze im April gerechnet.

So sah man unter der Plane und durch ihre Ritzen hindurch, dass die Wiesen ringsum mehr gelbe als grüne Töne aufwiesen, was allerdings dem bunten Treiben keinen Abbruch tat. Junge Burschen auf kleinen hurtigen Pferden, die unter den Korkeichen her galoppierten, Kutschen mit ganzen Familien, die alle eine Fahne mit dem Bild des Heiligen mitführten, zu dem sie hier wallfahrteten, wie sie es nannten.Ein Stück weiter Buden, an denen fromme Andenken und allerlei kitschige Süßigkeiten verkauft wurden. Gleich nebenan eine runde Betonplattform, auf der wohl getanzt werden sollte. Die entsprechende Musik dröhnte schon aus den Lautsprechern. Sie hatte überhaupt nichts mit Wallfahrt und dem Heiligen zu tun, der hier verehrt wurde.

"Den müsst ihr unbedingt probieren. Der ist aus Jabugo. Der beste Schinken, den es in Spanien gibt", rief die muntere kleine Dicke, die neben dem düster blickenden Asketen stand, dem sie einen Plastikteller wie einen Heiligenschein über sein kurzgeschorenes dunkles Haar hielt.
"Was heißt hier von ganz Spanien? Der beste auf der ganzen Welt" ließ sich der nun vernehmen, wobei eine gewisse Begeisterung aus seinen schmalen, an den Winkeln nach unten gezogenen Lippen klang, die man ihm eigentlich gar nicht zugetraut hätte.

"Der übliche spanische Nationalismus," dachte denn auch Klaus, "darf man nicht so ernst nehmen," und machte sich an eine weitere Aufnahme der sonst so fröhlichen Gesellschaft, die ihn und Marianne eingeladen hatte, als sie mit neugierigen und begeisterten Augen dem lustigen Völkchen zuschauten. Eingeladen, auch Fotos von ihnen zu machen, als Klaus ein Foto von der Wallfahrtskirche mit dem üppig geschmückten Heiligen machte, und eingeladen, zu der langen Tafel zu treten, die sich bog von Schüsseln mit Salaten, Paella, verschiedenen Fleischgerichten und allerlei leckeren Suppen, Broten und leeren, halbvollen und vollen Flaschen mit Rotwein, auf einer langen geblümten Plastiktischdecke, deren Enden bis zum staubigen Boden herabhingen.

"Woher kommt ihr denn? Aus Deutschland! Ah, aus Deutschland, wo der Papst herkommt. Wir gratulieren."
"Ich weiß nicht, ob das ein Grund zum Gratulieren ist", konnte sich Klaus nicht enthalten, sarkastisch zu bemerken.
"Ja wieso das denn nicht?"
"Das werdet ihr schon merken, wenn er einige Zeit im Amt ist. Besonders die Frauen werden das schon merken. Er ist nicht so besonders für die Rechte der Frauen in der Kirche."
"Jetzt halt dich doch mal ein bisschen zurück!" raunte ihm Marianne leise zu. "Du kennst die Leute doch noch gar nicht."
Denen machte die Bemerkung aber gar nichts. Mehrere Frauen lachten, und eine, die etwas rundliche, die sich später als Maria vorstellte, meinte lediglich: "Wir lassen uns nicht unterkriegen. Wenn der uns runtermachen will, rücken wir ihm auf die Bude. Dann machen wir eine Wallfahrt nach Rom."
"Genau, und dann zeigen wir ihm mal, was ein richtiger spanischer Schinken ist", rief eine andere, deren eigene Schinken auch nicht zu verachten waren, wenigstens, was ihren Umfang und ihre Beweglichkeit anging. Wieder fröhliches Lachen der ganzen Gesellschaft, wenigsten der meisten. Drei oder vier Perso-

nen, darunter der, den sie Juan nannten, lachten aber nicht mit.

Als Juan jetzt den Schinken in so übertriebener Weise gepriesen hatte, stand ihm der Stolz in seinem strengen, fast düsteren Gesicht.
"Juan will mal wieder die ganze Welt erobern", wurde er denn auch sogleich gefrotzelt.
"Juan, dieZeit der Conquista ist vorbei! Es gibt keine Pizarros und keine Cortez´ mehr. Und sogar du hast kein Streitross mehr, sondern nur einen kleinen Seat."
"Genau, nicht mal eine Rosinante wie Don Quijote!" rief einer laut, während Maria in versöhnlichem Ton ergänzte:
"Juan, vielleicht findet sich aber endlich mal eine Dulcinea, die deine Kampfeslust in friedliche Bahnen lenkt."
Juan brummelte nur noch unwirsch etwas in seinen schwarzen Schnurrbart, was aber im allgemeinen Gelächter unterging.

Nachdem Marianne und Klaus mit vielen Ahs und Mms, die von den anderen schmunzelnd und mit Befriedigung quittiert wurden, einige Scheiben des köstlichen Schinkens probiert und ein paar Löffel von der Paella gegessen hatten, prosteten sich alle mit dem herben und feurigen Landwein aus Extremadura zu, und das Gespräch wandte sich wieder den beiden Fremden zu. Woher sie denn so gut Spanisch könnten, wollten sie wissen.

"Marianne ist Korrespondentin bei einer großen deutschen Chemiefirma und ich habe Spanisch in der Volkshochschule gelernt. Vor allem aber haben wir viele Urlaube in Spanien verbracht. Jetzt aber nach längerer Pause zum ersten Mal wieder. Und dieses Mal nur in Extremadura. Das kennen wir noch nicht."
"Bravo! Bravo! Die schönste Gegend von Spanien!"
"Mit den schönsten Frauen und den treusten Männern."
"Das musst du gerade sagen, Pedro!"
"Was soll das denn heißen! Ich bin allen Frauen treu, die ich kenne."
"Und dem besten Schinken in der Welt," meinte der Kollege von Juan, der nun noch mehr schwitzte, und tätschelte dabei die prallen Oberschenkel von Maria, die ihm prompt mit einer Mischung von Entrüstung und Freude im Gesicht auf die Finger schlug.
"Genau, von schwarzen Schweinen, die mit Eicheln aus Extremadura gemästet wurden", rief Juan, der das Intermezzo neben sich nicht mitbekommen hatte.
"Wie dieser herrliche Jabugo- Schinken hier."
"Jabugo liegt aber leider in Andalusien, du Trottel, und nicht in Extremadura", warf ein anderer ein.
"Aber fast in Extremadura", versuchte sich Juan zu verteidigen. Doch nun hatten sich die meisten wieder Marianne und Klaus zugewendet.

"Hier, Pilar kann auch Deutsch. Sie war voriges Jahr in Deutschland." Mit diesen Worten wurde eine schüchterne junge Frau von vielleicht 22 zu den Deutschen geschoben. Unter den langen dunkelbraunen Haaren leuchteten buckelförmige silberne Ohrringe, die ihr ein vornehmes Aussehen verliehen. Beim Lächeln zeigte sie blendend weiße Zähne.
"Bist du durch Deutschland gereist?" wollte Marianne wissen.
Zögernd antwortete Pilar: "Nein, ich habe da studiert."
"Ach ja, wo denn, und was denn?"
"In Passau. Jura."
"Und jetzt studierst du wieder in Spanien?"
"Nein. Ich studiere im Moment überhaupt nicht."
"Wie lange warst du denn in Deutschland?"
Nun wurde Pilar über und über rot im Gesicht.
"Ich habe es nur 3 Tage in Deutschland ausgehalten."
Überrascht fragte Marianne: "Das Essen? Hat dir das Essen nicht geschmeckt?"
"Doch, sehr gut."
"Oder die Leute? Waren die Leute nicht nett?"
"Doch, die waren alle sehr nett zu mir."
"Ja, was war es dann?"
Pilar mit leiser Stimme, wieder zögernd: "Ich habe das Land vermisst."
"Das Land?"
"Ja, das Land, und wie es hier riecht."
"Ich glaube, ich verstehe."
Sie trennten sich lächelnd voneinander.

Marianne sog bewusst den Duft ein, der auch hier noch den Geruch von Wein und von den verschiedenen Gerichten überlagerte, den allgegenwärtigen Duft von Schopflavendel und dem harzigen der weißen Zistrosen, untermischt mit verschiedenen Kräuterdüften, die über den kargen Wiesen unter den verstreut stehenden Kork- und Steineichen lagen, dazwischen manchmal ein Hauch von Pferde-, Esel-, Schaf-, Ziegen- oder Rinderdung. Ein Hauch von Freiheit, Loslösung aus der Enge der technisierten und zivilisierten Welt, in der sie in Deutschland lebte. Aber würde sie ihr bequemes und gleichzeitig abwechslungsreiches Leben tauschen wollen gegen ein Leben auf dem Lande? Ihre kulturinteressierten Freunde, ihre Reisen, Theater und Konzerte, die sie in Deutschland besuchte? Wohl kaum. Und Klaus doch schon gar nicht. Und ihre Berufe. Als Steuerberater könnte Klaus nur in Deutschland arbeiten. Ob er sich überhaupt einen anderen Beruf vorstellen könnte? Und sie, würde sie hier überhaupt einen Arbeitsplatz finden? Große Fabriken gab es hier wohl kaum. Wenn überhaupt, dann ja wohl nur in der Stadt. Und wäre es in Caceres oder Placencia so viel anders als in ihrer Stadt zu Hause?

"Wie geht eure Reise von hier aus denn weiter?" Der mit dem ochsenblutfarbenen T-Shirt und dem Strohhut stand plötzlich neben ihr

und warf einen verstohlenen Blick in den Ausschnitt ihrer weißen Bluse. Er stellte sich als Jaime vor.
"Unsere Reise? Wir wollen von hier zwei Tage nach Alcantara und dann fünf Tage in Trujillo verbringen."
"Das ist aber ein Umweg. Warum nicht sofort nach Trujillo? Trujillo ist eine wunderbare Stadt. Ich arbeite dort."
"Wir wollten eigentlich sofort dorthin. Dann erfuhren wir, dass dort jetzt Käsemarkt ist. Da ist uns zuviel Trubel. Und vielleicht würden wir auch kein freies Hotelzimmer finden."
"Ja, das stimmt. Und außerdem ist der Blick auf die schöne Plaza vollkommen von Buden und Ständen verstellt. Ich arbeite dort als Kellner in einem Restaurant an der Plaza. Ich würde mich freuen, wenn ich euch dort einmal begrüßen könnte. So schöne Leute aus Deutschland sieht man ja nicht alle Tage."
Er nannte Marianne und Klaus, der sich inzwischen auch dazugesellt hatte, sein Restaurant und zwei Hotels, die ihren Preisvorstellungen entsprachen, beide direkt an der Plaza. Dabei schaute er Marianne ungeniert in die Augen und hielt ihren bloßen Oberarm in der Hand.
"Ich liebe die Deutschen. Die sind viel freier als wir Spanier. Viel toleranter."
"Du meinst, da kannst du besser machen, was du willst", meinte Maria, die sich nun auch näherte und Jaime einen leichten Klaps auf den Hinterkopf gab. "Aber nimm dich in Acht! Ich habe gehört, die deutschen Frauen haben ihre

Männer noch mehr im Griff als wir spanischen Frauen."

"Wir müssen weiter", drängelte jetzt Klaus, mit einem scheelen Blick auf Jaime, "wir müssen ja noch ein Hotel in Alcantara suchen."

* * *

Gebannt von dem malerischen Anblick blieben Marianne und Klaus neben dem stacheligen Strauch stehen, hinter dem sie gerade hervorgetreten waren. Vor ihnen breitete sich eine bühnenartige Wiese mit einzelnen grauschwarzen flachen Felsbuckeln aus, dahinter eine Kulisse aus runden, quaderförmigen und buckelförmigen Felsbrocken, von einem höheren, senkrecht stehenden überragt, über dem mehrere Störche kreisten. Überall dazwischen grüne Büsche und einzelne Bäume. Und aus einer Öffnung im vorderen Teil der Szenerie ergoss sich nun langsam das hellere Graubeige einer Schafherde. Ein Hirte war weit und breit nicht zu sehen. Als sie genauer hinschauten, entdeckten sie auf den oberen Buckeln immer mehr Ansammlungen von kreuz und quer gesteckten Stöcken, darunter manchmal weiß herabfließende Streifen, der Kot der Störche, die dort ihre Nester gebaut hatten.

"Komm, wir schlagen einen Bogen nach rechts, um die Schafe nicht zu stören. Und dann versuchen wir, von hinten näher an die

Felsen mit den Nestern heranzukommen. Da kann man sicher schöne Fotos aus der Nähe machen."

Klaus zog Marianne, die noch immer gebannt auf das bezaubernde Bild schaute, hinter sich her. Dann auf schmalen Pfaden zwischen den Felsen, unter den Büschen hindurch, bis sie fast atemlos kurz vor einem Felsen mit mehreren Nestern standen. Marianne beobachtete einen Storch, der kerzengerade zu ihnen herüberschaute.

"Fast wie ein Philosoph, der die Welt betrachtet," dachte sie, und es störte sie ein wenig, dass Klaus, der zuerst nur zögernd fotografierte, weil er Angst hatte, die Tiere zu verscheuchen, nun immer schneller den Transporthebel an seiner Kamera betätigte. Wie der Storch grazile Schritte vorsichtig voreinandersetzt, wenn er auf dem Rand des Nests balanciert! Jetzt ist sein Gleichgewicht bedroht, und er kann es nur mit Hilfe seiner mächtig flatternden Flügel wiederherstellen. Und nun beugt er sich nach vorne, wie eine besorgte Kinderfrau und klappert. Irgendwie wirklich philosophisch, wie er jetzt mit erhobenem Hals, fast wie im Zorne, schaut. Und welcher Widerspruch zu diesem gravitätischen Verhalten, wenn sie unbeholfen landen! Als sie, ein paar Schritte weiter, ihre Beobachtungen Klaus mitteilte, gab der nur ein unwirsches Knurren von sich:

"Meinst du nicht, dass du in manche Sachen etwas zu viel hineinlegst?"

Sie ärgerte sich über diese Bemerkung. Er hatte doch nur Augen für seine Fotos gehabt. Aber eigentlich merkwürdig, wie das Schauen durch die Linse von einem wirklichen Beobachten abhielt. Vielleicht, weil er sich nicht unbefangen dem Augenblick hingab und stattdessen an seine spätere Schau beim Zeigen seiner Dias zu Hause im Freundeskreise dachte. Eben mehr Schein als Sein. Das hatte sie schon öfter im Verhalten von Klaus festgestellt, den sie jetzt seit sieben Jahren kannte.

"Sollen wir nicht langsam umdrehen? Sonst schaffst du womöglich den Rückweg nicht mehr!" Klaus wandte sich schwitzend zu Marianne um, als sie etwa eine Stunde durch das unwegsame Gelände in sengender Hitze gestolpert waren.
"Wieso soll ich das nicht schaffen? Lass das mal meine Sorge sein!"
"Ja, du brauchst ja keinen Rucksack zu schleppen."
"Ach so, du hast Angst, du könntest es nicht schaffen. Dann sag das doch gleich. Du kannst den Rucksack ruhig mir geben."
"Nein, nein, lass mal! Aber denk dran! Wir wollten ja auch noch das Vostell- Museum besuchen."
"Es ist doch erst eins. Wir haben den ganzen Tag noch vor uns."

Nach einer weiteren Stunde Wanderung sahen sie plötzlich den glatten Spiegel des Sees vor sich, die Ufer von Schilf umstanden und in der Ferne wie eine Vision die flachen rosa getünchten Gebäude des Museums, ein ehemaliges Schafschurgut, das der deutsche Fluxuskünstler Vostell aufgekauft und zu einem Museum umfunktioniert hatte.

"Schau dir das an! Mich erinnert das total an den Garten der Lüste von Hieronymus Bosch."
"Wieso das?"
"Na, erinnerst du dich nicht an das große Monument mitten im Garten der Lüste, aus phantasievollen pflanzlichen Einzelteilen zusammengesetzt. Und hier die friedliche Natur ringsum als Garten der Lüste."
"Findest du nicht, dass das ein bisschen weit hergeholt ist? Diese Plastik besteht aus Flugzeugteilen und mehreren kompletten Autos. Die moderne Kunst hat mit der Tradition gebrochen."
"Und an vielen Stellen trotzdem im Kontext der Tradition gearbeitet, mit Zitaten, mit Gegensätzen und Provokationen."
"Du musst mir aber auch immer widersprechen. Kannst du nicht mal meiner Meinung sein? Warum musst du mich immer kritisieren?" Klaus war jetzt richtig ärgerlich.
"Warum soll ich denn derselben Meinung sein wie du? Außerdem habe ich dich nicht persönlich kritisiert. Zudem hatte ich eine Meinung geäußert, mit der du nicht einverstanden

warst. Wenn also einer kritisiert hat, dann warst du es."
"Aber jetzt kritisierst du mich doch. Und übrigens: Du kannst ruhig mal meine Meinung übernehmen. Schließlich habe ich etliche Vorträge über moderne Kunst gehört, schon in Unizeiten und später in der Volkshochschule."
"Ach, muss man denn immer alles von anderen gehört haben? Kann man nicht auch mal selber etwas herausfinden? Du betonst doch so oft den Wert der Kreativität."

Klaus schwieg nun, nahezu verbittert, als sie den ersten Raum im Inneren des Museums betraten, wo ein großer amerikanischer Schlitten mitten auf einer großen Fläche stand, die mit Tellern bedeckt war. Rechts und links ragten rote Stangen wie Ruder aus dem Wagen heraus und bewegten sich auf kleinen tellerlosen Flächen inmitten der Tellerfläche, als hätten sie diese Stellen schon gesäubert. Die normale Funktion eines Autos völlig außer Kraft gesetzt: auf einer Fläche, die alles andere als eine Fahrbahn war, ein Lebewesen, das eine unverständliche Mischung zwischen Boot oder riesigem Käfer und Kehrmaschine darstellte, dazu noch die Rücklichter mit roten Schwänzen verziert, als handle es sich um ein groteskes Doppelpferd.

"Die Selbstverständlichkeit, mit der dieses Verkehrsmittel unsere Zeit beherrscht, außer

Kraft gesetzt, in Frage gestellt", entfuhr es Marianne spontan.

"Du hast sofort schon wieder eine Erklärung. So einfach ist das alles nicht", erwiderte Klaus.

"Ich habe einfach nur gesagt, was mir spontan in den Sinn kam."

Klaus ärgerte sich in Wirklichkeit, dass ihm so etwas nicht in den Sinn kam, musste aber wieder Marianne den Schwarzen Peter zuschieben: "Überhaupt müsstest du deine Spontaneität ein wenig zügeln."

"Wie meinst du das denn schon wieder?"

"Leuten gegenüber, besonders Männern, bist du auch oft so spontan. Etwas mehr Zurückhaltung wäre da gar nicht schlecht."

"Wie kommst du jetzt darauf? Und auf welche Situation beziehst du dich da?"

"Zum Beispiel auf die Situation bei den Wallfahrern. Der Kellner bildet sich bestimmt aufgrund deiner mangelnden Zurückhaltung schon wieder alles Mögliche ein. Hast du nicht seine unverschämten Blicke gesehen?" Marianne schwieg nun. Nicht, weil sie Klaus Recht gab, sondern weil sie langsam anfing vor Wut zu kochen. Was bildete sich Klaus eigentlich ein? Sie war doch nicht sein Eigentum! Sie waren zwar seit Jahren miteinander liiert, wie man heute sagte. Aber immerhin kein Ehepaar. Von Heiraten war auch nie die Rede gewesen. Also was sollte dieses besitzergreifende Getue! Beide waren seit langer Zeit geschieden, und jeder von beiden hatte einen neuen Partner gesucht, einen Partner vor allem um gemeinsam die Freizeit zu verbringen, Theater zu besuchen, in Urlaub zu fahren, Feste zu feiern, Freunde zu besuchen und - nun, auch noch etwas mehr als das. Aber jeder sollte gleichzeitig seine Freiheit behalten dürfen. Schließlich wohnten sie auch nicht zusammen, zumindest seit zwei Jahren nicht mehr, nachdem sie festgestellt hatten, dass die Vorstellungen für ein gemeinsames Wohnen doch zu sehr auseinandergingen. Und so hatten sie sich auch in der Zeitungsannoce geäußert, durch die sie sich kennenlernten. Schließlich waren ja beide aufgrund ihrer vorigen gescheiterten Ehen gebrannte Kinder.

Aber in letzter Zeit gingen ihr verschiedene Charakterzüge von Klaus doch immer mehr auf die Nerven, seine Ungerechtigkeit, sein Besitzergreifen und seine krankhafte Eifersucht. Hatte es denn überhaupt noch Sinn? Sie erinnerte sich nun auch wieder daran, dass sie sich vor dieser Reise gesagt hatte: Das soll jetzt ein Test sein. Wenn ich wieder enttäuscht bin, mache ich Schluss. Nur: Was dann? In ihrem Alter hatte man nicht mehr so viel Auswahl. Es dauerte ja auch immer eine Zeitlang, bis man sich gegenseitig kennengelernt hatte. Sie hatte zwischendurch schon zweimal mit ihm Schluss gemacht und versucht, Neue kennzulernen. Aber das Wahre war das auch nicht gewesen. Und sie wusste auch von Freunden, die seit vielen Jahren verheiratet waren: Man musste Kompromisse machen. Aber musste man sich deshalb alles gefallenlassen? Und es war ja vor allem so schwer, mit Klaus verbal auf einen gemeinsamen Nenner zu kommen. Jetzt musste sie erst mal wieder eine Pause im Dialog machen, um bei einer anderen, besseren Gelegenheit einen neuen Anfang zu versuchen. Wenn es denn noch Sinn hatte.

* * *

"Das ist Verrat! Schmählicher Verrat! Und da heißt es immer, die Deutschen sind treu und ehrlich, und man kann sich auf sie verlassen." Marianne und Klaus schauten erschrocken hoch von ihrem Essen, das auf dem kleinen Tischchen aus Blech vor ihnen stand. Jaime grinste sie breit von hinten an. Sie baten ihn sich zu ihnen zu setzen. Er hatte aber noch eine Verabredung. Heute hatte er seinen freien Tag, wie er sagte. Sie müssten aber unbedingt am nächsten Tag in sein Restaurant gegenüber kommen.
"Das ist auch viel besser," flüsterte er Marianne ins Ohr und beugte sich dabei sehr tief über sie. Dann war er verschwunden.
"Was war das denn jetzt schon wieder? Der ist doch ganz schön unverschämt", meinte Klaus und war gleich schon wieder in Fahrt.
"Nun beruhige dich doch. Gar nichts war los. Er hat mir lediglich, damit es hier keiner hört, sein Restaurant angepriesen."

Während sie ihre gefüllten Tomaten weiter verspeisten und dazu ein deftiges Bier vom Fass tranken, hatten sich mittlerweile alle Tische ringsum gefüllt, denn die Preise in diesem Restaurant waren recht angenehm, und außerdem hatte man diesen wunderbaren Blick auf die Plaza, die fast ringsum von arkadengesäumten Gebäuden aus ockerfarbenem Naturstein umgeben war, meist kleine Paläste, aber an einer Ecke die mächtige Kirche, zu der Treppen in zwei Absätzen hinaufführten, und davor das mächtige grüne Reiterdenkmal von Pizarro, dem Eroberer von Peru. Sie hatten allerdings im Reiseführer gelesen, dass es ursprünglich ein Cortez- Denkmal sein sollte, dann aber von dem amerikanischen Bildhauer, der es nicht loswerden konnte, als Pizarro-Denkmal an Trujillo verkauft worden war. Auf jeden Fall ein beeindruckendes Andenken an diese Hidalgos aus Extremadura, die in großer Zahl im 16. Jahrhundert die Neue Welt erobert hatten, für die spanischen Könige und im Namen des katholischen Glaubens, meist im Namen der Jungfrau von Guadalupe, so wie wenige Zeit vorher die Mauren aus Spanien in blutigen Kämpfen vertrieben worden waren, ebenfalls im Namen der Jungfrau, unter anderem der Jungfrau von Trujillo, deren Bildnis noch heute über dem Torbogen der Burg von Trujillo stand.

Und links von ihnen, nur ein paar Schritte entfernt, stand der Palast der Pizarro, allerdings nicht des Francisco Pizarro, der nach der brutalen Eroberung von Peru selber von einem Konkurrenten ermordet wurde, sondern von einem seiner Brüder, dem einzigen, der so klug war und es geschafft hatte, sich rechtzeitig aus Südamerika abzusetzen und sich mit der schönen Tochter seines Bruders, Enkelin des Inkaherrschers, in seine alte Heimat zurückzuziehen. Die Fassade glänzte mit einem Relief, das die Ecke zur Plaza zierte, und den Dachrand krönten etliche Figuren, die wohl Indios darstellen sollten, gleichzeitig eine exotische Mode und die selbstbewusste Darstellung der Siege, die er in dem fernen Land errungen hatte.

Während Marianne und Klaus gedankenvoll ihre Blicke über die Gebäude und den Platz schweifen ließen, die in einem warmen abendlichen Glanz lagen, erblickten sie plötzlich zwei Touristen, die sie an Aufmachung und Bewegungen sofort als Deutsche erkannten, obwohl der Kopf des Mannes durchaus auch ein spanischer hätte sein können, ein sehr schmales, fast asketisches Gesicht, mit spärlichen Haaren und einem grauschwarzen kurzen Bart. Sie kannten diesen Gesichtstyp aus El Grecos Bildnis des Begräbnisses des Grafen Orgaz. Als Marianne diesen Gedanken Klaus flüsternd mitteilte, nickte Klaus zustimmend, ausnahmsweise hatte er einmal denselben Gedanken gehabt. Die Frau mit halblangen blonden Haaren hatte ihre Blicke bemerkt und schaute zu ihnen herüber. Da nun alle Tische besetzt waren, war Mariannes spontaner Gedanke: "Die können sich doch an unseren Tisch setzen," und als sie das Klaus mitteilte, sagte er nicht gleich nein, obwohl er sich ein "Du weißt doch, dass das in Spanien nicht üblich ist!" nicht verkneifen konnte. Als sie dann erwiderte, diese Leute und sie selber seien aber doch gar keine Spanier, erhob er auch keinen weiteren Widerspruch. Und als Marianne ihnen freundlich lächelnd zurief: "Wenn Sie wollen, können Sie sich zu uns setzen," bedankten sie sich freudig und setzten sich neben sie.

Sie stellten sich als Birgit und Jürgen Hohkeppel vor und freuten sich, als sie hörten, dass Marianne und Klaus auch aus der Gegend von Köln stammten. Und noch größer war die Freude, als sie feststellten, dass auch sie Extremadura wegen seiner Landschaft und Natur bereisten und gleichzeitig Kunst und Geschichte dieser einsamen und noch wenig besuchten spanischen Region kennenlernen wollten. Kunst und Geschichte spielte vielleicht bei ihnen eine noch größere Rolle, da Jürgen Hohkeppel Architekt war. Wohl deshalb hatten sie ihre Reise außerhalb von Extremadura begonnen, nämlich in Toledo, um von dort aus auch den Escorial zu besuchen.

"Ein faszinierendes Bauwerk. Aber ich habe selten etwas gesehen, das so sehr den An-

spruch eines Herrschers auf Macht ausstrahlt. Schon fast faschistisch in seiner gewaltigen Einfachheit. Aber irgendwie auch schön. Ja, dieser Philipp der Zweite war schon ein merkwürdiger Mensch. Sympathisch sicher nicht. Düster und asketisch. Obwohl er ja ein Verhältnis mit der Herzogin Eboli gehabt haben soll. Da war sein Vater ein ganz anderer Mensch."
"Kaiser Karl der Fünfte, nicht wahr?" warf Klaus ein, der langsam etwas ungeduldig wurde, weil der andere ihm zu viel redete.
"Ja, Karl der Fünfte. Werden Sie auch seinen kleinen Palast besuchen? Das sollten Sie unbedingt. Yuste liegt ja noch in Extremadura."
"Natürlich werden wir das. Von Placencia aus."
"Sehr beeindruckend dieser Palast. Nicht wegen seiner Größe und auch nicht wegen seiner Pracht. Alles sehr einfach. Sehr bescheiden. Für den Mann, der der mächtigste Mann aller Zeiten gewesen ist. Ein Reich von Kap Hoorn bis Ungarn. Das muss man sich mal vorstellen. Die heutige EU ist davon nur ein kleiner Teil."

Klaus spürte bei sich selber ein wachsendes Unbehagen, weil der andere ununterbrochen redete. Er kam sich dann immer etwas minderwertig vor. Dabei war Herr Hohkeppel keine Schönheit mit seinem dünnen, fast zerbrechlich wirkenden Körper. Später erfuhr er allerdings, dass dieser Körper von großer Zähigkeit war und sportlich durchtrainiert, da er jeden Tag, auch im Urlaub, seine Joggingrunde lief. Und Haare waren auch nur recht spärlich vorhanden, nicht wie bei ihm selber noch ein voller Schopf auf seinem mittlerweile fast fünfzigjährigen Kopf, wenn auch die Farbe, naja...Auf jeden Fall konnte er mit dem wohl konkurrieren. Aber Marianne hing wieder wie gebannt an seinen Lippen, als hätte er ein Evangelium zu verkaufen. Wenn sie sich das doch mal abgewöhnen könnte! Er selber himmelte ja auch nicht gleich jede andere Frau an. Und Frau Hohkeppel war ja nicht gerade hässlich mit ihrem wohlproportionierten Körper und einem ansehnlichen Busen. Ihre Haare wiesen zwar schon ein paar graue Strähnen auf, waren aber durchaus attraktiv in ihrer mittellangen Blondheit. Und diese grüngoldenen Augen. Und ihre stille Art gefiel ihm auch. Bisher hatte sie noch kaum etwas gesagt. Naja, bei dem Mann, wie der loslegte!

"Wir essen viel zu schnell," meinte Klaus plötzlich und legte seine Gabel demonstrativ auf den Tisch. Dabei meinte er eigentlich: "Sie reden viel zu schnell und Sie essen viel zu schnell."
"Ja, das stimmt," stimmte Herr Hohkeppel zu und aß im gleichen Tempo weiter. "Apropos EU. Haben Sie schon gesehen, wie die EU hier unnötig geschröpft wird? Diese aufwendigen breiten Straßen und vor allem die völlig unnötigen umständlichen Kreuzungen."

"Ja," warf Klaus ein, "das haben wir auch schon gesagt," und wollte sich endlich ins Gespräch einklinken.
Herr Hohkeppel war aber schon wieder weitergeeilt. "Und gestern haben wir einen EU-Streich gesehen, der unglaublich ist. Wir waren gestern in Guadalupe, Kloster Guadalupe. Müssen Sie unbedingt sehen."
"Ja, das gehört natürlich zu unserem Reiseplan." Wieder verpasste Klaus die Gelegenheit weiterzureden.
"Und stellen Sie sich vor, was wir da erlebt haben! Straßensperren!" "Straßensperren? Und was haben die mit der EU zu tun?" fragte Marianne erstaunt.
"Ja, wir waren auch total verblüfft und verärgert. Hat aber nichts genutzt. Wir mussten aussteigen und unsere Ausweise zeigen und uns einen Blick in den Wagen gefallenlassen."
"Mitten in Spanien? Nur, weil Sie Ausländer sind?"
"Nein, alle. Auch die Einheimischen. Und wissen Sie, warum? Mit Angst vor einem terroristischen Anschlag wird das begründet."
"Ein terroristischer Anschlag? Guadalupe liegt doch in absoluter Einsamkeit."
"Das stimmt. Aber es ist immerhin das größte und bedeutendste Heiligtum der sogenannten Hispanidad, also der ganzen spanischsprechenden Welt, Spanien und ganz Lateinamerika."
"Sind denn da so viele Wallfahrer oder Touristen?"

"Im Augenblick kaum. Aber an bestimmten Tagen schon."
"Trotzdem frage ich mich, wie so etwas heutzutage mitten in Europa möglich ist," warf Marianne zweifelnd ein.
"Die EU. Aufgrund einer neuen EU-Richtlinie," warf Frau Hohkeppel nun etwas hektisch und sehr schnell ein. Ihr Mann warf ihr einen missbilligenden Blick zu.
"Lass mich das noch eben zu Ende erklären, Birgit! Also das ist so: In Frankreich und Holland fielen ja die Referenden für die neue EU-Verfassung negativ aus. Und seitdem bemüht man sich in Brüssel, etwas weniger Regelungswut zu entwickeln. Man bemüht sich ganz bewusst, etwas mehr Entscheidungsfreiheit zu geben. Und da hat man die Kommunen entdeckt. Nach einer neuen Richtlinie gibt man den Kommunen Entscheidungsfreiheit an Stellen, wo sie bisher nicht möglich war. Dazu gehört auch die Möglichkeit, zur Vorbeugung vor terroristischen Anschlägen Kontrollen an den Gemeindegrenzen durchzuführen. Es ist ja nicht so, als hätten wir nicht schon solche Kontrollen. An den Flughäfen, bei allen möglichen Behörden und zum Beispiel in Rom vor dem Petersdom ist das ja seit langem schon so. Aber jetzt eben auch an Gemeindegrenzen in begründeten Fällen. Und die Gemeinde Guadalupe hat offensichtlich diese Begründung geliefert. Kurios, aber es ist so. Die Zivilgardisten an der Kontrollstelle, die ja nicht mit Arbeit überlastet sind, haben uns das in aller

Ruhe erklärt. Waren übrigens sehr freundlich. Was sie nicht immer und überall sind."
"Und vor allem nicht immer waren," schob Frau Hohkeppel dazwischen. "Mein Mann hat da so seine Erfahrungen aus den 60er Jahren, nicht wahr, Günter?"
"Ja, das ist eine andere Geschichte. Vor allem lange Geschichte." Er setzte Gesicht und Figur in Positur, so dass man annehmen musste, jetzt würden diese langen Geschichten folgen. Marianne war denn auch äußerst gespannt, und wollte ihn gerade ermuntern, doch zu erzählen, als Klaus abrupt den Kellner um die Rechnung bat. Marianne ärgerte sich über die eilige Verabschiedung, sagte dieses Mal aber nichts.

Sie betraten den Patio ihres kleinen Hotels mit den großen granitenen Fußbodenplatten und den Granitpfeilern, aus denen die weißgetünchten Bögen herausragten, die die schönen Gewölbe bildeten. An der Rezeption stand der pausbäckige Hotelbesitzer und rauchte eine seiner riesigen Zigarren. Das weiße Hemd und die pomadisierten schwarzen Haare auf seinem fetten Schädel wirkten wie zurechtgemacht für ein festliches Ereignis. Wenn nicht die Haare mittlerweile etwas zerzaust und das Hemd nicht zwei Knöpfe weit geöffnet gewesen wäre. Das Stierkampfprogramm, das er sich im Fernsehen anschaute, hatte ihn wohl etwas mitgenommen. Das zeigte auch die Schweißschicht auf seiner Stirn.

Trotzdem grinste er die beiden freundlich an, als sie um den Zimmerschlüssel baten. "Na, wie gefällt Ihnen unsere Stadt?" nuschelte er mit seinen dicken Lippen neben der Zigarre hervor und stieß eine betäubende Rauchwolke aus.
"Wir haben ja bisher noch nicht viel gesehen," erwiderte Marianne , "aber wir fühlen uns wohl hier. Die vielen Schwalben und das Geklappere der Störche. Das ist wunderbar."
Der Wirt hatten den Blick wieder dem Fernseher zugewandt, fragte aber dennoch: "Haben Sie Ihnen denn noch keine Baskenmütze aufgesetzt?"
"Eine Baskenmütze? Wer?"
"Na, die vielen Vögel. Es kann schon passieren, dass sie einen genau erwischen. Auf einen Freund von mir haben sie es offensichtlich regelrecht abgesehen. Der hält seinen Blick schon schräg nach oben gerichtet, wenn er die Plaza überquert. Wie eine dieser überfrommen Kirchenläuferinnen. Ist ja vielleicht gar nicht so schlecht für ihn. Wenn seine Glatze mal ein bisschen gedüngt wird. Genützt hat es aber bisher noch nichts. Ist kein Haar dazugckommcn."
Nun lachte Marianne ihr herzliches Lachen, während Klaus über diese "Gefahren" ein wenig ins Grübeln geriet.

* * *

Am nächsten Tag besichtigten sie die Oberstadt. "Irgendwie orientalisch und märchenhaft." Marianne konnte nicht anders: Sie musste ihrer Begeisterung freien Lauf lassen.
"Findest du?" erwiderte Klaus und wertete diese Bemerkung schon als ein hohes Maß an Entgegenkommen, was Marianne spürte und sie weiter anspornte.
"Schau dir doch diese Fenster an mit den doppelt gestellten Säulchen, und die äußeren bilden oben diesen wunderschönen geschwungenen Spitzbogen, der dann noch von einem Wappen gekrönt wird. Das Ganze in der oberen Hälfte gerahmt von diesem halben Rechteck. Dann Wasserspeier, flach auf der Wand liegende Wappen und sonst viel Wandfläche. Und das Tollste ist der Belag mit den rostfarbenen Flechten, der so herrlich mit dem Goldocker des Mauerwerks und dem blauen Himmel kontrastiert."
"Ja, heute herrscht auch wirklich ein tolles Wetter. Ein Himmel wie aus Seide."
"Mann, Klaus, du wirst ja richtig poetisch. Warum bist du nicht immer so?" Jetzt schämte er sich fast ein wenig. Gleichzeitig fuhr ihm ein geschmeicheltes Lächeln über seine harten Züge.
"Und dann unten der Garten davor," fuhr Marianne fort und wedelte dabei lebhaft mit ihrem rechten Arm, "Palmen, Feigenkaktus mit gelben Früchten und diese Bäume mit dem dichten saftiggrünen Blattwerk. Also ich stelle mir vor, dass hier gleich eine arabische Prinzessin

am Fenster erscheint und unten ein Liebhaber im Gebüsch steht. Irgendwie ein bisschen wie in Tausendundeiner Nacht."
"Naja, aber jetzt komm weiter. Wir wollten ja noch die Kirche, die Burg und das Museum anschauen."
Durch Torbögen, enge Gassen mit holprigem Pflaster, jetzt ohne Vegetation, an Kirchen, Türmen und Mauern vorbei, gelangten sie in die Kirche mit dem köstlichen Altar in Rot und Gold und seinen delikaten Szenen eines wohlsituierten Mittelalters, kostbare, meist rote Gewänder, mit großer Liebe gemalte Details wie Körbe, Teller, Tassen und Krüge und Haustiere, eine friedliche wohlhabende und zierliche bürgerliche Welt. Auf dem Weg zur mächtig daliegenden Burg aus arabischer Zeit immer wieder reizvolle Ausblicke auf die unteren Teile der Stadt, in stets anders gewinkelte Gassen, auf Ziegeldächer in allen Rot- und Orangeschattierungen und in die weite umliegende Landschaft, leider dieses Jahr mehr in Ocker- als in Grüntönen, am Horizont milchigblaue Gebirgszüge.

Als sie nach der Besichtigung des kleinen Conquista- Museums aus dem einfachen Palast, dem Stammhaus der Pizarros, in dem es untergebracht war, herauskamen, trat ein dunkelhaariger junger Mann auf sie zu. "Entschuldigung, ich bin Historiker der Universität Salamanca und mache eine Untersuchung über dieses Museum und wie es auf seine Besu-

cher wirkt. Hätten Sie ein paar Minuten Zeit, um mit mir einen Fragebogen zu beantworten?"
"Ja gerne," antwortete Marianne sofort. "Was möchten Sie denn wissen?"
Der junge Mann hielt eine Unterlage aus hartem Plastik mit einem Blatt Papier auf der Hand und in der anderen einen Stift. Zwischen seinen Beinen stand eine dünne Aktentasche.
"Erste Frage: Wie fanden Sie das Museum?"
"Klein, aber ganz interessant," beeilte sich Klaus nun eilfertig zu antworten. Marianne schielte derweil auf ein kleines Cafe schräg gegenüber, aus dem ihr der Duft von Capuccino verführerisch in die Nase stieg.
"Dürfen wir Sie zu einem Kaffee in das Cafe da drüben einladen?" fragte sie. "Dann haben Sie es auch ein wenig bequemer beim Schreiben."
'Sie hätte mich ja auch zuerst mal fragen können,' dachte Klaus, ging aber ohne zu murren mit hinüber und sie nahmen Platz an einem der kleinen Tische auf einer Art Terrasse vor einem kleinen mittelalterlichen Adelshaus, von dem aus sie auf der einen Seite auf das Museumsgebäude, auf der anderen auf eine schmale gotische Kirche oder Kapelle mit einem zierlichen Glockentürmchen schauten.

Als der Kellner die Bestellung aufnahm, schien er einen missbilligenden Blick auf den jungen Mann zu werfen, der sich als Historiker vorgestellt hatte. Marianne sah jetzt, dass er das Gesicht eines Bilderbuchspaniers hatte, ein ebenmäßiges Rechteck mit einem vollen Kinn, gerade dunkle Augenbrauen und volles dunkles Haar auf einer hohen Stirn, mit seiner stämmigen Gestalt eine Mischung von einem Mann aus einem Modejournal und einem allerdings recht intelligent wirkenden Bauern, der seine braune Gesichtsfarbe viel Arbeit an der frischen Luft verdankt. Seine Kleidung war einfach und unauffällig, über hellen Turnschuhen eine beige Hose und darüber ein schwarzes T-Shirt.

"Sie finden das Museum also interessant", setzte der junge Mann das begonnene Gespräch fort, wobei eine gewisse Skepsis in seinem Tonfall nicht zu überhören war.
"Finden Sie es nicht interessant?" erwiderte Marianne.
"Interessant in mancher Hinsicht schon, am interessantesten aber durch das, was fehlt."
"Durch das, was fehlt? Was meinen Sie damit?"
"Nun, haben Sie irgendwelche Zahlen gesehen über die Toten, die Pizarro verursacht hat?"
"Nein, das stimmt."
"Oder können Sie sich an Bilder oder Schilderungen erinnern, die die Grausamkeit darstellen, mit der die Zwangstaufen durchgeführt wurden?" "Vielleicht gibt es diese Bilder und Schilderungen ja gar nicht", gab Klaus zu bedenken.

Ihr Gegenüber lachte ein bitteres Lachen: "Natürlich gibt es die. Die gab es schon zur damaligen Zeit, und die heutige Forschung hat noch viele weitere Tatsachen ans Licht gebracht. Aber hier werden sie verschwiegen."
"Nun ja, wir sind hier in der Provinz. An anderen Stellen ist das sicher dargestellt."
"Das stimmt. Nur hier befinden wir uns in einer ganz besonderen Provinz. An der Stelle, wo die Eroberung Lateinamerikas ihren Ausgang nahm. Die meisten Eroberer oder Entdecker, wie sie manchmal genannt werden, stammten aus der Extremadura. Und deshalb gehören hier auch entsprechende Erinnerungen hin. Die sind hier aber nicht zu finden. Das ist so, als wenn in Deutschland an den Stellen, wo Konzentrationslager waren, heute keine Gedenkstätten wären."
"Aber das kann man doch nicht vergleichen!" warf Marianne schnell ein. "Warum nicht? Wegen der Zahlen? Wissen Sie, dass in Mexiko zum Beispiel schon in den ersten Jahren nach der Eroberung ungefähr 20 Millionen Indios der Eroberung zum Opfer fielen? Ich nenne diese Zahl, weil sie besser erforscht ist, als die Opfer in Peru. Oder meinen Sie wirklich, meine Landsleute seien weniger grausam gewesen als die Deutschen in der Nazizeit? Natürlich werden die Grausamkeiten der Nazizeit besonders schrecklich dadurch, dass sie vor so wenigen Jahren geschahen, in einer Zeit, in der die Aufklärung schon fast 200 Jahre

vorbei war. Doch ich will nichts aufrechnen. Mir geht es nur um die Geschichte meines Landes. Die Deutschen müssen sich um die Geschichte ihres Landes kümmern, und wir um die Geschichte unseres Landes. Und da gibt es leider viel Nachholbedarf. Vor allem im Bewusstsein der breiten Öffentlichkeit. Und was noch schlimmer ist: Man kann den Eindruck gewinnen, als ginge es in der letzten Zeit rückwärts. Es gibt offensichtlich Kräfte, die weitere Aufklärung und eine weitere Information der breiten Öffentlichkeit verhindern wollen."

"Welche Kräfte sollen das sein?" Marianne war gespannt und ein bisschen erschrocken über den Ernst ihres so sympathischen Gegenübers.

"Wenn Sie hier in Trujillo und mehr noch in Guadalupe die Augen und die Ohren aufhalten, müssten Sie eigentlich von selber darauf kommen, welche Kräfte das sind."

"Jetzt machen Sie mich aber wirklich neugierig." Marianne blickte ihn mit weiten Augen an. "Meinen Sie kirchliche Kreise?" fragte Klaus.

"Sicher haben diese Kreise mit Kirche zu tun," antwortete ihr Gegenüber zögernd.

Marianne neugierig und indiskret: "Sind Sie ein Gegner der Kirche?" "Keineswegs. Ich bin sogar in einer kirchlichen Laienorganisation engagiert, die es auch in Deutschland gibt. Ich glaube, sei heißt dort 'Kirche von unten'. Stimmt das?"

"Habe ich schon mal gehört", erwiderte Klaus, dem die Ernsthaftigkeit des jungen Mannes gefiel. "
"Sehen Sie, als guter Spanier bin ich ein guter Katholik. Aber gerade deswegen bin ich für eine Erneuerung der Kirche in vielen Bereichen. Und als Historiker fühle ich mich natürlich vor allem für die Geschichtsauffassung der Kirche zuständig. Da wird gelogen und vertuscht, dass sich die Balken biegen."

Als sie die restlichen Fragen des Fragebogens beantwortet hatten, jetzt nach dem Gespräch etwas anders, als sie es spontan getan hätten, bedankte er sich und fügte hinzu: "Sie haben ja schon gemerkt, dass dies kein echter Fragebogen ist. Er dient mir nur dazu, dem Rat der Stadt Empfehlungen zu geben, was eine Neugestaltung des Museums angeht. Und die Stimmen von Touristen sind dabei immer gut, vor allem wenn es sich um Ausländer handelt. Ich hoffe, Sie haben dafür Verständnis und fühlen sich nicht überrumpelt. Andernfalls würde ich den ganzen Fragebogen vor Ihren Augen zerreißen."
"Nein, nein", rief Marianne. "Das ist alles sehr überzeugend."
Und auch Klaus hatte nichts einzuwenden, fügte sogar noch hinzu: "Und wir haben auch kein Problem mit unseren Unterschriften und unseren Adressen auf dem Fragebogen. Wir sind solche Aktionen ja aus Deutschland ge-

wöhnt." Er dachte dabei an seine diversen Aktivitäten bei Amnesty, wo er Mitglied war.

* * *

"Darf ich denn ein Foto von Ihnen beiden machen?" fragte Klaus, der in seinen Diavortrag zu Hause auch ein paar menschliche Gestalten als Abwechslung einbauen wollte, damit die Zuschauer nicht nur Landschaft und Architektur sähen. Mit einem süßsauren Lächeln erklärten sich die beiden Nonnen einverstanden.
"Vielleicht hier auf der Bank?" bat Klaus sie auf die massive Eichenbank, die vor der Natursteinwand im Innenhof stand. Die würde sich sicher gut auf dem Foto machen. Der saure Bestandteil des Lächelns vergrößerte sich noch etwas, als Klaus für ihren Geschmack etwas ungebührlich nahe an sie herantrat. Wie um Revanche zu üben, bat dann die rundlichere, noch ein Foto "zusammen mit Ihrer Frau Gemahlin zu machen", was Klaus zunächst etwas befremdete, aber bei Marianne auf Begeisterung stieß.
"Aber nur, wenn Sie versprechen, sie mir nachher wieder herauszurücken," konnte er sich nicht verkneifen zu sagen. Marianne war begeistert über den Witz, den er plötzlich entwickelte. Warum war er nicht immer so? Dabei entsprang der "Witz" tatsächlich einem Moment echter, wenn auch irrationaler Befürchtung bei Klaus, der ständigen Angst, Ma-

rianne könne ihm irgendwie abhanden kommen.

Das Kichern der beiden Nonnen klang jetzt fast ein wenig hexenhaft, als sie Marianne in die Mitte nahmen. Vielleicht waren es aber auch ihre bloßen Arme und ihre attraktive Erscheinung, die sie verlegen werden ließen Die rundlichere hielt ihre Hände unter dem Skapulier verborgen, während die hagere die Hände fest gefaltet hatte und ihre Mundwinkel nur minimal in die Höhe bewegte, als sei das eigentlich eine Zumutung. Doch funkelten bei beiden die Äuglein schalkhaft, wie wenn der Gedanke, einem Mann eine so hübsche Frau abspenstig zu machen, ihnen höchsten Genuss bedeute.
"Sie können sie uns ja wenigstens für ein paar Jahre ausleihen. Sie werden sehen, wie gut ihr das tun würde. Und außerdem sprängen Jahre für den früheren Eingang ins Himmelreich dabei heraus."
"Weil sie vor Kummer bald sterben würde," dachte Klaus, hütete sich aber, diesen Gedanken zu äußern, wie er und Marianne sich - diesmal in seltener und unabgesprochener Einmütigkeit - auch hüteten, den Nonnen auf die Nase zu binden, dass Marianne nie katholisch und kaum kirchlich gewesen war und Klaus sich seit Jahren, unter anderem wegen der Kirchensteuer, von seiner katholischen Vergangenheit abgewandt hatte.

"Wieso Jahre früher in den Himmel?" fragte er dann aber doch.
"Weil sie durch ihr frommes Leben bei uns mit Sicherheit einen Teil des Fegefeuers gespart hätte. Und für Sie würde sicher auch noch etwas dabei herausspringen." Dabei drohte die ernstere der beiden Klaus mit einem knochigen rechten Zeigefinger, als wäre es schon eine Sünde, ein Mann zu sein.

Als sich Marianne und Klaus für die Besichtigung bedankten, holte die rundlichere Nonne mit dem schwammigen Gesicht einen Korb, der mit einem Küchentuch bedeckt war, aus einer Ecke und fragte in süßlichen Ton: "Wollen Sie nicht noch etwas Gebäck aus unserer Klosterbäckerei mitnehmen? Es ist überall berühmt und wird nur hier hergestellt. Das Rezept ist geheim und wird schon seit den Zeiten Pizarros angewendet. Er soll es allerdings mit nach Südamerika genommen und dort verbreitet haben. Eine weitere Segnung für die Indios neben den Segnungen des Glaubens."
Marianne nahm sofort eine Tüte mit dem angepriesenen Gebäck, obwohl es ihr bei einer Probe, die ihr und Klaus gereicht wurde, unsäglich süß vorkam, war dann aber perplex über den hohen Preis, den die Nonnen verlangten. Nun war es an ihr, ein süßsaures Gesicht aufzusetzen.
"Gott segne Sie und stärke Ihren Glauben", hieß es zum Abschied, als die kleine Tür in dem schweren Tor geöffnet wurde.

***

"Sind wir da dem Spanien begegnet, von dem der junge Historiker eben sprach, oder sind wir durch das Gespräch mit ihm erst sensibilisiert worden?" sinnierte Marianne, als sie sich in eine Straße der Unterstadt begaben, um verschiedene Lebensmittel einzukaufen, die sie zu Mittag auf ihrem Hotelzimmer mit Blick auf die Plaza verspeisen wollten, vor allem Obst, Wein, Brot und Käse.
"Schau mal, so eine Art Feinkostladen mit vielen Käsesorten. Da könnten wir doch unseren Käse für heute und morgen kaufen."

Sie betraten den kleinen Laden, in dem sich außer einem Mann hinter der Theke nur eine junge Frau befand. Sie hatten sich offensichtlich in einem intensiven Gespräch befunden, aber als Marianne und Klaus eintraten, hielten sie inne, fast ein wenig erschrocken. Als die junge Frau sich halb umdrehte, rief Marianne gleich fröhlich: "Ach, wir kennen uns doch. Wir haben doch bei der Wallfahrt miteinander gesprochen."
Pilar, die es tatsächlich war, errötete wieder bis an ihre silbernen Ohrringe. Sie begrüßten sich mit Handschlag. Pilar wollte gerade eine halboffene Tüte von der hölzernen Theke nehmen, als Marianne ihrer Verwunderung Ausdruck gab, sie hier zu treffen.

"Das Dorf, aus dem du stammst, ist doch etliche Kilometer von hier entfernt. Und da kommst du nach Trujillo zum Einkaufen?"
Wieder ein leichter Hauch von dunkler Röte auf Pilars Gesicht. "Ja, in unserem Dorf gibt es auch ein paar Geschäfte. Aber für größere Einkäufe fahren wir nach Caceres oder nach Trujillo."
"Trujillo ist aber doch viel weiter für euch als Caceres. Und zum Käsekaufen fährst du trotzdem nach Trujillo?" Von Marianne war das mehr scherzhaft gemeint. Pilar antwortete aber ernsthaft:
"In Trujillo kann man sehr gut Käse kaufen."
"Ja," lenkte Marianne ein, "hier findet ja nicht umsonst der jährliche Käsemarkt statt."
Währenddessen hörte der Mann hinter der Theke offensichtlich mit gespannter Aufmerksamkeit zu. Dann unterbrach er sein Schweigen und fragte: "Womit kann ich Ihnen denn dienen?"
"Wir brauchen auch erstmal Käse. Für heute Mittag. Mittags essen wir meistens auf unserem Hotelzimmer. Ach, welchen Käse hast du denn gekauft?"
"Schafskäse aus der Region. Sehr lecker."
Der Ladenbesitzer griff jetzt hinter sich ins Regal, zog einen etwa handtellergroßen runden Käse hervor und legte ihn auf die Theke, neben Pilars Tüte. "Ist das der gleiche, den du gekauft hast?" In ihrer spontanen Art wollte Marianne einen Blick in Pilars Tüte tun, griff deshalb mit Daumen und Zeigefinger danach,

um sie etwas mehr zu öffnen. Gleichzeitig beugte sich Pilar nach ihrer Tüte, was Mariannes Bewegung verunsicherte. Und so kam es, dass sie in ungeschickter Weise sowohl ihren eigenen Käse als auch Pilars Tüte auf den Boden fegte. Sie lachte laut über ihre eigene Ungeschicklichkeit, während Klaus peinlich berührt eine Entschuldigung stammelte. Doch genauso schnell wie ihre Ungeschicklichkeit bückte Marianne sich, um die Paketchen aus Pilars Tüte, die über den Boden rollten, und ihr eigenes Paket aufzuheben, legte alles auf die Theke, ihren eigenen Käse nach links und die anderen wieder in die Tüte und lachte nochmals laut. "Entschuldigung, Pilar, was bin ich doch für ein Trottel!"
"Wie wahr! Wie wahr!" konnte sich Klaus nicht verkneifen. Er war im Vergleich zu Marianne in seinen Reaktionen genauso langsam wie Pilar. Beide waren über ein Sichhinunterbeugen nicht hinausgekommen, als Marianne schon alles wieder bereinigt hatte.
"Macht doch nichts", stammelte Pilar leise, wobei ihr wieder eine Röte ins Gesicht stieg, als wäre ihr das Missgeschick passiert. Ihre Vergebung klang allerdings so, als würde sie den Tadel aus Klaus' Mund durchaus teilen. Marianne war darüber ein wenig befremdet. Plötzlich verabschiedete sich Pilar hastig, nachdem sie einen Blick auf ihre Uhr geworfen hatte. Im selben Moment ging die Tür auf, und als Klaus einen Blick nach hinten warf, sah er den schönen Historiker im Rahmen. Er

begrüßte Pilar mit Küsschen auf die Wange und erwiderte nur kurz Klaus` Hallo. Als er es Marianne, die mit dem Aussuchen von Wein und Trauben beschäftigt war, mitteilte, gab sie ein erstauntes "Ach" von sich.
"Der schöne Historiker und Pilar? Naja, passen ja zusammen. Aber woher kennen sie sich?"
"Vielleicht von der Uni," erwiderte Klaus.
"Das kann natürlich sein."

Marianne trug den Einkaufsbeutel über ihrer linken Schulter, als sie von der Hauptstraße in eine stille Seitengasse abbogen, die gleichzeitig ruhiger war und eine Abkürzung zur Plaza bedeutete. Ihre Schritte klangen einsam auf dem Pflaster. Als sie ein Motorgeräusch hinter sich hörten, traten sie beide nach rechts, um Platz zu machen. Es handelte sich um ein Moped, das sich laut und mit erstaunlich hoher Geschwindigkeit näherte.
"Der hat's aber eilig," meinte Marianne mit einem halben Blick nach hinten. "Ja, trotzdem muss er aufpassen, wenn es hier auch keinen Bürgersteig gibt, oder gerade deswegen", erwiderte Klaus. In dem Moment befand sich das Moped schon neben ihnen. Marianne sah, wie der Fahrer den Arm ausstreckte und spürte plötzlich einen heftigen Ruck an ihrem linken Arm. Automatisch wandte sie sich weiter nach rechts, riss den Beutel mit und prallte gegen Klaus, der sie erstaunt anblickte. Der Mopedfahrer war bei dem Manöver ins Tru-

deln geraten, fing sich aber gleich wieder und ließ abermals den Motor aufheulen, um gleich darauf in einer Seitengasse zu verschwinden.

"Das darf doch wohl nicht wahr sein! Klaus! Der wollte mir den Beutel vom Arm reißen! Mann, das tut richtig weh, wo der Henkel ins Fleisch geschnitten hat."
Klaus war perplex. Er hatte den ganzen Vorgang kaum mitbekommen. So schnell lief alles ab. "Zeig mal den Arm!" Er schob den kurzen Ärmel von Mariannes Bluse hoch und sah, dass der Oberarm stark gerötet war.
"Das wird bestimmt ein Bluterguss," klagte Marianne und schaute verärgert auf den Arm. Jetzt wurde ihr aber erst langsam bewusst, was da eigentlich geschehen war. "Klaus, das war ein Raubüberfall! Am helllichten Tag! Das habe ich ja noch nie erlebt!"

Der Wirt reichte ihnen den Zimmerschlüssel dieses Mal schon, ohne dass sie ihre Zimmernummer nannten. Dabei nahm er wieder kaum den Blick vom Fernseher. Er wirkte übernächtigt, obwohl es erst Mittag war.
"Stellen Sie sich vor. Ich bin doch eben überfallen worden!" Marianne konnte sich noch immer nicht beruhigen.
"Überfallen? Wo?"
"Na, gleich hier. In der Gasse, die zur Plaza führt."
Jetzt wandte er sich um und hielt die Zigarre in seiner fetten Hand. Fast ein wenig blöde

wirkte er. Er musste wohl gleichzeitig verarbeiten, was er gerade im Fernsehen gesehen hatte.

"Überfallen?" fragte er wieder, "verstehe ich nicht." Marianne und Klaus erklärten ihm nun abwechselnd die Einzelheiten. Er schüttelte den Kopf.

"Ich halte Sie für vertrauenswürdige Leute. Wenn mir das jemand anders erzählt hätte, würde ich sagen, er lügt oder er spinnt. Das hat es hier noch nie gegeben."

"Meinen Sie, wir sollten zur Polizei gehen?" fragte Klaus.

Der Dicke lachte den letzten Rauch aus und kam dabei ins Husten. "Polizei? Können Sie den Täter denn beschreiben?"

Marianne und Klaus sahen sich ratlos an. "Ich glaube, er trug eine Jeans und ein dunkles Hemd. Dazu einen schwarzen Motorradhelm," meinte sich Marianne zu erinnern.

"Also was alle jungen Männer tragen. Und das Kennzeichen? Haben Sie das Kennzeichen gesehen?"

Wieder schauten sich Marianne und Klaus an. Das hatten sie tatsächlich vergessen, darauf zu schauen. Es war ja auch alles so schnell gegangen. Sie schüttelten den Kopf. Der Wirt lachte daraufhin ein kurzes sarkastisches Lachen. "Vergessen Sie es! Wenn Sie Glück haben, nehmen die alles zu Protokoll. Und das ist es dann. Ich seh da keine Chance." Und nach einer Pause: "Aber erklären kann ich mir das auch nicht. Hat es hier noch nie gegeben." Damit schien der Fall für ihn abgeschlossen. Er wandte sich wieder dem Fernseher zu und hielt sein Feuerzeug an die Zigarre, die inzwischen ausgegangen war.

In ihrem Zimmer rückten Marianne und Klaus den winzigen Tisch vors offene Fenster, so dass sie beim Essen einen Blick auf die vor ihnen liegende Plaza mit ihrem Brunnen in der Mitte und den Arkadengängen ringsum hatten. Direkt vor ihnen stand der mächtige Pizarro-Palast mit seinem Sklavenrelief an der linken Ecke.Aus Sparsamkeitsgründen hatte Klaus Marianne vor der Reise dazu überredet, nur einmal am Tag ein warmes Essen zu sich zu nehmen. Eigentlich hätten es sich beide, vor allem aber Klaus mit seiner gutgehenden Steuerberatungspraxis, leisten können, sowohl mittags als auch abends ein Restaurant zu besuchen. Trotzdem hielt er das für übertrieben, wie er sich ausdrückte. Marianne hatte, wie oft, nachgegeben. Nun fand sie allerdings die Male, die sie auf ihrem jeweiligen Zimmer bei einem einfachen Essen, meist Brot, Käse oder Wurst und Obst dazu, jetzt häufig frische Orangen, zusammensaßen, sehr angenehm, ein wenig romantisch sogar, in der Enge, die sie meistens in den Zimmern umgab, in den bescheidenen Pensionen oder Hotels mit einem oder zwei Sternen, die Klaus, ebenfalls aus Sparsamkeitsgründen, auswählte. Und anschließend an das Essen sich jeweils sozusagen rückwärts ins Bett fallenzulassen, war ja auch nicht schlecht.

Eine Weile lagen beide noch auf ihren Betten und versuchten sich den Überfall zu erklären. Sie kamen aber zu keiner Erklärung. Wäre das in einer deutschen Großstadt passiert, hätte man es sich höchstens mit Beschaffungskriminalität oder einem Menschen, der in großer Not war, erklären können. Aber ein Mensch in großer Not auf einem Moped? Was hätte er sich in einem Einkaufsbeutel erhofft?

Nach einiger Zeit erhob sich Marianne, spülte die beiden Zahngläser aus dem Bad für den Rotwein und stellte sie auf den Tisch, dazu Brot, Käse, Schinken und Orangen. Klaus, der sich eine Karte der Umgebung von Trujillo aufs Bett gelegt hatte, um sich anzuschauen, wohin sie in den nächsten Tagen wandern könnten, stand nun auf, rückte aber Messer und die farbigen Servietten, die sie mitgebracht hatten, an eine andere Stelle auf dem Tisch, als wo sie Marianne hingelegt hatte. Sie hatten da grundsätzlich andere Vorstellungen von Schönheit und Ordnung, die sie nie angleichen konnten. Klaus waren Mariannes Anordnungen immer zu chaotisch, Marianne erschienen Klaus´Anordnungen als zu pedantisch, obwohl die Anzahl der möglichen Anordnungen auf diesem kleinen Tischchen und der geringen Menge der Gegenstände darauf nicht gerade so groß war, dass sich darauf alle möglichen künstlerischen Auffassungen hätten austoben können.

Während sich Marianne im Bad noch ein wenig erfrischte, setzte sich Klaus schon an den Tisch, so dass er den vollen Blick auf die Plaza hatte und er nicht in der Sonne saß, die den anderen der beiden dunklen Stühle mit gedrechselten Beinen voll beschien. Manchmal handelte er automatisch so, bei anderen Gelegenheiten begründete er seine Handlungsweise mit irgendeinem körperlichen Gebrechen, Empfindlichkeit gegenüber Sonneneinstrahlung zum Beispiel, ohne sich Gedanken darüber zu machen, ob es anderen Personen nicht ähnlich gehen könnte.

Manches begründete er auch mit Schönheitsempfinden. Dabei hatte es meist mehr mit so etwas wie Ordnung und Sauberkeit zu tun. Und bei Auseinandersetzungen mit Marianne oder anderen Freunden hieß es letztlich bei ihm: "Das ist ungehörig!", wenn ihm etwas nicht passte. Da schlug bei ihm seine Kindheitserziehung durch, die wohl recht autoritär gewesen war, vor allem von Seiten seiner Mutter. So hatte er sich auch in dem Laden über Mariannes Ungeschicklichkeit mehr geärgert, als er dort äußerte. Sie ärgerte ihn wegen der möglichen Verachtung, die dieser Handlung von anderen entgegenschlagen könnte. Und dabei gab es in der Situation selber keine Veranlassung, solches zu vermuten,

da weder der Ladenbesitzer noch Pilar irgendetwas Derartiges zu erkennen gaben. Ungeschicklichkeit wie auch Spontaneität waren ihm peinlich, weil sie nach seiner Meinung von Unbeherrschtheit zeugten, was ihm etwas ganz Schlimmes darstellte, weil sein höchstes Ziel das Gegenteil war, vielleicht gerade weil er im Tiefsten fühlte, dass viele seiner eigenen Handlungen unbewusst und durch Unbeherrschheit zustande kamen. So fühlte er auch in diesem Moment wieder dumpf seine eigene Fehlerhaftigkeit, was seinen Platz anging, den er eingenommen hatte, versuchte dies aber gleichzeitig auch vor sich selber zu vertuschen, indem er Marianne gleich, als sie auf dem anderen Stuhl Platz nahm und offensichtlich ihr Gesicht gegen die Sonne schützen musste, noch einmal an die Situation in dem Laden erinnerte.
"Hast du dich eigentlich gar nicht geschämt, als der ganze Käse in dem Laden durch die Gegend rollte?"
"Warum sollte ich mich schämen?" erwiderte die, zunächst keineswegs durch diese Frage gekränkt, "das kann doch jedem passieren."
Dann ging sie zu den Garderobehaken neben der Zimmertür, nahm ihren breiten Strohhut und setzte ihn sich auf ihr volles dunkelbraunes Haar, das sie gerade eben im Bad gekämmt hatte.
"Beim Essen setzt du den Hut auf den Kopf?" murmelte er missbilligend.

"Ja, schau doch, wo ich sitze! Mitten in der Sonne! Oder willst du mit mir tauschen?"
"Nein, du weißt doch, dass ich keine direkte Sonne vertragen kann."
Hatte er den Überfall schon ganz vergessen?

Sie hatten nun angefangen, das frische Weißbrot zu schneiden und Klaus zog das Papier von dem Käse, um diesen in regelmäßige Stücke zu zerschneiden. Dabei stieß sein rotes Schweizer Taschenmesser, das er immer bei sich trug, auf einen Widerstand in der Mitte des Käselaibs. Als er sich vorsichtig der Stelle von der anderen Seite nähern wollte, stutzte er. Das sah ja so aus wie ein gefaltetes Stück Papier!
"Das ist ja eine Schweinerei! Da ist ja ein dickes Stück Papier mitten in dem Käse!"
"In dem Käse? Zeig mal!" Er reichte ihr den Käse und Marianne legte das Papier, das tatsächlich fast die ganze Breite der Mittelschicht ausfüllte, frei. "Ein zusammengefaltetes Papier! Merkwürdig! Muss wohl durch Zufall bei der Zubereitung mit hineingeraten sein."
"Durch Zufall?" fragte Klaus mit einem skeptischen Ton in der Stimme, "kann ich mir nicht vorstellen. Zeig nochmal!"
Marianne gab ihm das Papier wieder zurück und Klaus entfaltete es mit spitzen Fingern, weil es fettig war.
"Ach," entfuhr es ihm, "da steht ja was drauf. ´Liste der anderen´als Überschrift und dann eine Reihe Namen in der linken Spalte."

Marianne stand nun auf und beugte sich über Klaus´ Schulter. Sie las laut vor: "1. Pedro Jimenez, Arzt, Atheist, hat nicht viele Patienten, Gerücht, er mache sich an Patientinnen heran, und dann ein Häkchen 2. Juan Pablo Casero, Anstreicher, Frau und zwei Kinder, Konkurrenz fördern, 3. Juanita Gonzalez, Maurerin, lange Zeit in Barcelona, Gewerkschaftsmitglied, Kirchengegnerin, Konkurrenten fördern, wieder ein Häkchen dahinter. Eine Frau als Maurerin. In Spanien. Das ist schon merkwürdig, oder?"
"An manchen Stellen ist in Spanien eben auch schon die Moderne eingezogen." Klaus zuckte mit den Achseln. "Lies weiter!"
"4. Profesor Pablo Henriquez, Lehrer, unverheiratet, Gerüchte, dass er homosexuelle Neigungen hat, Elternbeschwerden fördern,....."
"Was ist das?" rief Klaus, nun fast erregt, aus.
"Ungefähr 20 Namen, nein genau 20 Namen und hinter ein, zwei, drei, hinter elf Namen ein Häkchen. Was soll das bedeuten?"
Marianne setzte sich wieder auf ihren Platz und schaute Klaus ratlos ins Gesicht.
"Kann ich mir auch keinen Reim drauf machen. Aber das Ganze kommt mir irgendwie hinterhältig vor, fast wie ein Verbrechen," sinnierte Klaus.
"Quatsch! Wie kommst du auf ein Verbrechen? Aber irgendwie nicht ganz geheuer erscheint es mir auch. Da hast du Recht. ´Liste der anderen´! Und die anderen

erscheinen alle, als wären sie denen nicht Recht."
"Was meinst du mit ´denen´?"
"Na, die Leute, die diese Liste geschrieben haben. Als gäbe es zwei Gruppen, von denen die eine etwas gegen die andere hat. Die Gegner sind anscheinend immer gegen die Kirche oder gegen Autorität, wie der Lehrer."
"Und der Anstreicher? Da steht nur, dass er lange Zeit in Barcelona war."
Sie schwiegen nun beide und versanken in Nachdenken. Dann fuhr Klaus auf und sagte fast tadelnd, als hätte Marianne das Ganze verursacht: "Aber was soll das alles in einem Käse? Können wir den Käse jetzt überhaupt essen?"

In diesem Moment klopfte es an der Tür. Wer sollte das sein? Das war ihnen auf der ganzen Reise noch nicht geschehen. Die Putzfrau konnte das um diese Zeit nicht sein. Der Mann aus der Rezeption oder der Hotelbesitzer wohl auch nicht, da sie alle Formalitäten wie Abgeben des Personalausweises bzw. die Eintragung ihrer Daten schon erledigt hatten.
Als es wieder, eigentlich ein wenig zaghaft, aber deutlich, klopfte, rief Klaus: "Herein."
Die Tür öffnete sich und einen Schritt herein trat ein stämmiger Mann in einem schwarzen Anzug, wie ihn manche Kellner in etwas vornehmeren Restaurants trugen. Er lächelte verlegen und ein "Entschuldigung, darf ich einen Moment hereinkommen?" kam aus einem klei-

nen Mund in einem breiten Gesicht, das vor Schweiß glänzte.
"Ach, Jaime, du bist es!" rief Marianne, sprang auf und begrüßte ihn mit Handschlag und dem Ausruf: "Das ist aber eine Überraschung!"

Währenddes hatte Klaus instinktiv, er wusste selbst nicht warum, den Zettel unter eine Serviette geschoben, stand nun auch auf und ging auf Jaime zu, um ihn zu begrüßen.
"Was führt dich zu uns? Wir hatten uns doch erst für heute Abend verabredet."
Ein wenig klang das wie ein Vorwurf. Als wäre er unerlaubterweise und zur Unzeit in ihre Privatsphäre eingedrungen.
"Und wie hast du uns überhaupt gefunden?" rief Marianne. "Hast du in der Rezeption nach uns gefragt?"
Jaimes Lächeln wurde breiter: "Man weiß hier, wer wo wohnt," meinte er geheimnisvoll. "Aber darf ich ein paar Minuten reinkommen?" Dabei klang jetzt seine Stimme ungewohnt dringend und fast besorgt.
"Ja," erwiderte Klaus zögernd, "oder sollen wir uns nicht lieber gleich unten im Gemeinschaftsraum zusammensetzen? Wir haben ja hier auch nur zwei Stühle. Und außerdem essen wir gerade."
"Ja, das Essen. Wegen des Essens komme ich ja," kam es fast verlegen aus Jaimes Mund.

"Wegen des Essens?" lachte Marianne. "Willst du mitessen? Aber gerne. Hast du in deinem Restaurant nichts mehr bekommen?"

"Nein, nein, ich will nicht mitessen. Um Gottes Willen nicht!" wehrte Jaime ab.
"Ah, unser Essen ist dir nicht gut genug. Heute Abend kommen wir deshalb ja auch endlich in dein Restaurant," meinte Marianne in künstlich tröstendem Ton.
"Also, ich habe nicht viel Zeit. Meine Arbeitszeit geht in zehn Minuten los. Deshalb nur eine kurze Frage," kam es jetzt entschieden aus ihm heraus. "Ich sehe da den Käse auf eurem Tisch und wollte euch fragen, wollte euch fragen: Habt ihr in dem Käse nicht etwas Außergewöhnliches entdeckt?"
Marianne und auch Klaus verschlug es die Sprache. Klaus, als der Misstrauischere, übernahm jetzt die Initiative. Vorsicht, sagte er sich. Hier stimmte etwas nicht. Deshalb antwortete er nicht, sondern fragte zurück: "Außergewöhnliches? Wie meinst du das?"
Man sah Jaime an, dass er sich einen regelrechten Ruck gab. "War da nicht ein Zettel drin?"
"Ja, da war zu unserer Überraschung ein Zettel drin," rutschte es Marianne heraus, "aber woher weißt du das?"
"Ich kann euch das nicht auf die Schnelle erklären. Nur - der Zettel ist für uns, ist für mich sehr wichtig. Könnt ihr ihn mir nicht geben?"

Klaus´ Misstrauen wurde immer größer. "Du musst uns schon erklären, was das für ein Zettel ist. Und wieso er für dich so wichtig ist. Und woher du von dem Zettel weißt. Dann kannst du ihn wahrscheinlich haben," erklärte er entschieden.
Jaime, dem jetzt richtige Schweißperlen auf der Stirn standen, schaute auf seine Uhr und stieß hervor: "Er hat etwas mit einer Organisation zu tun, die Menschen in Gefahr bringt. Deshalb würde ich euch dringend bitten ......"
"Du musst uns schon reinen Wein einschenken," blieb Klaus hart, während Marianne zu Klaus in bittendem Ton sagte: "Ach, warum sollen wir ihn ihm nicht geben?"
Aber Klaus wurde nun noch unnachgiebiger: "Erst die Erklärung, was da dahintersteckt."
Jaime wandte sich nun zur Tür und bat: "Gut, dann heute Abend. Könnt ihr schon um acht kommen? Dann sind noch keine anderen Gäste da und wir können einigermaßen in Ruhe reden. Und bringt ihr mir den Zettel mit?"
"Ja, wir bringen ihn mit," versprach Marianne und wusste gleichzeilig, dass Klaus sich gleich beschweren würde, dass sie ihn nicht gefragt hatte.
"Danke! Und um Gottes Willen nicht verlieren!" stieß Jaime noch hervor. "Er ist wirklich sehr wichtig für uns, für mich. Bis dann!" Nachdem er das mit leicht verärgerter Stimme und als wäre er sehr unter Druck, geäußert hatte, verließ er eilig das Zimmer.

"Komm, wir essen erst einmal weiter," sagte Marianne und setzte sich wieder an den Tisch. "Wo ist denn der Zettel?"

"Den habe ich hier unter die Serviette gelegt," antwortete Klaus, zog ihn wieder hervor und schaute kopfschüttelnd darauf. "Merkwürdige Sache," fügte er hinzu und runzelte dabei die Stirn. "Jaime sprach von einer Organisation, die Menschen schadet. Eine verbrecherische Organisation also. Oder wie soll man das verstehen? Und er scheint ja eher auf der anderen Seite zu stehen. Ich kann mir da keinen Reim drauf machen. Du?"

Marianne schüttelte ratlos den Kopf. "Hast du gesehen, wie aufgeregt oder nervös Jaime schien? Ganz anders als sonst. Als würde von diesem Zettel wirklich Wichtiges für ihn abhängen. Wir müssen ihm übrigens unbedingt von dem Mopedfahrer erzählen. Mal sehen, was er dazu sagt."

Klaus legte ein paar Scheiben von dem geheimnisvollen Käse auf ein Stück Brot und schaute sich dabei den Käse misstrauisch von allen Seiten an. Plötzlich legte er den Käse wieder hin und fragte erschrocken: "Können wir den Käse überhaupt weiter essen? Eine Organisation, die Menschen schadet. Vielleicht ist der Käse ja vergiftet."

Marianne beschwichtigte ihn: "Aber dann hätte Jaime doch mehr von dem Käse gesprochen. Der Käse war aber gar nicht so wichtig

für ihn. Ihn interessierte eigentlich nur der Zettel."
"Aber sicherheitshalber," meinte Klaus, "lassen wir vielleicht doch die Finger von dem Käse. Weißt du was, ich kaufe eben im Supermarkt noch etwas Aufschnitt."
"Wir haben doch noch genug Schinken. Dann geben wir uns heute mal damit zufrieden, oder?"
"Du hast Recht. Willst du noch etwas Wein?" Er schenkte Marianne noch ein Glas von dem erdigen Roten ein, den sie gekauft hatten, lehnte sich auf seinem Stuhl zurück und schaute wieder den Zettel an, als könne er ihm sein Geheimnis entlocken. Nach einem Seufzer meinte er: "Warum steckt jemand so einen Zettel in einen Käse? Wieso bekommen gerade wir den Käse?"
"Halt!" unterbrach ihn Marianne, "ich habe doch unseren und die ganzen Käse von Pilar auf den Boden gefegt. Und Pilar war noch verlegener als sonst. Sollte ich vielleicht....?"
"Was solltest du vielleicht?" fragte Klaus ungeduldig
"Sollte ich vielleicht die Käse vertauscht haben?" Jetzt wurde sie immer eifriger. "Natürlich. Die lagen doch alle auf dem Boden durcheinander. Und es war dieselbe Käsesorte, mit dem gleichen Papier eingepackt. Bei Pilar und mir gleich. Da habe ich einfach einen genommen. Den, der mir am nächsten lag, und habe ihn als meinen auf die Theke

gelegt. Der Käse mit dem Zettel sollte also nicht für mich, sondern für Pilar sein."
Jetzt klinkte sich auch Klaus in einem fast kriminalistischen Eifer in Mariannes Überlegungen ein: "Und deshalb war Pilar auch verlegen, weil sie gleich befürchtete, dass so ein Vertauschen passieren könnte. Sie wusste also davon, dass in dem Käse dieser Zettel versteckt sein würde. Und wenn sie davon wusste, dann war für sie der Käse so etwas wie ein Briefkasten oder ein Kuvert, in dem eine Botschaft transportiert wurde. Hör mal, ich glaub, ich spinne. Sind wir hier mitten in einem abstrusen Krimi?"
"Jetzt kommt mir noch ein fürchterlicher Gedanke," unterbrach ihn Marianne. "Der Überfall. Sollte der Überfall auch mit dem Käse zu tun haben?" Sie atmete schwer. "Aber ich kann mir nicht vorstellen, dass Pilar ......"
Klaus schüttelte den Kopf: "Unglaublich, das ist ja alles unglaublich. Wir müssen unbedingt Jaime danach fragen."

* * *

So rätselten sie noch lange weiter. Ihre Überlegungen drehten sich aber im Wesentlichen im Kreis. Sie vertrösteten sich auf den Abend mit Jaime. Doch auch auf dem Weg zur Burg, wo sie den Nachmittag bis zum Sonnenuntergang verbringen wollten, kreisten ihre Gedanken ständig um den Käse, den Zettel und den Überfall.

Sie schauten auf die Virgen de la Victoria, die Jungfrau vom Siege, die aus der Burgkapelle hinunter auf die Plaza der Stadt blickte, als sie eine junge Frau bemerkten, die mit dem Auto vor der Burg gehalten hatte, ausgestiegen war und nun ein Kreuzzeichen schlug und offensichtlich vor dieser Marienstatue betete. Marianne stieß Klaus in die Seite, der dieses Mal gleich verstand und nickte. Die Frau hatte die Blicke der beiden bemerkt und nickte ihnen ebenfalls zu. Nach einem weiteren Kreuzzeichen trat sie auf sie zu und sagte: "Sie hat mir schon oft geholfen, so wie sie vielen Leuten in Trujillo hilft, die Jungfrau vom Siege."
"Um welchen Sieg handelt es sich denn da?" fragte Klaus in leicht skeptischem Ton.
"Um welchen Sieg?" erwiderte die junge Frau verständnislos, "ach so, weil sie die Jungfrau vom Sieg heißt. Ja, das war damals der Sieg über die Bösen. Sie half den Guten in einer Schlacht, die hier vor Trujillo stattfand. Und danach waren sie endgültig vertrieben."
"Wer war endgültig vertrieben?" hakte Klaus nach, nun schon ein wenig ungeduldig.
"Na, die Bösen, die Araber, die Mohammedaner, die hier das christliche Land besetzt hielten. Aber sie hilft noch heute. Wenn meine Kinder krank waren, hat sie geholfen. Und meine Mutter schwört seit ihrer Kindheit auf sie. Dabei ist sie schon fast achtzig. Sie kann sich auch noch an viele schöne Prozessionen erinnern, wenn am Festtag der Jungfrau die

ganze Stadt geschmückt war. Das muss früher alles viel schöner gewesen sein. Und die ganze Stadt machte mit. Heute ist das ja leider nicht mehr so. Es gibt immer mehr Leute, die von der Jungfrau nichts mehr halten. Die nicht mal in die Kirche gehen. Deshalb geht es auch mit Spanien abwärts."
"Aber Spanien geht es doch gut", erwiderte Klaus, "zumindest wirtschaftlich."
"Ja, wirtschaftlich, aber sehen Sie sich mal an, wieviele Scheidungen es mittlerweile gibt. Und Kinder werden doch kaum noch geboren. Das kommt ja alles von der Pille. Deshalb hat der Papst sie auch verboten. Aber viele Leute halten sich nicht daran. Das wird nochmal ein böses Ende nehmen." Marianne stieß Klaus wieder in die Seite und meinte: "Komm, wir wollten ja noch die ganze Burg besichtigen."

Sie verabschiedeten sich von der jungen Frau und betraten den mächtigen Burghof, der einmal ein arabischer Alcazar gewesen war und noch die quadratischen Wehrtürme und Hufeisenbögen aus dieser Zeit aufwies. Von den Wehrmauern hatten sie einen weiten Blick über die hügelige Umgebung, die mit der untergehenden Sonne immer gelbere Töne annahm.
Da die Burg schon bald geschlossen wurde, sagte Marianne: "Komm, wir setzen uns auf die Mauer hinter der Burg, um den Sonnenuntergang zu betrachten."

Klaus war das eigentlich etwas zu langweilig, er wollte aber nicht schon wieder widersprechen. Als sie auf der warmen Granitmauer Platz genommen hatten, ließ sich eine Gruppe von jungen Leuten ein paar Schritte neben ihnen nieder, die Mädchen von den Jungen eng umschlungen, und hinter sich einen riesigen Kassettenrekorder, aus dem laute Technomusik ertönte.

Nun schauten alle wie Klaus und Marianne auf die rote Scheibe, die blutig am westlichen Horizont, immer schneller scheinbar, sich dem Boden näherte.
"Das verstehen die unter Romantik," knurrte Klaus, "unglaublich!"
"Und was verstehst du unter Romantik?" schnurrte Marianne fast zärtlich und schlang ihren Arm um Klaus, der das mit einem befremdeten Gefühl geschehen ließ. Er grinste nur vor sich hin. Natürlich mochte er Marianne. Sie sah ja sehr repräsentativ aus, mit ihrer großen festen Gestalt, ihren dunkelbraunen Haaren und ihrer Kleidung, die oft recht elegant oder schick zu nennen war. Wenn sie in Gesellschaft gemeinsam auftraten, war er auch immer sehr stolz auf sie. Und ihre Heiterkeit stimmte auch ihn oft heiter, der dazu neigte, das Leben doch manchmal zu schwer zu nehmen. Obwohl ihre Spontaneität ihm manchmal peinlich war. Dann versuchte er sie zu bremsen und ihr sogar ins Gewissen zu reden. Vor allem aber war er sich ihrer nicht si-

cher. Immer schwärmte sie von irgendwelchen anderen Männern und hatte ihm nach Vorhaltungen oft klarzumachen versucht, dass sie in ihrer Freiheit nicht eingeschränkt zu sein wünsche. Er fühlte sich dann immer in seinem Führungsanspruch gekränkt. Musste denn nicht der Mann der Führende in einer Beziehung sein? Und oft hatte er doch den Eindruck, als wolle sie das selber so. Zum Beispiel beim Tanzen. Da schätzte sie doch offensichtlich seine Führungskraft und überließ sich ihr. Sie war doch ein richtiges Weib in überkommenem Sinne. Aber immer wieder diese Versuche auszuscheren. Er konnte das nicht begreifen. Oder liebte sie ihn nicht wirklich? Gut, was hieß schon Liebe in ihrem Alter und nach ihren gescheiterten ersten Ehen? Aber sie hatte sich doch für ihn entschieden. Manchmal beschlich ihn allerdings der leise Verdacht, dass sie nur seine gesellschaftliche und seine wirtschaftliche Stellung schätzte. Doch verwarf er diesen Gedanken immer schnell. Er war ihm unangenehm. Nein, sie würde wohl mit der Zeit merken, was sie an ihm hatte. Schließlich hatte er es zu etwas gebracht. Seine Praxis lief gut, und er war recht wohlhabend. Und er war doch auch kein Unmensch. Er war doch immer bereit zu helfen, wenn jemand in Not war. So wie er sich vor kurzem um seinen Nachbarn gekümmert hatte, der als Trinker in der Gosse zu landen drohte. Und sein Engagement bei Amnesty. Wieviel Arbeit und Geld hatte er da hineingesteckt. Und er freute sich, dass er sie überreden konnte, da auch mitzumachen. Ihre Gefühlsseligkeit konnte ihm aber leicht zuviel werden. Wie sie jetzt in die Abendsonne starrte. Er fand einen Sonnenuntergang ja auch schön. Aber musste man da stundenlang sitzen? Überall, wo sie beide es schön fanden, gerieten sie über die Dauer, die sie verweilten, in Streit. Manchmal sprachen sie dann nicht mal miteinander. Jeder hing dann seinen Gedanken nach, aber sie ewig. Was dachte sie denn dann die ganze Zeit? Was dachte sie jetzt zum Beispiel? Von was träumte sie? Von anderen Männern? Von ihrer Vergangenheit? Oder dachte sie dann gar nichts? Er konnte das nicht. Wenn es genug war, war es genug. Dann musste er sich mit etwas anderem beschäftigen. Oder etwas machen. Oder sich bewegen. Wandern zum Beispiel. Aber auch das bitte nicht zu lange! Und wie sie jetzt ihre Hand über sein Haar streichen ließ, das war ihm auch ein wenig peinlich. Das ging doch alles im Hotelzimmer viel besser.

Eine tiefe Stimme hinter ihm ließ ihn hochschrecken. "Verliebte junge Leute müssen sich natürlich den Sonnenuntergang anschauen!"
Als sie sich umdrehten, erblickten sie Familie Hohkeppel hinter sich, Helga mit ihrem violetten Panamahut und Günter mit seiner Kappe, in der er aussah wie ein dunkler Christian Morgenstern.

"Halloo!" rief Klaus aus, indem er die Betonung auf die zweite Silbe legte und mit der Stimme hochging, als wenn es sich um eine überaus glückliche Begegnung handelte. Das tat er immer, wenn er sich einigermaßen wohlfühlte und sich dann eigenartigerweise verpflichtet fühlte, eine positive Stimmung zu verbreiten, ohne zu bemerken, dass die anderen eher verdutzt waren über diesen Überschwang, den sie normalerweise nicht an ihm bemerkten.

"Setzt euch doch zu uns! Der letzte Moment des Dramas ist ja noch nicht gekommen. Muss aber gleich dasein. Ist das nicht wunderbar?" rief Marianne begeistert.
"Ach, wir bleiben lieber stehen," meinte Günter, ohne sich dabei zu vergewissern, ob seine Frau derselben Meinung war. Sie stellten sich hinter die beiden und stützten ihre Hände auf der Mauer ab. Auch sie warfen scheele Blicke auf die Jugendlichen mit ihrer stimmungszerstörenden Musik, wie sie meinten. Auf die Idee, dass seine Vorträge stimmungszerstörend sein könnten, kam Günter Hohkeppel nicht. Deshalb legte er auch gleich hemmungslos los: "Weißt du noch, Helga, die Sonnenuntergänge in Galicien?"
"Ja, wunderbar," stimmte seine Frau zu, "diese Rot- und Goldtöne."
"Ja, wie auf manchen Gemälden von Tizian. Besonders auf dem Gemälde, das Karl den Fünften nach der Schlacht bei Mühlberg zeigt.

Da drücken diese Farben gleichzeitig Sieg und den nahenden Untergang aus. Diese Schlacht war zwar der Höhepunkt seiner militärischen Siege, aber er war zu diesem Zeitpunkt schon sehr krank und zweifelte wohl selber schon daran, dass er seine Aufgabe, das Zusammenhalten seines Riesenreichs, erfüllen könnte."

Marianne schaute zwar immer noch gebannt auf das reizvolle Farbenspiel, das die Natur bot, jetzt zunehmend an Glanz verlierend und die Farben stumpfer, opaker werdend, horchte aber gleichzeitig voll Verehrung den Ausführungen dieses Mannes, die ihr immer wie kleine Offenbarungen erschienen.
Besonders beeindruckte sie die Sicherheit, mit der er seine Ausführungen von sich gab. Wenn Klaus solche Vorträge hielt, klang es immer entweder gekünstelt oder nachgebetet.

"Was haben Sie denn heute unternommen? Wir waren ja den ganzen Tag in dieser wunderbaren Stadt unterwegs", fragte Marianne und sah, wie die rotgoldene Scheibe sich unter den schmalen blauvioletten Wolkenstreif über dem Horizont schob. Sie hatte vor, Hohkeppels nach dieser Einleitung auch von dem versuchten Raub zu erzählen, kam aber nicht dazu, da Herr Hohkeppel wieder gleich loslegte: "Wir haben heute einen Ausflug nach Merida unternommen. Sehr lohnend. Die römischen Brücken und die Wasserleitungen kann man so kaum in Rom selber antreffen. Und auch das Theater mit seinen blauen Säulen aus portugiesischem Marmor ist beeindruckend. Und dann die vielen Mosaiken in Gebäuden und im Museum. Ein Mosaik mit einem Labyrinth hat mich sehr gefesselt. Mir wurde hier noch einmal klar, dass es eine Verbindung von diesen Mosaiken zu den arabischen Arabesken geben muss. In beiden ist die Verschlungenheit und Verworrenheit des Lebens dargestellt, die sich in geheimnisvoller Weise in der Vereinigung von Anfang und Ende findet. Völlig anders als in der christlichen Kunst, wie wir sie zum Beispiel in der Kathedrale von Toledo erlebt haben, mit ihrer verwirrenden Fülle des plastisch Gestalteten ..."

"Entschuldigen Sie, dass ich Sie unterbreche", meinte Klaus trocken, "aber wir haben uns zum Abendessen mit dem Kellner von nebenan verabredet." Marianne fiel heiß die Käseliste ein, konnte es sich aber nicht verkneifen, Hohkeppels noch nach ihren Plänen für den nächsten Tag zu fragen, da ihr die Unterbrechung allzu abrupt erschien. Außerdem hätte sie Herrn Hohkeppel gern noch länger zugehört.

"Morgen machen wir eine Wanderung einen Fluss entlang, ein Stück nördlich von Trujillo. Nichts sehr Spektakuläres. Sie dient auch ein wenig der Erholung."

"Ach, das wäre für uns auch nicht schlecht. Hätten Sie etwas dagegen, wenn wir die Wanderung zusammen unternehmen würden? Was meinst du, Klaus? Das wäre doch was," wandte sie sich an Klaus, der wie sie mittlerweile die Mauer verlassen hatte. Er stimmte zu, weil er sich nicht traute, in dieser Situation neinzusagen, obwohl ihm dieser Hohkeppel schon wieder stank, mit seinen ewigen Vorträgen. Sie verabredeten sich für zehn vor der Kathedrale, von wo sie dann mit einem Auto losfahren könnten.

* * *

"Das Rebhuhn kann ich nur bestens empfehlen. Es ist unglaublich zart. Und die Sauce!" Jaime, der Kellner stand in seinem schon ein wenig abgewetzten schwarzen Anzug mit Weste, wieder etwas Schweiß auf der Stirn, neben ihnen, zeigte mit seinem fleischigen Zeigefinger auf die Speisekarte, schnalzte mit der Zunge und verdrehte die Augen nach oben. Sie waren um diese Zeit noch die einzigen Gäste in dem Raum auf der ersten Etage des Restaurants mit seinen Tischen, die mit langen rosa und weißen Tischdecken gedeckt waren und Gläser für Wein und solche für Wasser trugen, die festlich, aber etwas einsam im Licht glänzten.
"Gut," meinte Klaus , "und welchen Wein würdest du uns empfehlen?"
"Das ist der beste aus Extremadura, aber der hier ist auch sehr gut, und ziemlich preiswert. Ich lass euch mal probieren." Jaime ging zu

dem Tischchen, das vor der Wand eine Auswahl von Weinflaschen präsentierte, öffnete eine Flasche vor ihnen mit dem Korkenzieher und goss jedem von beiden einen Schluck ein.
"Sehr gut!" Diesmal kam es zugleich aus dem Mund von beiden.
"Ich gebe eben die Bestellung auf. Dann setze ich mich zu euch, wenn es euch recht ist."

"Habt ihr die Liste mitgebracht?" Jetzt hatte sich sein freundliches witziges Genießergesicht wieder in den unerwarteten Ernst verwandelt, den es am Mittag gezeigt hatte.
"Ja," erwiderte Klaus, "aber du musst erst dein Versprechen einlösen, zu erklären, was es damit auf sich hat."
"Ihr habt euch die Liste ja sicherlich ausführlich angeschaut und die vielen Namen gesehen."
Marianne und Klaus nickten. "Die Leute sind alle bedroht", fuhr er fort.
"Wie bedroht und von wem?" wollte Marianne wissen und machte ein besorgtes Gesicht.
"Vom Orden," entfuhr es ihm, als sei er froh, dass es endlich heraus war. "Von welchem Orden? Was heißt das?"
"Habt ihr noch nie vom Orden gehört?" Marianne und Klaus verneinten stumm.
"Der Orden ist eine kirchliche Organisation, die eine gewisse Ähnlichkeit mit anderen katholischen Orden hat, allerdings mit vielen Verzweigungen in die weltliche Macht und die

Wirtschaft. Und mit rigorosen Methoden. Und sehr konservativ. Schon unter Franco wurde er in Spanien gegründet und hat sich mittlerweile über die ganze Welt verbreitet."
"Ach, den Orden meinst du. Davon haben wir schon gehört. Hat er nicht auch großen Einfluss im Vatikan?" warf Klaus ein.
"Richtig. Und er will seinen Einfluss wie ein Krake vergrößern. Und jetzt haben sie dieses neue Konzept, das sie in Guadalupe ausprobieren."
"In Guadalupe.? Hier in Guadalupe?"
"Ja, habt ihr noch nicht davon gehört, dass Guadalupe durch Polizeikontrollen umgeben ist? Hermetisch abgeschlossen."
"Ja, davon haben wir gehört. Aber was hat das mit dem Orden zu tun?" Klaus´Stimme verriet jetzt so etwas wie eine Mischung aus Aufregung und Skepsis. Sie vergaßen teilweise, ihr Essen zu sich zu nehmen, obwohl es wirklich sehr lecker war. Umso häufiger nippten sie an dem köstlichen Wein, von dem sie Jaime auch ein Glas eingeschüttet hatten.

Jaime lehnte sich auf seinem Stuhl zurück, atmete tief ein und redete weiter: "Sie haben dort die Macht. Die Gemeinde ist in ihrer Hand. Fast. Es gibt einige Leute, die gegen sie sind. Die versuchen sie zu eliminieren. Und die stehen auf der Liste."
"Zu eliminieren?" rief Marianne erschrocken. "Was heißt denn eliminieren?" "Könnt ihr euch nicht mehr erinnern, was auf der Liste stand?

Von Konkurrenz war die Rede, von Krankheit, von Dingen, durch die man Leute in die Isolation treiben kann. Das sind ihre Methoden. Immer anders. Sie wenden alle möglichen Tricks an, die Leute, die sie nicht mögen, aus der Gemeinde zu vertreiben."
"Aber es gibt doch Gesetze! Und was sagt die spanische Öffentlichkeit dazu?" rief Marianne empört aus.
"Die Öffentlichkeit weiß es noch nicht," erwiderte Jaime. "Und das ist gerade unsere Aufgabe, sie zu informieren. Aber weil alles so unglaublich ist, müssen wir vorsichtig und sorgfältig zu Werke gehen. Damit wir auch wirklich Beweise in der Hand haben. Und einer dieser Beweise ist jetzt in eurer Hand."
"Du meinst, die Liste? Aber jetzt sag uns doch mal, wie die in unsere Hand gekommen ist!" forderte Klaus.

"Sie war in dem Käse, den Pilar in ihrem Beutel hatte. Und als alles auf den Boden fiel, wurde er mit deinem vertauscht," erklärte Jaime.
"Das haben wir auch schon überlegt!" rief Marianne aus. "Aber wieso in einem Käse?"
"Das ist für uns die einzige Möglichkeit, die Dokumente aus Guadalupe herauszuschmuggeln." Es fiel Jaime offensichtlich schwer, die Fragen der beiden Touristen zu beantworten. Der Schweiß wurde stärker auf seiner Stirn und seine Hände ballten sich zu Fäusten. Er schien unter starker Spannung zu stehen.

Deshalb antwortete er auf die Frage "Dokumente? Noch mehr Dokumente? Und wer schmuggelt sie? Wer seid ihr?" mit einem "Entschuldigung! Versucht doch einmal zu verstehen! Da werden Leute unmenschlich behandelt und wir versuchen ihnen zu helfen. Wenn wir aber jetzt preisgeben, wer wir sind und wie wir genau helfen, laufen wir Gefahr, unser ganzes Projekt zu gefährden. Ihr seid mir beide sehr sympathisch. Aber ich soll euch so wenig wie möglich verraten. Versucht das bitte zu verstehen und mir zu vertrauen! Wenn ihr euer jetziges Wissen an andere weitergebt, kommen wir und vor allem die Leute, die direkt gefährdet sind, in Gefahr. Ich weiß ja, dass alles unglaublich klingt. Deshalb nochmal meine Bitte: Vertraut mir und gebt mir den Zettel! Übrigens weiß ich auch nicht alle Einzelheiten. Das machen wir aus Sicherheitsgründen so."

"Hör mal, Jaime, jetzt noch was anderes", klang es jetzt fast wie eine Anklage aus Klaus' Mund, "weißt du, dass Marianne heute überfallen worden ist?"
"Überfallen?" Jaime stand der Mund offen. "Wieso überfallen? Und wo? Und wie?"
"Das Wo und das Wie können wir dir erklären. Das Wieso wüssten wir auch gerne." Marianne schob den Ärmel ihrer Bluse hoch und zeigte auf den riesigen blauen Fleck, der sich an ihrem Oberarm gebildet hatte, was Jaime mit verwunderten Augen quittierte. Dann schil-

derten sie ihm den Vorfall und wollten seine Meinung dazu hören. Er reagierte aber im Wesentlichen wie auch der Wirt schon. Eine Erklärung hatte er nicht. Und von Polizei wollte er gar nichts wissen.
"Kann es nicht sein, dass der Täter es auf die Liste in dem Käse abgesehen hatte?" fragte Klaus lauernd.
"Unfug! Das wären dann ja welche von unseren Leuten. Nein, das ist völlig ausgeschlossen. Nein, Unsinn!"

Marianne und Klaus schwiegen einen Augenblick. Klaus war sehr unzufrieden mit dieser Lage der Dinge. Einfach so vertrauen, das war nicht seine Art. Und Jaime war er ja nicht einmal sonderlich sympathisch. Wie er früher Marianne immer angeblickt hatte. Obwohl er jetzt ganz anders war. Er schien voller Sorge und Verantwortungsbewusstsein. Und wenn da Menschen wirklich in Gefahr waren! Und auf dem Zettel schien ja alles darauf hinzudeuten. Sein soziales Gewissen drängte ihn, Jaime zu vertrauen. Was sollte auch Schlimmes passieren, wenn sie den Zettel abgaben? Und eine Verbindung zu dem Überfall schien ihm jetzt auch absurd. Wer hätte auch so schnell nach dem Kauf des Käse alles entdecken und dann gleich handeln können? Pilar? Der Historiker? Das traute er ihm dann doch nicht zu.

Das Zögern der beiden ließ Jaime, der nun wieder ausschließlich an die Liste zu denken schien, noch einen anderen Vorschlag machen: "Wenn ihr in Guadalupe seid, könnt ihr eine Freundin treffen, die euch ein paar weitere Einzelheiten sagen kann. Sie ist Maurerin, und steht auch auf der Liste. Vielleicht könnt ihr euch erinnern. Ihr könntet sie am Montag um drei an der Humilladero- Kapelle etwas außerhalb von Guadalupe treffen. Wenn ihr wollt," fügte er hinzu.
Klaus zog jetzt kurz entschlossen den Zettel aus einer Tasche des Stadtrucksacks, den er in den Urlauben immer bei sich trug, und reichte ihn Jaime, dessen Gesicht nun strahlte. Er bedankte sich fast überschwenglich bei beiden, drückte zuerst Klaus und dann Marianne fest und herzlich die Hand und sagte: "Gott wird es euch lohnen." Mit einem Seitenblick stellte er fest, dass sich just in diesem Moment Gäste an einem Tisch am anderen Ende des Raums niedergelassen hatten. Deshalb erhob er sich mit den Worten: "Ich muss. Und nochmal vielen Dank."

Marianne schaute Klaus mit einem versonnenen Blick an und meinte: "Das war schon in Ordnung so. Obwohl mir noch tausend Fragen in den Sinn kommen."
"Geht mir genauso", stimmte Klaus zu. Zu einem der leckeren Nachtische stand ihnen heute nicht der Sinn, so dass sie schon bald aufbrachen.

***

Muskulöse, aber wohlgeformte Männerbeine hatten sie schon immer fasziniert. Wenn sie unterwegs Radfahrern mit solchen Beinen in engen Radfahrerhosen begegneten, konnte sie Klaus gegenüber diese Faszination nicht verschweigen. Er revanchierte sich dann meistens mit der Bemerkung "Ameisenbeinchen!" Er hatte ja zwar auch muskulöse, aber weniger wohlgeformte Beine, in ihren Augen eher Fußballerbeine, obwohl er gar nicht Fußball spielte, leicht o-förmig. Sein Gang erinnerte sie oft ein wenig an den des amerikanischen Präsidenten, ein wenig angeberisch, Cowboy-artig, sich selber künstlich Festigkeit verleihend. Dieses Bild versuchte sie im Beisammensein mit ihm stets zu verdrängen. Und nun ging Günter, wie sie ihn mittlerweile nannten, mit diesen wohlgeformten Beinen vor ihr, vor ihr und Helga, die hinter den Männern, also Klaus und Günter, hergingen. Günter hatte den Weg den kleinen Fluss entlang ausgesucht, und sie waren verabredungsgemäß am Morgen in Hohkeppels Auto an der Kathedrale von Trujillo aufgebrochen.

Vor der Ankunft an der Brücke über den Fluss, wo sie den Wagen auf einem freien Platz abstellten, hatte es zwischen Helga und Günter einen kleinen Streit gegeben, als Günter sich wunderte, dass sie noch immer nicht

angelangt waren. Er war der festen Überzeugung, dass die Brücke etwa 20 km von der Stadt entfernt lag, während Helga ganz sicher war, dass es sich um 40 km handelte. Eigentlich völlig nebensächlich, doch spitzte sich der Streit zu, als sich dann herausstellte, dass es tatsächlich 40 km waren, und als Helga dann die Bemerkung wagte "Wie du siehst, habe ich manchmal doch Recht!",wurde Günter nahezu ausfällig, etwas peinlich für die beiden anderen.
Marianne spürte allerdings ein spontanes Gefühl von Sympathie und Solidarität mit Helga, das sie, als sie nun nebeneinander am Flussufer entlangwanderten, mit "So sind sie eben, die Männer!" , ausdrückte. Helga quittierte die Bemerkung mit einem dankbaren Lächeln. Das Lächeln verstärkte sich, als Marianne ihr erklärte, dass es ihr manchmal mit Klaus ähnlich erging. "Männer und Frauen passen eben einfach nicht zusammen," lachte sie schließlich.

Dabei musste sie ständig auf die von ihr bewunderte Gestalt Günters vor ihr blicken. Die nach ihrer Meinung so schönen Beine in den kurzen Jeans waren auch noch von schwarzen Haaren bedeckt, nicht zu viele und nicht zu wenige. Und wenn er sich einmal umdrehte, um auf einen Raubvogel über ihnen in der Luft oder auf schwarze Schweine, die zwischen den Steineichen weideten, hinzuweisen, sah sie seinen schmalen Kopf mit dem graugesprenkelten schwarzen Bart, der sie an El Greco erinnerte. Und aus dem Hemdausschnitt kräuselten sich schwarze Brusthaare. Dabei wurde ihr das Herz warm, und die freie Fläche unter der Mütze auf Günters Kopf vergaß sie dabei ganz.

Helga wurde nun zunehmend munterer. Sie erzählte von früheren Reisen in Spanien, von den malerischen Stränden in Asturias, von Wanderungen in Andalusien, von Hirten, Bauern und Fischern, die sie kennengelernt hatten. "Woher habt ihr eigentlich eure Spanischkenntnisse? Ihr redet ja sehr flüssig," wollte Marianne wissen.
"Günter hat lange Zeit in einem Architekturbüro gearbeitet, das verschiedene Kunden in Lateinamerika hatte, vor allem in Peru. Ich erledigte einen großen Teil der Korrespondenz und den übrigen Bürokram. Und einmal haben wir vier Jahre in Peru gelebt."
Marianne war begeistert und stellte Helga eine Frage nach der anderen nach ihrem Leben in Peru.

So verging die Zeit und die Strecke wie im Fluge, während sie eine mittelalterlich oder römisch anmutende Brücke passierten, ein wenig vernachlässigt, aber mit ihren acht Bögen noch intakt. Über die grasbewachsenen Pflastersteine zogen heute wohl nur noch Schafe mit ihren Hirten, wie sie dem Kot auf ihr und an den Ufern entnahmen. Über ihnen kreisten

Adler und Geier, Störche und Falken zogen zügig ihre Bahnen. Die Ruhe ringsum wurde noch verstärkt durch den obstinaten Ruf der Rebhühner. Einmal erblickten sie die bunte Pracht eines Bienenfressers. Am Ufer standen Königskerzen und ein Stück höher hinauf die Dolden der weißen ..lilien. Auf den Felsen, die an einigen Stellen Tümpel und Katarakte im Flusslauf bildeten, sonnten sich Eidechsen, und einige Male kreuzten Schildkröten hurtig ihren Weg und plumpsten ins bräunliche Wasser, das manchmal geheimnisvoll violett in der Sonne glänzte.

Nun waren sie zu einer Stelle gelangt, wo die Felsen flache Sitze, hochgestellte Stelen, kleine Wasserfällchen und dunkle Becken mitten im Fluss bildeten, alles über mehrere natürliche Brücken leicht vom Ufer aus zu erreichen.
"Wäre das nicht der richtige Rastplatz?" fragte Günter und wandte sich den anderen zu.
"Ja, toll, und der richtige Zeitpunkt ist es auch. Ich freue mich schon auf einen tüchtigen Schluck und einen saftigen Bissen," antwortete Marianne mit gewohnter Begeisterung, der Klaus dann kaum noch zu widersprechen wagte.

Während Helga dem Rucksack, den Günter abgestellt hatte, ein rotweißkariertes Küchentuch entnahm und es sorgfältig auf den Felsboden breitete, bissen Marianne und Klaus schon abwechselnd in ein Brot und in einen harten Käse, dazu nahmen sie einen Schluck aus einer Flasche Ribera del Guadiana, die Klaus entkorkt hatte.

"Wollt ihr auch einen Schluck?" fragte Marianne die beiden anderen. "Danke," entgegnete Helga, "wir haben selber eine Flasche mitgebracht." und zog aus dem Rucksack eine Flasche Marques de Caceres, die sie mit zwei Plastikbechern auf das Küchentuch stellte. Mit neidischen Blicken schaute Klaus sowohl auf das Küchentuch als auch auf die Flasche und die Becher. Ihm widerstrebte es eigentlich, Rotwein aus der Flasche zu trinken. Bisher waren sie immer mit den Gläsern in den Hotels oder Pensionen ausgekommen, in denen sie übernachteten, und da Marianne meist die Vorbereitung des Proviants für die Wanderungen übernahm, hatten sie beide an solchen "Komfort" nicht gedacht.

"Marques de Caceres, ein edler Tropfen," konnte sich Klaus aber nicht verkneifen zu bemerken.

"Ja, ist auch nicht ganz billig. Aber wir haben uns jetzt daran gewöhnt. Wollt ihr mal einen Schluck?"

Klaus wehrte dankend ab. Ihm war der Gedanke unangenehm, aus der fremden Flasche oder gar aus einem fremden Glas zu trinken. Marianne aber nahm dankbar einen Schluck aus Günters Becher, den er ihr mit seinen sehnigen schlanken Händen entgegenhielt.

"Noch etwas erdiger als unserer," leckte sie sich genießerisch die Lippen.

Eine kurze Zeit aßen und tranken sie schweigend und beobachteten dabei die stille Landschaft hinter den schilfigen Ufern. Dann kam Marianne plötzlich in den Sinn, was sie gerade erfahren hatte. "Ach, Klaus, hast du schon gehört, dass Hohkeppels vier Jahre in Peru gelebt haben?"
Nein, hatte er nicht. Er hatte mit Günter auf dem Hinweg über die Anreise nach Extremadura und über ihre jeweiligen Berufe gesprochen. Günter war heute auch etwas stiller als sonst. Oder war es der Streit mit Helga, der da noch nachwirkte? Jetzt war Klaus sozusagen gezwungen, einige Fragen über den Aufenthalt in Peru zu stellen. Wie das Land so wäre, und was sie da gemacht hätten.

Günter berichtete über Lima, wo sie gewohnt hatten, einige Reisen und dann kam er langsam wieder so richtig in Fahrt, als es um die Architektur der Inkas und der anderen Indianerkulturen ging.
"Und was habt ihr da gemacht außer Reisen?" wollte Klaus schließlich wissen.
"Ich habe an einer Wohnanlage an der Küste gebaut. Vorwiegend Innenarchitektur. Aber auch zusammen mit einem mexikanischen Architekten, der die ganze Anlage entworfen hatte. Ein phantastisch schöner Bau hoch auf einem Felsen über dem Meer."
"Wer kann sich denn so etwas leisten?" warf Marianne ein.

Günter lachte ein kurzes sarkastisches Lachen. "Es gibt da Leute, mit solch einem Reichtum, wie ich ihn hier in Europa nie kennengelernt habe. Leute, die hohe Funktionen in der Wirtschaft haben, teilweise gleichzeitig Politiker, oft Mitglieder des Ordens, ohne deshalb unbedingt besonders fromm zu sein."
"Ach, des Ordens? Gibt es den da auch?" Klaus wurde jetzt ganz aufmerksam.
Wieder lachte Günter sein kurzes Lachen. "Außerhalb von Europa ist er nirgendwo so stark vertreten wie in Peru, mit Einfluss und Mitgliedern bis in die Regierung. Und in Europa ist Spanien ja das Land mit den meisten Mitgliedern und dem größten Einfluss, wenigstens zeitweise. Klar, den Vatikan darf man natürlich nicht vergessen.Er soll ja auch die Wahl des letzten Papstes bewirkt haben."
Mariannes Augen wurden groß und größer. Dann platzte es aus ihr heraus: "Ich hatte bis gestern kaum noch von diesem Orden gehört. Bis wir gestern in einer merkwürdigen Angelegenheit damit konfrontiert wurden."
"In einer merkwürdigen Angelegenheit?" fragte Günter mit einem schrägen Blick auf Marianne und Günter, "wie muss ich das verstehen?"
"Marianne, wir sollen doch ...." wollte Klaus sie zum Schweigen bringen. Doch sie überhörte es. Die ganze Sache brannte ihr ja auch zu sehr auf der Seele, als dass sie sie hätte für sich behalten können. So breitete sie den Besuch des Kellners Jaime, die Szene in dem

Käseladen und den anschließenden Überfall ausführlich aus, fügte aber hinzu: "Obwohl der Überfall wohl damit gar nichts zu tun hat. Immerhin habe ich das als Andenken zurückbehalten." Dabei zeigte sie den blauen Fleck an ihrem Oberarm. Helga gab einen erschrockenen Laut von sich und bot Marianne eine Creme gegen Prellungen an, die sie auf Wanderungen immer mit sich führte. Marianne nahm sie dankend an. Günter strich sich unterdessen ernst und nachdenklich über den schwarzen Bart und meinte, als Marianne schwieg: "Ich würde mich da so weit es geht, heraushalten. Das haben wir damals in Peru gelernt: So wenig wie möglich mit denen zu tun haben. Die kennen im Zweifelsfalle kein Pardon. Und wo die sind, sind ihre Gegner auch nicht weit. Und auch die sind oft nicht zimperlich."
"Welche Gegner denn?" fragte Klaus gespannt.
"In Peru war das vor allem der Sendero Luminoso."
"Die terroristische Widerstandsbewegung der Andenbewohner?"
"Genau die."
"Aber wir sind doch hier nicht in Peru. Und Jaime und seine Freunde sind doch keine Terroristen. Das sind doch alles nette Leute, soweit wir sie kennen."
"Ja, soweit ihr sie kennt. Das ist genau der Punkt."

Klaus wurde die Unterhaltung irgendwie unangenehm. War es nicht absurd, von Extremadura auf Peru zu kommen, oder auch umgekehrt? Spielte sich Hohkeppel nicht nur auf mit seinen Kenntnissen, die keiner überprüfen konnte? Und dann wieder diese unmögliche Naivität von Marianne. Sie hatten doch Jaime versprochen, nichts weiterzuerzählen. Er hatte plötzlich das starke Bedürfnis, sich etwas zurückzuziehen. Außerdem war ihm der Felsen auch zu unbequem. "Ich ziehe mich mal etwas auf die Uferhöhe zurück. Ich spüre mein Kreuz zu sehr." Er nahm sich noch ein Brot mit Käse und einen Apfel und balancierte über die Felsenbrücke ans ansteigende Ufer, um sich dort ins Gras zu legen. Die anderen schauten ihm etwas verwundert, Marianne leicht verärgert, hinterher. Musste er sich denn schon wieder eine Extrawurst braten?

Auf dem Rückweg gesellte sich Helga zu Klaus, wohl weil sie instinktiv so etwas wie Mitleid mit ihm empfand, Mitleid mit seiner selbstgewählten Isolierung. Vielleicht fühlte sie aber auch die Schuld ihres Mannes, der ja immer die Gespräche so dominieren musste, dass andere, vor allem Männer, oft ausgeschlossen wurden. Günter, der ja die Wanderung ausgesucht hatte, setzte sich automatisch an die Spitze, und Marianne setzte neben ihm ihr Gespräch über Peru fort, was Günter sofort auf seine Lieblingsspur brachte, große architektonische Leistungen als Ausdruck von Herrschaft. Dabei waren ihm Macchu Picchu und die Tempel von Cuzco genauso recht wie der Kölner Dom. Fasziniert hing Marianne an seinen Lippen, bis ihr plötzlich ihr Gespräch vom ersten Tag ihres Kennenlernens in den Sinn kam, das Klaus so schnöde unterbrochen hatte. "Wie war das eigentlich mit deinem Erlebnis mit der Zivilgarde in den 60er Jahren?"

Er lachte kurz auf und setzte sich regelrecht in seine Erzählung hinein: "Ich war per Anhalter unterwegs, von Deutschland nach Spanien und hier in der Gegend von Las Hurdes. Kennst du die?"
"Nein, das sagt mir jetzt nichts."
"Immer, und eigentlich noch heute, die ärmste, zurückgebliebenste Gegend in Spanien. In der Nähe von Salamanca. Keine asphaltierten Straßen, teilweise keine Elektrizität und in vielen Häusern kein fließendes Wasser. Und deshalb fand ich auch zunächst kein Auto, das mich mitnehmen konnte. Später nahm mich übrigens sogar einmal ein Maultierhändler auf einem seiner Tiere mit. Es war ein Esel, auf dem ich mit meinem schweren Rucksack saß. Fürchterlich! Aber wie gesagt, zuerst zu Fuß auf einsamen, staubigen, heißen Straßen. Als mir plötzlich doch ein Auto begegnete, leider in der Gegenrichtung. Es war ein kleiner Seat. Im Vorbeifahren hatte ich schon gesehen, dass der Beifahrer ein Mann in Uniform war. Und ich ahnte schon, was ge-

schehen würde: In einer Entfernung von vielleicht 50 Metern hielt der Wagen, der Uniformierte mit seinem gelackten Hut mit Nackenschutz stieg aus, und rief mir zu, ich solle mal herkommen. Ein Zivilgardist!

Hitze, das ungewohnte Essen mit viel Olivenöl, nicht immer frisch, die Frustrationen, wenn ich längere Zeit keinen Autofahrer fand, der mich mitnahm, und vielleicht auch die Abneigung gegen alles Uniformierte ließen in mir Wut und Trotz hochsteigen. Wenn er was wolle, könne er doch herkommen. Gegenüber einer Amtsperson in der damaligen Zeit eine Unverschämtheit! Aber er kam. Was sollte er auch sonst machen? Wo ich her sei, wie ich heiße, und was ich hier wolle, wollte er wissen. Kurze, patzige Antworten. Er wolle meinen Pass sehen.
'Das geht nicht', erklärte ich in meinem damals noch sehr gebrochenen Spanisch.
'Wieso nicht?' herrrschte er mich an.
'Weil der ganz tief unten im Rucksack steckt.'
Dann müsse ich ihn eben dort hervorholen.
Aber wozu eigentlich? Meine Wut wurde immer größer, vor allem da ich merkte, dass er sich erstaunlicherweise bis zu einem gewissen Grade auf meine Widerborstigkeit einließ.
'Was soll das Ganze eigentlich? Touristen belästigen. Ich werde mich über Sie beschweren. Wir befinden uns hier schließlich nicht an der Grenze, sondern mitten im Land. Was su-

chen Sie bei mir? Ich habe meinen Pass schon an der Grenze gezeigt.'
'Sie könnten ja ein Terrorist sein. So wie Sie aussehen, mit Bart und mit diesem Rucksack auf dem Rücken.'
'Ein Terrorist! Und was soll ich hier als Terrorist?' Das Wort löste blanken Hohn und eine gewisse Genugtuung ob seiner Absurdität in mir aus.
'Ja, vor kurzem tauchte schon mal einer wie Sie in Spanien auf und hat in Madrid eine Bombe gelegt. Ein gewisser Christie aus England.'
'Ich bin aber kein gewisser Christie, und aus England bin ich auch nicht.'
Er ließ natürlich nicht locker.
'Und Sie meinen, ich könnte hier eine Bombe legen? Was sollte ich damit bewirken? Die Olivenbäume in die Luft sprengen? Das ist doch alles lächerlich! Wirklich lächerlich!'
Natürlich nützte das alles nichts. Ich musste meinen Rucksack auspacken. Ein letzter Triumph noch: 'Ich kann den Rucksack hier in diesem Dreck nicht auspacken. Wo soll ich denn alle Sachen hinlegen? Der Pass ist ganz tief unten.'
Mit einer nun nahezu als Engelsgeduld zu bezeichnenden Ruhe entgegnete er: 'Einen Moment!', schritt zu dem Wagen, in dem die ganze Zeit der Fahrer geduldig gewartet hatte und mittlerweile ein Stück zurückgekommen war, bückte sich, zog ein Tuch heraus und breitete

es sorgfältig vor mir auf den Boden. Ein rotes Samttuch!

Auf dieses feuerte ich nun mit demonstrativer Wut Hemden, Unterwäsche, Waschutensilien, Schlafanzug, Filme, alles das, was ich bei mir führte, wobei merkwürdigerweise bei jedem Wurf mein angestauter Ärger abnahm, und gleichzeitig auch der Ärger des Zivilgardisten, wie man seiner sanfter werdenden Stimme entnehmen konnte. Ein letzter Racheakt seinerseits lediglich: 'Öffnen Sie die Filmdosen!'
Ich zeigte ihm mit einer theatralischen Gebärde die Filme in den Dosen und setzte jedes Mal hinzu: 'Keine Bombe, wie Sie sehen!', was er nickend quittierte. Und als er in meinem Pass, der sich tatsächlich ganz unten befand, meinen Namen mühsam studierte, befand sich sogar so etwas wie Anerkennung in seinem Ton. Damals waren Deutsche in Spanien, vor allem im Inland, gern gesehen und manchmal regelrecht bewundert, von manchen auch wegen der gemeinsamen faschistischen Vergangenheit. Und vielleicht war er tatsächlich froh, dass ich mich nicht als verdächtiges Subjekt erwiesen hatte.

So kamen wir zum Schluss auf die Details meiner Reise und auf unsere Familien zu sprechen: zwei Menschen, die sich in unwirtlicher Gegend trafen, und verabschiedeten uns schließlich mit freundschaftlichem Handschlag. Jeder bekundete Verständnis für die

Handlungsweise des anderen, den er kurz vorher noch gehasst hatte."

Günter hatte immer geläufiger und schneller geredet. Er schien wieder mitten in dem Erlebnis von damals zu sein. Marianne hatte sogar den Eindruck, dass sein Gesicht jünger geworden war. Sie bewunderte ihn und strahlte ihn an.

"Dass du das alles heute noch so erzählen kannst, als wäre es gestern geschehen!"
"Ja, vielleicht kommt das auch daher, dass ich damals Tagebuch geführt habe. In diesen Tagebüchern lese ich heute noch manchmal."
"Das finde ich toll. Könnte ich eigentlich auch einmal machen. Aber wann?" sann sie vor sich hin.
"Ich schreibe auch auf dieser Reise wieder. In Trujillo mache ich das meistens abends vor der Bar auf der Plaza."

"Ich war ja auch damals in Spanien unterwegs. Allerdings nicht so wie du. Ich bewundere das. Du hast bestimmt viele tolle Sachen erlebt," meinte sie.
"Das kann ich dir sagen, Tintenfischfang im Atlantik, zahlreiche Feste, wie es sie heute nicht mehr gibt. Und dann habe ich mich in eine Spanierin verliebt," sagte er und schaute sie sinnend von der Seite an.
"Die Geschichte scheint aber kein Happy End gehabt zu haben, oder?"

"Nein, hat sie nicht," erwiderte er, etwas einsilbig werdend. Dann kam er auf ihre Bemerkung von ihren Spanienfahrten zurück. "Wieso war das bei dir ganz anders?"
"Ich war mit einer Gruppe von Freunden unterwegs, im Auto. Aber auch für uns war das damals die Zeit der großen Freiheit, das Studium fast zu Ende, noch keine familiären Bindungen, einfach toll! Überall lockte das große Abenteuer. Und Spanien war für uns die ganz andere Welt."
"Ging mir genauso."
Dann schwiegen sie beide, und jeder dachte, wie gut sie doch eigentlich zusammenpassen würden. Die Ankunft an der Brücke mit dem Platz, wo sie das Auto geparkt hatten, schnitt ihre Gespräche und Gedanken abrupt ab, und im Auto nahmen sie wieder die gewohnten Plätze ein, Günter und Helga vorne, Marianne und Klaus hinten. Während der Rückfahrt fiel kaum ein Wort.

* * *

Am Abend herrschte auf der Plaza eine besondere Atmosphäre. Die Luft war lind und Sterne erschienen an einem makellos blauen Himmel. Ein leichtes Lüftchen wehte. Günter, der vor der Bar in der einen Ecke der Plaza saß, mit Blick auf die beleuchteten Paläste und das Denkmal vor der Kirche, machte sich Notizen in seinem Reisetagebuch, während Helga es vorzog, im Hotel schon im Bett liegend, weiter in ihrem Roman zu lesen. Da sie unter Bluthochdruck litt, strengten sie die Wanderungen immer etwas an, so dass sie hinterher viel Erholung brauchte. Er trank beim Tagebuchschreiben gerne einen Tio Pepe, und als er das Glas vor sich ins Licht hielt, sah er eine Gestalt schnell aus dem Palast treten, von dem er wusste, dass da Marianne und Klaus ihr Zimmer hatten. Ja, war das nicht Marianne? Jetzt blieb sie einen Moment stehen und schaute in seine Richtung. Und jetzt kam sie schnurstracks auf seine Bar zu. Erstaunt stellte er fest, dass sein Herz zu klopfen begann.

In dem dämmerigen Licht und mit ein wenig zerzauster Frisur, wie sie jetzt vor ihm stand, kam sie ihm noch bezaubernder vor. "Kann ich mich zu dir setzen?" fragte sie in einem Ton, der ihm anders als am Tag bei der Wanderung vorkam, irgendwie ernster und fast aufgeregt.
"Natürlich kannst du. Und gerne. Aber wo ist Klaus?" Er fragte mehr anstandshalber, denn eigentlich freute er sich, dass sie alleine kam.
"Ja, wo ist Klaus?" entgegnete sie erregt und ließ sich ihm gegenüber nieder.
"Auf dem Zimmer natürlich. Wo sonst?"
"Du bist so erregt, scheint mir," fragte Günter möglichst sanft. "Ist irgendetwas passiert?"
"Eigentlich ist gar nichts passiert. Nur das, was ständig passiert. Wir haben uns gestritten. Wo ist übrigens Helga?" Auch sie stellte

diese Frage nach dem Partner mehr aus Höflichkeit. In Wirklichkeit hatte sie schon damit gerechnet, Günter hier alleine zu treffen. Sie ging dann auch gar nicht weiter auf Günters kurze Erklärung ein.
"Wie könnt ihr denn an so einem schönen Abend streiten?" fragte er und gab seiner Stimme einen Ton, der witzig klingen sollte. Ihr Mund stülpte sich noch schmollend vor, aber ihre eng beieinander stehenden Augen begannen wieder ihren Glanz zu entfalten, wie immer, wenn sie mit Günter redete. "Ach, über unsere Wanderung, über unser Gespräch über den Kellner und überhaupt über alles. Aber du hast Recht. An so einem schönen Abend sollte man eigentlich über Schöneres reden." Dabei legte sie ihre rechte Hand leicht auf seine Linke, die auf dem Tagebuch lag. Die Berührung überraschte und verwirrte ihn.
Sein Blick fiel auf ihre Nase, die am Ende leicht nach oben gebogen war. Solche Nasen signalisierten ihm immer leichte Erregbarkeit, im positiven Sinne, Bereitschaft zu Neuem und allem Möglichen.

Er liebte es, mit Frauen, die ihm gefielen, ein wenig zu flirten, zog sich aber meistens nach einiger Zeit wieder zurück. Er hatte sich bei allen Spannungen, die es zwischen ihm und Helga gab, zu sehr an sie gewöhnt, als dass er sie durch einen Seitensprung verletzen würde. Doch Marianne, das war etwas anderes, diese Gleichheit der Interessen, ihr Aus-

sehen, und dann noch etwas, was er irgendwie spürte, was ihm aber nicht richtig bewusst wurde, nämlich ihre Bewunderung für ihn, die ihm schmeichelte. Und die seidene Luft um sie herum, einzelne Schwalben, deren dunkle Schatten ab und an auftauchten. Oder waren es Fledermäuse? Und nun ging zu allem Überfluss zu ihrer Linken ein Mond auf ,der zwischen Gold und Silber strahlte.
"Möchtest du auch einen Tio Pepe? Der bringt dich gleich in eine andere Stimmung."
"Normalerweise gern. Aber ich habe das Bedürfnis etwas zu laufen. Und schau dir diesen Mond an! Was hältst du davon, einen Gang durch die Gassen der Oberstadt zu machen und nochmal neben der Burg auf der Mauer zu sitzen? Es müsste doch schön sein, von da bei Mondschein weit ins Land hinein zu schauen."
"Du hast Recht," erwiderte er, wieder mit klopfendem Herzen, rief den Kellner, um seine Rechnung zu bezahlen und stand auf.

Wie selbstverständlich schob Marianne ihren Arm unter den seinen und begann wieder von dem schönen Abend zu schwärmen. Sie kamen nochmal auf Peru zu sprechen und sie drückte ihm wieder ihre Bewunderung für seinen Abenteurergeist aus. An dieser Stelle sah sich Günter verpflichtet, sie darauf aufmerksam zu machen, dass sich heutzutage sein Abenteurergeist in Grenzen hielt, unter anderem wegen der Erfahrungen in Peru. Als er eine gewisse Enttäuschung in ihrem Gesicht und in ihrer Stimme wahrnahm, erklärte er ihr, wie gefährlich das Leben in manchen Situationen sein kann. "Mit solchen Leuten wie denen vom Orden möchte ich möglichst nichts zu tun haben. Ich habe da in Peru Dinge erlebt, die bis zu Folter und Mord gingen. Und wenn du alleine bedenkst, dass sie ihren Mitgliedern das Tragen eines Bußgürtels und Geißeln nahelegen. In der heutigen Zeit! Stell dir das mal vor!"

"Und warum?" wollte sie wissen.

"Der Kern ihres Weltbilds besteht darin, dass man sich als sündiger Mensch empfindet. Das war immer in der Geschichte so, wenn ein diktatorisches Regime bequem seine Herrschaft ausüben wollte."

"Schrecklich! Manchmal kommt mir mein Klaus auch wie ein kleiner Diktator vor. Und ein schlechtes Gewissen macht er mir auch oft. Er ist auch oft so pingelich und will immer seine Pläne mit Gewalt durchsetzen."

Günter war über diese Bemerkung überrascht. Da haute sie ihren Partner vor ihm in die Pfanne. Dabei kannten sie sich doch noch gar nicht so lange. Einerseits fühlte er sich geschmeichelt wegen ihres Vertrauens, andererseits gleichzeitig ein bißchen abgestoßen. Weil es ihm wie Verrat vorkam? Weil es ihn an Helga erinnerte, die ihn auch manchmal vor anderen wie aus heiterem Himmel bloßstellte? Dabei verdrängte er, dass sie das tat, nachdem er lange vorher seine Herrschaft über sie ausgeübt hatte, indem er fast ununterbrochen redete, indem er ihr oft das Bewusstsein gab, dass sie ihm eigentlich dankbar sein müsste, dass er sie geheiratet hatte. Manchmal ging diese Haltung so weit, dass er ihr regelrecht vorwarf, dass sie geheiratet hatten, als sei das ihre alleinige Entscheidung gewesen.

Als sie sich kennenlernten, war sie allerdings in einer verzweifelten Situation gewesen, da sie kurz vorher von ihrem Mann verlassen worden war, nach 15 Jahren Ehe. Während er, Günter, alleine lebte. Er verdrängte dabei allerdings, dass er vorher in zwei Beziehungen nacheinander von seiner jeweiligen Partnerin verlassen worden war, weil er sich nicht zum Heiraten entschließen konnte. Jung und hübsch und sexy waren beide gewesen, nur eins hatten sie nicht, was Marianne hatte, diese Unbekümmertheit, in der er vielleicht das suchte, was er selber seit Jahren verloren hatte. Und Helga? Sie opferte sich für ihn auf, wenn sie auch hin und wieder rebellierte. Doch daran dachte er jetzt nicht. Er dachte nur an Mariannes heiteres, unternehmungslustiges Wesen. Und bewundern tat sie ihn ja auch, wie er immer wieder ihren Worten entnahm. Er sah den temperamentvollen Handbewegungen nach, mit denen sie ständig unterstrich, was sie sagte, und ihren feingegliederten Händen. Und ihre eng beieinanderliegenden Augen schauten ihn so intensiv an, dass er das auch im sie umgebenden Halbdunkel sah und beim Schein der wenigen Laternen, an denen sie vorbeikamen.

"Hm, riechst du diesen herrlichen Duft von Apfelsinenblüten? Ich kann mir gar nicht erklären, wo der herkommt."
"Doch, schau mal, da in dem Garten hinter der Mauer. Und hier vor uns steht auch ein Bäumchen an der Straße. Das ist übrigens kein Apfelsinenbaum, sondern eine Pomeranze."
"Was ist denn das?"
"Eine Bitterorange. Die haben längere Dornen, die Früchte schmecken bitter, aber dafür duften die Blüten so wunderbar. Ich rieche es jetzt auch."
"Was du nicht alles weißt! Für mich ist das einer der schönsten Düfte, die ich kenne. Ich könnte danach verrückt werden." Dabei ergriff sie seine Hand, drückte sie und begann fast zu laufen.

Sie waren jetzt an der Mauer neben der Burg angelangt, setzten sich darauf und schauten in die mondbeschienene Landschaft. Weit um sie herum breiteten sich die leichten Hügel, ohne künstliche Lichter bis zum Horizont, der mit seinem Kranz von dunkelblauen Bergketten auch jetzt zu ahnen war. Ein stilles Land, in dem sie sich alleine zu befinden schienen. Sie saß so dicht neben ihm, dass er ihre Körperwärme spürte. Er hatte das Gefühl, dass sie die speziell für ihn ausströmte, und wieder durchlief ihn ein warmer Gefühlsstrom. Ein

plötzlicher Impuls ließ ihn seinen Arm um ihren Nacken legen. Er zog sie zu sich heran und wollte sie auf den Mund küssen.
Zu seinem Erstaunen bog sie sich zur Seite, lachte ein frohes, gleichzeitig verlegenes Lachen und stieß ein "Das ist mir jetzt zu plötzlich!" aus. "Lass uns doch weiter einfach so nebeneinander sitzen!"
Er fühlte sich tief getroffen. Was sollte das? Sie war doch wohl zu alt um sich zu zieren. Treue gegenüber Klaus? So wie sie über ihn redete? Hatte er sich in ihren Gefühlen ihm gegenüber getäuscht? Er fühlte sich plötzlich ernüchtert und hatte gar keine Lust mehr, mehr Zeit mit ihr zu verbringen. Er schwang seine Beine über die Mauer und blieb anstandshalber noch ein paar Minuten hinter ihr stehen. Sie schien völlig ungerührt. Wie konnte das sein?

Ihr kamen die mancherlei Versuche von Männern in den Sinn, die sich in den letzten Jahren um sie bemüht hatten. Einige hatte sie über Zeitungsannoncen kennengelernt. Alle waren sie immer zu schnell gewesen. Sie fühlte sich dann jedes Mal ausgenutzt, fast missbraucht. Sie bestand doch aus mehr als bloß ihrem Körper. Deshalb hatte sie sich ja auch von ihrem Mann getrennt, den sie jung kennengelernt und geheiratet hatte. Erst relativ spät hatte sie verstanden, dass der einzig und allein ihren damals noch reizvolleren Körper geliebt hatte. Irgendwann war ihr das dann zu wenig. Gut, bei Klaus war es eher umgekehrt. Sie teilten ja viele Interessen, aber ihre körperlichen Reize und ihr Charme wurden von ihm zu wenig geschätzt. Meinte sie. Und dieser Günter? Er könnte der Richtige sein. Aber jetzt wieder so schnell! Und dann Helga! Sie fand Helga sehr sympathisch, und sie hätte ein wirkliches Anbändeln mit Günter als Verrat ihr gegenüber empfunden. Sie ließ sich jetzt auch von der Mauer herunter, und automatisch begannen beide den Rückweg durch die Gassen der Oberstadt hinunter zum Markt. Sie redeten nicht miteinander. Sie gingen auch nicht mehr Arm in Arm. Bevor sie das letzte, steile Gassenstück zum Markt betraten, roch Günter den Gestank, der aus einem Gulli strömte. Nicht richtig funktionierende Kanalisation. Er widerte ihn plötzlich an. Beim Hinweg hatte er den Geruch gar nicht wahrgenommen. Und plötzlich kam ihm diese ganze Reise fragwürdig vor. War nicht alles so alltäglich geworden? Bot Extremadura überhaupt etwas Besonderes?

"Schau mal, unser Mietwagen, den wir hier geparkt haben!"
Warum redete sie ihm auf einmal vom Mietwagen? Noch banaler konnten ihre Gespräche kaum sein. Er sah auf den blauen Ford Fiesta, der links nahe an einer Hauswand geparkt war, kurz vor dem Beginn einer Treppe, die nach unten führte.

"Es kommt mir so vor, als hätte er sich ein Stück nach vorne bewegt. So nahe an der Treppe standen wir nicht, meine ich. Ich habe aber keinen Autoschlüssel dabei. Den muss ich gleich im Hotel holen oder Klaus Bescheid sagen."
Aus und vorbei? Sie will nach Hause, zu Klaus. Na, dann ist es eben so. Fast hastig verabschiedeten sie sich voneinander. Günter verfiel auf dem Weg zu seinem Hotel immer mehr in eine dieser tiefen Depressionen, in der ihn dann nur Helga mit ihrer ruhigen Konstanz und Geduld zu halten vermochte, bis es wieder vorbei war, manchmal erst nach etlichen Tagen. Helga nahm dann nahezu die Rolle einer Mutter ein, einer Mutter, die er so nie gehabt hatte.

* * *

Der Kopf des Mannes sah fürchterlich aus. Er war rundum mit Pflastern zugeklebt, sogar der Mund. Und nur zwei winzige Schlitze an den Augen erlaubten ihm eine gewisse, einseitige Kommunikation mit der Umgebung. Sprachen ihn der eine oder andere an, so schüttelte er nur den Kopf und wies mit seinen dick verbundenen Händen auf seine Ohren, die ebenfalls dicht mit Pflastern bedeckt waren. Er saß auf einer Stufe der Kirchentreppe am Markt, neben sich ein großes Holzkreuz, an das eine blutige Puppe genagelt war, eine Puppe, deren Kopf ebenfalls mit Pflastern bedeckt war, auf dem aber oben eine Reihe bunter Federn herausragte, an einen Indianer wie zu Karneval erinnernd. Sonst war die Puppe nackt, mit einem deutlich sichtbaren Penis und großen Hoden, beides schlaff herunterhängend.

Die Leute, die nach der Messe aus der Kirche quollen, blieben irritiert vor der Szene stehen, um dann kopfschüttelnd oder schimpfend weiterzugehen. Einzelne Personen lachten. Andere blieben in kleinen Gruppen stehen und unterhielten sich. Man hörte Bemerkungen wie "Ein Verrückter! Was soll der Quatsch?" oder "Unverschämtheit! Das ist doch Blasphemie! Hier wird das heilige Kreuz verunglimpft!" Zwei ältere Männer mit Mützen auf dem Kopf wiesen eine Gruppe, die neben ihnen stand, auf die seltsame Figur hin, die aller Aufmerksamkeit erregte, und sagten: "Schaut doch mal, was er jetzt macht! Er will uns irgendetwas zeigen. Er geht mit seinem Kreuz zum Pizarro-Denkmal. Er legt das Kreuz unter das Pferd und hält seinen Kopf unter den erhobenen Huf des Pferds. Seid mal leise! Fängt er nicht an zu stöhnen?" In dem Moment trat eine hübsche junge Frau mit dunklen Haaren und silbernen Ohrringen auf die Gruppe zu. Sie hielt ein Blatt Papier in der Hand und forderte die Umstehenden auf, etwas zu unterschreiben.

"Schau mal, das ist doch wieder Pilar!" sagte Marianne zu Klaus, welche gegenüber in einem Restaurant auf der Plaza gefrühstückt hatten und nun, neugierig ob des Menschenauflaufs, nähergetreten waren. Sie begrüßten Pilar und stellten fest, dass es wieder um das Pizarro- Museum ging. Wie ihnen schon der Historiker erklärt hatte, ging es darum, Informationen über die Schrecklichkeiten der Eroberung einzufügen und auch auf die heutige Situation der Indios in Peru aufmerksam zu machen, die Pilar als direkte Folge der spanischen Invasion darstellte. Die Reaktion des Publikums war erwartungsgemäß unterschiedlich, teils ablehnend, manchmal auch empört. Aber es gab auch Zustimmung. Nur die Form der Demonstration mit dem nackten Gekreuzigten wurde von den meisten abgelehnt. Marianne und Klaus wurde natürlich auch bald klar, wer der Demonstrant war, bevor es ihnen Pilar bestätigte.

Sonntags war die Plaza von Verkehr frei, lediglich die Polizei stand ab und an mit einem Jeep dort. So war es auch heute, schon als Marianne und Klaus den Platz überquerten. Nun sahen sie, wie zwei Polizisten sich langsam der Kirche und dem Denkmal näherten. Einige Leute traten aufgeregt auf sie zu und redeten auf sie ein. Die Polizisten gingen zu dem Demonstranten und versuchten, mit ihm zu reden, was natürlich fehlschlug. Nachdem sie sich noch eine Weile miteinander besprochen hatten, griffen sie ihn plötzlich bei den Armen und zerrten ihn mit sich zu dem Jeep. Das heißt, ein Zerren war es eigentlich nicht, da er sich kaum wehrte. Die Leute verfolgten aufmerksam das Schauspiel. Als die drei in dem Jeep Platz genommen hatten, kam einer der Polizisten noch einmal zurück und holte das Kreuz, das auf dem Sockel des Denkmals lag.

"Wieso führen die den ab? Das ist doch lächerlich! Auch in Spanien gibt es doch ein Demonstrationsrecht", erregte sich Klaus.
Pilar schaute ihn fast ein wenig mitleidig an und erwiderte nur: "So ist es eben!"
Marianne wollte eigentlich mit Pilar über die Angelegenheit mit dem Käse reden, scheute sich aber in der Umgebung so vieler Menschen.
Klaus' Erregung nahm weiter zu, bis er seinen Körper streckte, den Mund vorstülpte und mit fast zusammengebissenen Zähnen erklärte, dass die Festnahme gegen das Demonstrationsrecht und die Menschenrechte verstoße und er nicht gewillt sei, das hinzunehmen. Marianne kannte das an ihm und wusste, dass er nicht zu bremsen war. Sie gingen also, mit Pilar im Gefolge, ein paar Straßen weiter, wo die Polizeistation lag. Klaus trat an die Theke, wo er nach seinem Anliegen gefragt wurde. Er erklärte es in der gleichen Körperhaltung wie eben Pilar und Marianne gegenüber. Der Polizist wurde offenbar etwas ratlos und hieß sie einen Moment warten. Dann kehrte er mit einem höheren Chargen zurück, der sie höflich in ein kleines Zimmer bat, wo sie vor seinem

Schreibtisch Platz nahmen. Die Demonstration sei nicht angemeldet gewesen, und außerdem habe der Festgenommene öffentliches Ärgernis erregt, erklärte der Polizeioffizier, er werde aber noch einmal mit einem Vorgesetzten reden. Sie möchten in der Zwischenzeit wieder im Vorraum Platz nehmen.

Sie hatten sicher eine halbe Stunde gewartet, als plötzlich der Historiker in der Tür erschien, ohne seine Vermummung und ohne das Kreuz. Er lächelte, ging auf Klaus zu und gratulierte ihm: "So schnell bin ich noch nie freigekommen. Ihr selbstbewusstes Auftreten und die Tatsache, dass Sie Ausländer sind, hat das wohl bewirkt."
"Ja, ist das denn nicht das erste Mal, dass Sie festgenommen wurden?" fragte Klaus erstaunt.
"Hier in Trujillo ja, aber wir haben an anderen Stellen schon ähnliche Aktionen durchgeführt. Und natürlich früher, als ich noch Student war," erwiderte er lächelnd. "Nach einiger Zeit kam ich immer frei. Aber wie gesagt, so schnell wie dieses Mal noch nie."
Marianne war ein wenig stolz auf Klaus. Sie schlug vor, sich doch in die Bar an der Plaza zu setzen und einen Schluck zu trinken. Da hatte der Historiker es plötzlich sehr eilig. Sie hätten dringend noch etwas zu erledigen, so leid es ihm tue.

"Ein Gläschen nur. Auf den ausgestandenen Schreck!" bat Marianne, so dass sich die beiden erweichen ließen.

"Wissen Sie, dass Marianne nach dem Käsekauf überfallen wurde?"
fragte Klaus lauernd, als sie an einem Tischchen in der Bar an der Plaza Platz genommen hatten.
"Ja, Jaime hat mir davon erzählt," antwortete der Historiker, ohne seine Miene zu verziehen, "ich finde das auch erstaunlich und kann mir keinen Reim darauf machen. Scheint mir irgendein Verrückter gewesen zu sein."

In diesem Augenblick tauchten Hohkeppels vor dem Tisch auf. Helga eilte gleich auf sie zu, während Günter zunächst zögernd stehenblieb. Marianne stellte die Leute einander vor, so dass Günter nun auch nähertreten musste. Sie hatte Klaus nichts von ihrem nächtlichen Treffen mit Günter Hohkeppel erzählt. Als sie ins Hotel gekommen war und ihm von dem Mietwagen berichtet hatte, war er aufgesprungen und hatte den Wagen besser plaziert. Danach war seine schlechte Laune irgendwie verflogen und hatte sich heute weiter verbessert. Marianne kannte das. Wenn er handeln konnte, wurde er selbstbewusster, aber auch angenehmer ihr gegenüber. Ihr sollte es recht sein. Solange er nicht anfing, solches Oberwasser zu kriegen, dass er wieder alles reglementieren wollte.

Als Helga dem Historiker eine Frage nach dem Sinn seiner Demonstration stellte, von der Marianne berichtet hatte, erklärte der kurz seine Pläne mit dem Museum. Günter, der eigentlich so schnell wie möglich weiterwollte, da ihm das Zusammentreffen mit Marianne peinlich und blamabel vorkam, horchte plötzlich aufmerksam auf den Tonfall des Historikers und fragte: "Sind Sie Peruaner?"
"Wieso?" gab der Historiker zurück, "wie kommen Sie darauf?"
"Ihr Akzent. Diesen Akzent kenne ich nur aus Peru. Kommen Sie daher?" Zögernd antwortete er: "Ich war längere Zeit dort." Dann schluckte er seinen Kaffee, erhob sich und drängte: "Jetzt müssen wir aber wirklich."
Er und Pilar verabschiedeten sich und bedankten sich nochmal bei Klaus für seinen Einsatz bei der Polizei.

Helga zog Günter nun auch an den Tisch und sagte: "Wir müssen uns doch noch von Marianne und Klaus verabschieden. Wir fahren nämlich gleich noch weiter in Richtung Jerez, wo wir ein Zimmer für die letzte Nacht unserer Reise reserviert haben. Morgen Abend geht es dann zurück nach Deutschland."
Auf Helgas Anregung hin tauschten sie die Adressen aus, während Günter schweigend vor sich hinsah. Wie bei einer Waage mit zwei Waagschalen hob Günters Verdrossenheit weiter Klaus' Laune, so dass er mit dozierend

vorgestülpten Lippen über das Demonstrationsrecht redete, um damit seinen Einsatz bei der Polizei hervorzuheben. Hohkeppel, der kurz aus seiner Lethargie erwachte, sah sich noch einmal bemüßigt, vor dem Orden und allem, was damit zusammenhing, zu warnen. Damit erreichte er aber bei Klaus lediglich, dass der sich in seiner Aktivität für den Historiker bestätigt fühlte. Die Bedenken um die Rückgabe der Käseliste und den Kellner Jaime schwanden zusehends in seinem Kopf. Endlich hatte er sein eigenes Ding, bei dem er sich über die Warnungen Hohkeppels erhaben fühlen konnte!

Kaum hatten sich Hohkeppels verabschiedet, Klaus mit einem langen Blick aus seinen braunen Augen, über denen nun fast finster die Brauen zusammengezogen waren, erschien, quer über die Plaza eilend, der Kellner Jaime, den Klaus mit einem Halloo an ihren Tisch winkte. "Heute geben sich ja die Leute die Klinke gegenseitig in die Hand, beziehungsweise die Kaffeetasse in die Lippe," bemerkte er launig, "willst du auch einen Kaffee?"
"Einen Cortado."
"Einen Cortado für den Herrn!" rief Klaus dem Barkellner zu, der grinsend "für den Herrn" wiederholte, da er sah, dass sein Kollege Jaime damit gemeint war.

"Bleibt es dabei? Fahrt ihr morgen nach Guadalupe?" wollte Jaime wissen, nachdem er sich schwitzend auf einem der bastbezogenen Stühle niedergelassen hatte, für sein Hinterteil eigentlich viel zu klein.

"Das scheint dir ja sehr wichtig zu sein." In Klaus keimte wieder ein Stück seines alten Misstrauens auf.

"Nein, es war doch so, dass ihr mehr Informationen über den Orden und seine miesen Praktiken haben wolltet. Und da seid ihr bei Juanita an der richtigen Stelle."

"Juanita, ist das die Maurerin, von der du gesprochen hast?"

"Genau die. Und denkt dran! Um drei Uhr an der Humilladero- Kapelle."

"Woher weißt du das so genau? Zwei Tage vorher!"

"Weil ich sie angerufen habe. Übrigens: Wenn ihr vor der Kathedrale einen kleinen Menschen mit einem schwarzen Schnurrbart stehen seht, das ist ein Fremdenführer, den ich euch sehr empfehlen kann. Es ist Professor Pablo Henriquez. Er weiß bestens über die Geschichte und die Kunst von Guadalupe Bescheid."

"Gehört er auch zu eurer Gruppe?" Klaus beugte sich gespannt vor.

"Ja, und er steht auch auf der Liste. Ein ehemaliger Lehrer, dem sie schon übel mitgespielt haben. Aber er ist wirklich gut. Von ihm erfährt man Einzelheiten, die man sonst nicht in Guadalupe zu hören bekommt. So, ich muss wieder an die Arbeit," schloss Jaime, schlürfte seinen Cortado und wand seinen gewichtigen Körper in die Höhe, während er noch mehr schwitzte. Die Luft war mittlerweile sehr heiß und sogar etwas schwül geworden, nicht so angenehm wie am Vortag. Marianne und Klaus zogen sich zu einer langen Siesta in ihr Zimmer zurück.

***

" Und hier sehen Sie, wie die hohen Herren staunend vor dem wundertätigen Marienbild stehen, das in überirdischem Glanz erstrahlt. Der Hirte steht bescheiden mit abgenommener Kopfbedeckung daneben. Er musste aber dabeisein, weil dem Volk das Gefühl gegeben werden sollte, dass es beteiligt war. Deshalb war es auch ein einfacher Hirte, der das Bildnis fand, ein Hirte wie die meisten damaligen Bewohner von Extremadura. Aufgeschrieben wurde die Legende in verschiedenen Versionen im 16. bis 18. Jahrhundert. Zum Schluss bekam der Hirte den Namen Gil Cordero. Gut erfunden sind die Geschichten schon. Gil, ein Hirte aus Caceres, vermisste eines Tages eine Kuh aus seiner Herde. Nach langer Suche in den Wäldern und Eichenhainen fand er sie schließlich drei Tage später am Ufer eines verborgenen Flusses, tot, aber unversehrt. Er wollte ihr das Fell abziehen und machte deshalb auf ihrer Brust mit dem Messer das Zeichen des Kreuzes. Da erhob sich das Tier lebendig und im selben Moment erschien Maria und sprach: 'Fürchte dich nicht! Ich bin die

Mutter Gottes, des Erlösers der Menschheit. Nimm deine Kuh und bringe sie zu deiner Herde! Dann geh in deine Stadt und erzähle den Geistlichen, was du gesehen hast! Sag ihnen, ich hätte dich geschickt! Sag ihnen, sie sollten hierher kommen und an der Stelle graben, wo deine tote Kuh unter diesen Steinen lag. Hier würden sie ein Bildnis von mir finden. Und sag ihnen, sie sollten es nicht von hier wegbringen, sondern eine Hütte bauen und mein Bildnis hineinstellen. Mit der Zeit würde dann hier eine mächtige Kirche und ein bemerkenswertes Gebäude entstehen, dazu ein ziemlich großer Ort.' Dann verschwand die Jungfrau. Und hier sehen Sie die Auffindung des Bildes. Es leuchtet in überirdischem Glanz, und die Landschaftsszene mit den Vornehmen aus Caceres und den herbeieilenden Hirten erinnert stark an die Geburtsszene zu Bethlehem." Pablo Henriquez schaute sie lächelnd aus seinen großen Augen über seiner Hakennase mit dem Seehundschnurrbart an. Dabei kratzte er sich wieder in seinen krausen Haaren, die ihm wie eine Perücke flach auf dem Kopf auflagen.
"Ich habe ja eigentlich nicht viel mit solchen Wundergeschichten am Hut," rief Marianne, "aber entzückend ist sie doch! Sehr poetisch!"
"Sehe ich auch so," meinte Pablo mit seiner rostigen Stimme und stieß dabei leicht mit der Zunge an, was einen lieben und sanften Eindruck erweckte. "Man darf natürlich nicht vergessen, dass das alles erfunden wurde, um

das Volk besser im Griff zu haben. Und Geld brachte der Glaube des Volks ja auch ein. Denken Sie nur an die Millionen von Wallfahrern, die dieses Bildnis hierhin brachte. Auch Sie haben Ihren Eintritt bezahlt, wenn Sie auch nicht gläubig sind, wie Sie mir versicherten.

Guadalupe ist übrigens das arabische Wort für 'verborgener Fluss'. Darauf hat der Erfinder der Legende seine Geschichte aufgebaut. Und sie musste mit einem bedeutenden Heiligen in Verbindung gebracht werden, der möglichst nahe bei Jesus stand. Es war der heilige Lukas, der die Figur angeblich schon geschnitzt hat, und mit dem sie nach seinem Tod begraben wurde. Hier sehen Sie die Reise, die die Statue im Lauf der Jahrhunderte gemacht haben soll: Konstantinopel, mit Papst Gregor dem Großen nach Rom, wo sie die Pest besiegte. Auf der Überfahrt von Rom nach Sevilla brachte sie einen Sturm zum Stillstand. Bei der arabischen Invasion der iberischen Halbinsel versteckten einige Priester aus Sevilla sie in der Nähe des heutigen Guadalupe, wo sie im 14. Jahrhundert rechtzeitig beim Beginn der Rückeroberung Spaniens durch die Christen wiedererschien, mit Hilfe des Hirten, von dem ich Ihnen erzählte. Das erwies sich als sehr praktisch, weil ja mit ihrer Hilfe ganz Spanien und später auch ganz Lateinamerika dem christlichen Glauben zurückgewonnen wurden," erklärte er mit ironischem

Seitenblick auf Marianne und Klaus mit seiner sanften rostigen Stimme und kratzte sich dabei mit dem rechten Zeigefinger in dem Abrazzo auf seinem Hinterkopf. "Und gut darstellbar ist das alles ja sowieso, wie Sie sehen. Nun schauen Sie sich mal das letzte Bild des Zyklus an! Fällt Ihnen da etwas auf?" In sein Gesicht war nun ein verschmitztes Lächeln getreten. Marianne und Klaus schauten sich das Wandgemälde mit der Darstellung der Klosterfront und ihrem gotisch-mudejaren Filigran an, zwischen den beiden wuchtigen wehrhaften Türmen wie ein graziles Wunderwerk eingebettet. Im Vordergrund überlebensgroß die weißgekleidete Gestalt mit purpurnem Mantel. "Das ist ja der alte Papst! Wojtila!" rief Marianne aus.
"So ist es. Hier wird die Legende sozusagen in die Gegenwart weitergeführt. Im Hintergrund sieht man ja auch unter einem Baldachin die gekrönte Figur der Jungfrau von Guadalupe. Hier wird also ein Bogen gespannt vom Heiligen Lukas und der Madonna über den Kampf gegen den Islam und die Eroberung Lateinamerikas bis in die Gegenwart und ..." Nun wurde er leiser und beugte sich zu seinen beiden Zuhörern "bis zur Heiligsprechung des Ordens, der hier ein wichtiges Zentrum hat." Dann nahm seine Stimmer wieder ihre normale Lautstärke an: "Aber das nur nebenbei."

Nach der Besichtigung des Kreuzgangs zeigte er ihnen voller Begeisterung die Gemälde Zurbarans in der üppig verzierten Sakristei, in denen Weiß, Violett und Braun dominierte, die Farben aber immer so, dass man damit rechnete, dass plötzlich flammende Leidenschaft daraus hervorbrach. "Verhaltene religiöse Ekstase, die in der Geschichte Spaniens viel Unheil angerichtet hat. Verdrängte Leidenschaft, die zu tiefen Schuldgefühlen und den anschließenden Grausamkeiten führte, wie in der Inquisition und wie im Stierkampf."

Beim Essen im Restaurant im dritten Kreuzgang zogen weitere Bilder der Klosterbesichtigung vor ihren Augen vorbei. Das feinziselierte Brunnenhaus in der Mitte des ältesten Kreuzgangs, auf dem sich aus Zacken und schmalen Spitzbögen ein Dach wie auf einem kostbaren Reliquienschrein erhob, "arabisches Fingerspitzengefühl, das die Christen von den besiegten Moslems erbten", wie sich Professor Pablo äußerte. Und dann die Besichtigung der Jungfrau von Guadalupe selber. Hier musste sie der Professor verlassen, wie er sagte. Das sei nun keine Besichtigung mehr, sondern ein reliöser Akt, den nur die Mönche des Klosters durchführten. Ein solcher hatte sie mit anderen Touristen oder Wallfahrern in Empfang genommen und in die Räumlichkeiten hinter dem Hochaltar geführt.

Die Szenen aus dem Marienleben und die Frauenfiguren aus dem Alten Testament erklärte der Pater mit einer Stimme, die vor Ehrfurcht und Devotion fast zu ersterben schien. Offensichtlich meinte er es der Jungfrau schuldig zu sein, dass alle Erläuterungen in einem hymnischen Singsang endeten. Die wenigen Touristen schauten sich denn auch öfter unter gesenkten Augenbrauen verwundert an, während die Pilger wie der Pater den Blick oft schräg nach oben sandten und die gleichen reliösen Schauer zu empfinden schienen, vor allem bei den Gebeten zum Schluss, die voll Inbrunst erklangen.

Auf Knopfdruck hatte die dunkelhäutige Marienfigur mit ihrem breiten Prunkmantel und der großen Krone sich und das winzige Jesuskind den Pilgern zugewandt. Normalerweise blickte sie ja über dem Hochaltar ins Kirchenschiff. Ergriffen nahm der Franziskaner in seiner braunen Kutte nun ein silbernes Tablett, das mit einem Deckchen unter einer Glasplatte bedeckt war, darunter zwei Reliquien, ein Stoffstück aus dem wirklichen Mantel der Muttergottes und ein Stück Knochen aus ihrem Leib. Etwas verwunderlich, da der ja eigentlich in den Himmel aufgefahren war. Die Pilger durften dieses Tablett küssen. Der Pater reichte es weiter, nachdem er es sorgfältig nach jedem Kuss mit einem Tuch gereinigt hatte. Marianne und Klaus kamen aus dem Staunen nicht heraus. So etwas hatten sie noch nie gesehen. Auch nicht in Spanien.

"Wachteln nach Toledo-Art und Wildschwein in Rotwein, die Herrschaften, bitte schön!" Die Kellnerin stellte die Teller auf ihren Tisch, der vor einem gediegenen gotischen Türbogen im Kreuzgang stand. Der Tisch mit gedrechselten Beinen war mit einer roten Damasttischdecke geschmückt, auf die zum Essen ein weißes Tischtuch gebreitet wurde. Die ebenfalls gedrechselten Stühle waren mit dunklem Leder bezogen, das mit großen Messingnägeln befestigt war. Die gegenüberliegende Wand wies eine sehr unregelmäßige Gliederung auf mit ihren unterschiedlich großen, aber schlanken Türen und Fenstern, in der Flächenaufteilung an arabische Palastbauten erinnernd. Genau ihnen gegenüber war ein reichgeschmücktes Renaissance-Epitaph in blau und gelber Keramik in die Wand eingelassen, eine Abbildung der Jungfrau von Guadalupe, die hier allgegenwärtig schien.
"Alles wunderschön, wie das Essen lecker ist," sann Marianne, "nur - was haben wir eigentlich damit zu tun? Was sagt uns das?"
"Muss einem denn alles was sagen? Kann man es nicht einfach als was Schönes oder als was Historisches nehmen?" schlug Klaus versöhnlich vor.
"Nun ja, vielleicht, solange es nicht für Menschen gefährlich ist, oder vergangene Brutalitäten verherrlicht."
"Da hast du Recht. Zum Wohl!" Er hob sein Glas, das mit dunkelrotem Marques de Cace-

res gefüllt war und stieß mit Marianne an, die angesichts seiner verbesserten Laune sehr zufrieden war.

***

Die kräftige junge Frau mit dem Zopf und den großen warmen Augen nahm den grauen Plastikkübel von dem offenen zweirädrigen Anhänger, dessen Klappe sie hinten heruntergelassen hatte, und stellte ihn neben den Sockel der Kapelle. Aus dem Schlauch, der an dem verschlossenen Wasserkübel auf dem Anhänger stand, ließ sie Wasser in den Kübel laufen. Dann ritzte sie mit einem breiten Messer den Sack mit Zementmörtel und ließ den Mörtel in das Wasser rinnen, bis er sich zu einem Kegel geformt hatte. Es freute sie immer noch, wenn sich daraus die breiige Masse bildete, die sie anschließend mit der Kelle auf die schadhaften Stellen auftragen würde, um zum Schluss alles schön glatt zu streichen, so dass man nur noch den glatten Würfel erkennen konnte. Natürlich war das Bauen eines kompletten Hauses etwas anderes. Ein fertiges Heim für eine ganze Familie, um es dann anschließend sauber zu verputzen. Das war ja leider schon fast zwei Jahre her, dass sie dafür Aufträge bekam. Am Anfang hatte sie ja auch Schwierigkeiten gehabt, weil sie eine Frau war. Ein weiblicher Maurer! Aber dann hatten die Leute bald erkannt, wie gut sie war, und sie hatte nach einiger Zeit sogar zwei Mitarbeiter einstellen können. Bis dann die Aufträge ausblieben. Nun arbeitete sie wieder alleine. Dabei gab es genug Arbeit. Für sie jetzt allerdings nur noch Flickarbeiten, meistens von ihrem früheren Schulfreund vermittelt, der im Gemeinderat saß. Er war ihr noch immer wohlgesonnen, traute sich aber auch nicht aus der Deckung heraus. Lange würde sie sich allerdings nicht mehr halten können. Die Einnahmen reichten kaum noch zur Unterhaltung des Betriebs. Und ganz und gar von Fernando abhängig sein wollte sie nicht. Sie müsste sich wohl bald woanders umsehen, in Plasencia vielleicht oder sogar in Badajoz.

Fernando hätte sicher keine großen Probleme mit einem solchen Umzug. Er war ja sowieso dauernd unterwegs, hatte mal hier, mal da mit den zahlreichen Talsperren oder auch mit den wenigen Kläranlagen, die es gab, zu tun. Und um die Gruppe konnte er sich aus Zeitmangel auch nicht viel kümmern. Obwohl er es gerne getan hätte. Sie waren ja beide überzeugte Anhänger der hierarchiekritischen Kirchengruppe. Aber sie hatten sie mittlerweile geschafft. Nun wusste sie ja auch, dass sie auf ihrer Liste stand. Die komplette Liste war ja nun in Jaimes Hand, und er hatte es ihr mitgeteilt. Es war keine Überraschung für sie gewesen. Alle Leute aus ihrer Gruppe, die in Guadalupe wohnten, standen auf dieser Liste. Ein paar waren schon abgehakt. Wie der Profe. Dem hatten sie ja fürchterlich mitgespielt. Dass der es hier überhaupt noch aushielt! Sie persönlich fühlte zwar auch, dass sie geschnitten wurde, aber zu offenen Feindseligkeiten ließ sich keiner herbei. Bis auf die ausbleibenden Aufträge. Und die Leute anzusprechen, war sie zu stolz. Hätte sowieso nichts gebracht. Da war sie sich sicher.

Sie hing an Guadalupe. Es war halt ihre Heimat, auch wenn sie einige Jahre in Barcelona verbracht hatte. Dort hatte sie die entscheidenden Impulse für ihre geistige Entwicklung erhalten, die letzten Jahre ihrer Schulzeit und die anschließenden Jahre ihrer Maurerlehre, zu der sie sich entschlossen hatte, einerseits wegen ihrer Kontakte zur Gewerkschaft, aber vor allem wohl aus Protest gegen ihren Vater mit seiner allzu bürgerlichen Haltung und seinem Bildungsfimmel. Als er mit Mutter, die mittlerweile gestorben war, nach Madrid gezogen war, nach dem Verkauf der Apotheke, war sie im Gegenzug nach Guadalupe gezogen, wohl auch so etwas wie Protest. Und dass sie nun bald wegziehen musste, empfand sie als eine Art Niederlage ihrem Vater gegenüber, der über ihre Maurerlehre eine unausrottbare Verachtung empfand und sie dies auch immer spüren ließ, wenn sie einmal im Jahr bei seinem Geburtstag zusammentrafen. Dass sie noch keine Kinder hatten, war für ihn wohl auch so etwas wie eine Familienschande. Sie selber wünschte sich ja auch welche. Es hatte aber noch nicht sollen sein.

Sie griff nach hinten, um den Zopf zu erneuern, der ihr mittellanges glänzendes braunes Haar zusammenhielt, und strich sich eine lockige Strähne aus dem Gesicht. Die Deutschen könnten jetzt eigentlich langsam kommen. Die sind doch sonst immer so pünktlich. Merkwürdig eigentlich, dass der Chef sie zu ihr schicken wollte. Wildfremde, dazu noch Ausländer. Nun ja, da war die Panne mit dem Käse passiert. Sie hatten die Liste gesehen. Aber mussten sie deshalb weiter eingeweiht werden? Klar, irgendeine Erklärung musste man ihnen geben. Und angeblich waren sie auch nicht übel. Jaime hatte sie ja näher kennengelernt. Und der Chef auch. Diese ganze Geheimniskrämerei passte ihr aber nicht. Das war früher anders gewesen. Musste sich auch wieder ändern. Wenn es doch endlich zu dem Prozess käme! Daran hingen jetzt alle ihre Hoffnungen. Das letzte Material musste dazu noch raus. Wenn nur Maita nicht geschnappt wurde! In den letzten Tagen war er ihr zunehmend unruhig erschienen. Und einmal hatte er ihr zugeflüstert: "Hoffentlich schöpfen sie keinen Verdacht." Sie hatte ihn nicht gefragt, wieso er das jetzt sagte. Sie wollte ja auch nicht zu lange mit ihm reden. Wenn sie sich in der Kirche trafen, um sich etwas zuzustecken, oder zu einem vorher verabredeten Zeitpunkt in einem der beiden Supermärkte. Dem Telefon trauten sie beide nicht. Obwohl die Nachrichten von Jaime sie über Handy erreichten. Aber die Arbeit von Maita war einfach zu wichtig. Ein großer Glücksfall für den Chef, dass er ihn kennengelernt hatte, als er schon begonnen hatte, innerlich dem Orden den Rücken zu kehren. Aber wie musste er sich jetzt dauernd verstellen! Ob er das noch lange aushielt? Sogar den Bußgürtel trug er manchmal, um nicht aufzufallen.

Da näherte sich langsam ein blauer Ford Fiesta, Kennzeichen von Jerez de la Frontera. Das mussten sie sein. Ein Mann mit pechschwarzem Haar und Fußballerbeinen und eine hübsche ältere Frau mit dunkelbraunen Haaren, die ihr gleich freundlich entgegenlachte, stiegen aus.
"Entschuldigung, aber das Essen im Kloster und sein hausgemachtes Zitronensorbet waren so lecker, dass es sich gelohnt hat, etwas länger warten zu müssen. Sie mussten hoffentlich nicht vergebens warten. Aber ich sehe, Sie hatten ja genug zu tun."
Sie begrüßten sich mit Handschlag, wobei ihnen Juanita das Gelenk hinhielt, weil ihre Hand wie ihr weißer Overall einzelne Mörtelspuren aufwies.
"Wir können ja miteinander reden, während ich arbeite. Ich muss den Mörtel verarbeiten, solange er feucht ist." Ihre Stimme war tief und samten.
"Ja, natürlich. Wahrscheinlich können Sie ja froh sein, wenn Sie überhaupt hier noch eine Arbeit haben."

"So ist es. Größere Aufträge bekommen jetzt nur noch Maurer von auswärts. Lange werde ich wohl nicht mehr hierbleiben können."
Nachdem sie ihre Situation erklärt hatte, kamen sie auf andere Fälle zu sprechen, bei denen der Orden Leute diskriminierte, um sie aus der Gemeinde verschwinden zu lassen.
"Am schlimmsten ist ein Fall von Rufmord, den sie inszeniert haben. An dem Professor Pablo Henriquez."
"Ach, den haben wir heute kennengelernt. Er hat uns im Kloster geführt. Ein ausgezeichneter Führer."
"Und er war auch ein ausgezeichneter Lehrer."
"War? Ist er jetzt kein Lehrer mehr?"
"Sie haben eine Hetzkampagne gegen ihn veranstaltet. Er hätte zehnjährige Schüler während des Unterrichts monatelang sexuell missbraucht. Lächerlich, so was! Während des Unterrichts, und monatelang! Und die Schüler hätten sich das gefallen lassen! In unseren Klassen von dreißig Schülern! Es kam dann zu einer Verhandlung vor der Schulkonferenz. Aber die hielten alle zusammen, auch die kleinen Schüler, die man unter Druck gesetzt hatte. Widerlich so was! Zum Schluss fand man sich bereit, die Sache nicht vor Gericht zu bringen, unter der Bedingung, dass der Professor seinen Dienst quittierte. Ich kann gar nicht verstehen, wie er das hier noch aushalten kann."
"Das ist ja alles unglaublich!" rief Klaus empört aus. "Kann man denn da gar nichts unternehmen?"

"Wir sind ja dabei, etwas zu unternehmen. Aber wir müssen die nötigen Beweise zusammen haben. Und dazu können Sie heute beitragen."
"Wir? Wie meinen Sie das?"
Juanita nahm einen Lappen von dem Anhänger, wischte sich die Hände ab und griff in die linke Tasche ihres Overalls. Sie zog einen Umschlag hervor und reichte ihn Marianne und Klaus.
"Den konnten wir heute in die Hände bekommen. Der ist noch wichtiger als die Liste, die Sie gesehen haben. Es ist ein Beweisstück für kriminelle Machenschaften des Ordens, die mit Finanztransaktionen zu tun haben."
"Und wie kommen Sie an diese Dokumente heran?" wollte Klaus wissen. Juanita zögerte zuerst. Aber sie musste ja das Vertrauen der beiden gewinnen. Also musste sie auch einen Teil ihrer geheimen Aktivitäten preisgeben. Sie war ja grundsätzlich sowieso nicht für diese Geheimniskrämerei. Würde ja bald vorbei sein, dachte sie wieder.
"Wir haben einen Mann, der zum Archiv des Ordens Zugang hat. Mehr kann ich Ihnen jetzt nicht darüber sagen."
"Aber wieso faxen Sie die Dokumente nicht oder so?" fragte Klaus.
"Wir brauchen sie als gerichtsverwendbare Dokumente. Deshalb die Originale."
"Ich verstehe. Und was machen wir jetzt mit dem Dokument?"
"Ich würde Sie bitten, es zu unserer Schaltstelle zu bringen."

" Schaltstelle?"
"Ja, die Käserei eines Ziegenhirten, der zu uns gehört. Hier ist eine einfache Zeichnung, die Sie als Wegbeschreibung benutzen können." Sie zog ein weiteres Papier aus ihrer Hosentasche und erklärte es ihnen. Ihre Arbeit hatte sie mittlerweile beendet und angefangen, ihre Werkzeuge auf dem Anhänger zu verstauen.
"Ach, ich verstehe, der Ziegenhirt sorgt dafür, dass die Papiere in einen Käse gelangen. Und der Händler aus Trujillo holt sie dann ab."
"So ist es." Juanita schaute sie nickend mit ihren großen intensiv blickenden Augen an.
"Und warum bringen Sie das Dokument nicht selber hin?"
"Ich will nicht so oft zu Pedro fahren. Damit es nicht auffällt. Manchmal übernimmt der Käsehändler diese Aufgabe, manchmal andere aus unserer Gruppe, die sich dort Käse kaufen. Und heute sind Sie ja gerade da."
Wenn sie zu ihrem intensiven Blick lächelte, wirkte sie auf Klaus unwiderstehlich. Was für eine Frau! Wäre aber für ihn zu groß und vielleicht auch zu selbstständig gewesen.
"Sie können von Pedro aus ein Stück über eine Schotterstraße weiter in Richtung Trujillo fahren, oder, wenn Sie Schotter scheuen, ein Stück zurück in Richtung Guadalupe, um dann den normalen Rückweg zu nehmen. Würden Sie das für uns tun?"
"Natürlich machen wir das," beeilte sich Marianne zuzustimmen. Auch ihr war diese Frau sofort ans Herz gewachsen.

"Kein Problem!" stimmte auch Klaus zu, der sich immer mehr für die Aktivitäten dieser Gruppe verantwortlich fühlte, und die Erscheinung dieser Frau bestärkte ihn noch darin.

In diesem Moment klingelte das Handy von Juanita. Es befremdete Klaus ein wenig, dass sie daraufhin ein paar Schritte zur Seite ging, um dort das Gespräch zu führen, so dass sie nichts davon vernahmen. Als sie sich wieder ihnen zukehrte, machte sie plötzlich einen nervösen Eindruck.
"Ich muss mich mit einem Freund treffen. Und Sie müssen ja auch langsam losfahren, wenn Sie in den Bergen nicht ins Dunkle kommen wollen."
"Es ist doch noch früh. Und warum sollten wir nicht ins Dunkle kommen? Hier ist doch kaum Verkehr auf den Straßen," wunderte sich Marianne.
Juanita antwortete nicht. Sie hatte es offensichtlich eilig und packte den Bottich und das restliche Werkzeug ein, um sich dann zu verabschieden:
"Alles Gute und vielen Dank für Ihre Hilfe."

***

Als Juanitas Wagen mit ihrem Anhänger um die nächste Ecke verschwunden war, warfen Marianne und Klaus noch einen Blick auf die Kapelle mit dem gotisch mudejaren Maßwerk, das sich leider in ziemlich schlechtem Zustand befand, und auf das Kloster unter ihnen, das da wie eine romantische Gottesburg lag, von der aus sich die weißgetünchten Häuser die Abhänge des Berges hinab erstreckten, so als sei die Burg als krönender Abschluss aus ihnen herausgewachsen.

Zwischen bewaldeten Bergen hindurch, durch fruchtbare Tallandschaften, gelangten sie immer weiter in bergiges Gelände, wo sich die Straße in endlosen Kurven quälte. Sie durchquerten einen kleinen Ort, in dem sie langsam zwischen den eng stehenden Häusern hindurchfuhren, und wo ihnen einige Leute zuwinkten und einmal ein paar Kinder johlend hinterherliefen.
Einige Kilometer hinter dem Ort war die Straße, die nun nur noch fast einspurig war, gesprenkelt von braunschwarzen rosinenförmigen Kotbällchen. Eine Ziegenherde musste vor kurzem diesen Weg genommen haben.

**

Atemlos und durchgeschwitzt war er mit dem alten Fahrrad angelangt. Gottseidank lag der Weiler in der Mittagshitze wie ausgestorben da mit seinen weißgekalkten Häusern. Nicht einmal Kinder waren auf der engen Straße. Auf der anschließenden Strecke hinter dem Ort musste er aufpassen, dass er nicht mit den Reifen auf der Unmenge Ziegenkot ausrutschte. Es ließ sich ja nicht vermeiden, immer wieder hindurchzufahren. So hatte er die Strecke unbehelligt hinter sich gebracht, keine Polizei, keine Leute, die ihn kannten. Und hier im Keller war er erst mal sicher. Bis der Käsehändler ihn abholen würde. Am liebsten wäre er ja noch weitergefahren. Doch die Strecke über den Pass hinüber, und dann noch auf Schotter? Irgendwann hätte er es natürlich geschafft, doch wann? Und unbehelligt? Und die Gemeindegrenze musste er unbedingt hinter sich bringen. Mit aller Gewalt würden sie versuchen, ihn hier zurückzuhalten und vielleicht verschwinden zu lassen, wer weiß.

Der durchdringende Geruch nach Molke war ihm angenehm. Er erinnerte ihn an
das Dorf bei Ayacucho, aus dem er stammte. Wie lange war er nicht mehr dort gewesen! Und der Geruch von Eselskot kam ihm in den Sinn, und der von Stroh, und das gleißende Licht der Höhe. Aber auch in Lima hatte er sich ja wohlgefühlt, im Internat zuerst und später in dem kleinen Zimmer, das er bewohnte, als er in der nahegelegenen Universität Geschichte studierte. Sie hatten ihn ja immer unterstützt, zuerst der Pfarrer in seinem Dorf und später der Bischof, der ihn auch mit den Leuten vom Orden in Verbindung gebracht hatte. Großzügig waren sie gewesen, und viele Freunde hatte er zurückgelassen, als er das Stipendium in Spanien bekam, um dort als Doktorand zu arbeiten. Wenn ihn auch der Prunk im Hause des Bischofs ein wenig gestört hatte. Welch ein Ge-

gensatz zu den Häusern seiner Verwandtschaft in den Bergen! Und sie betonten doch immer so sehr, dass sie auf der Seite der Armen ständen. Auf seiner Seite sicher. Später hatte ihm der Historiker in Salamanca erklärt, warum. Intelligent sei er, und ein Feigenblatt sozusagen. Solche Leute förderten sie, weil sie sie brauchten, um die anderen umso besser ausbeuten zu können. Zuerst hatte er darüber gelacht und es innerlich als linke Spinnereien abgetan. Aber dann hatte er Pilar kennengelernt. Wie schön sie war, wenn sie errötete! Als würde sie dann ihr Innerstes nur für ihn nach außen kehren. Und ihr vertraute er bedingungslos. An ihr konnte kein Falsch und keine ideologische Verkehrtheit sein.

So war sein Kontakt enger geworden zu der Gruppe des Historikers, von der er damals noch nicht wusste, dass sie eine regelrechte Organisation darstellten, hatte auch die einfachen Leute wie den Kellner Jaime und seine Freunde kennengelernt, und das hatte ihn noch mehr überzeugt. Aber ausschlaggebend war dann das gewesen, was er mit dem Pater in Guadalupe erlebte. Vor den zwei Semestern, die er in Salamanca studierte, hatte er ja schon im Archiv von Guadalupe gearbeitet. In seinem Spezialgebiet, der Eroberung von Lateinamerika. Hier befand sich zwar keine der großen Sammlungen wie in Madrid und in Lima, aber eine Reihe spezieller Dokumente enthielt diese Sammlung, die noch gar nicht recht bekannt waren. Erstaunliche Dinge hatte er da kennengelernt und sie für seine Arbeit verwertet. Bis eines Tages der Pater zu ihm kam und ihn bat, Dokumente, die die Kirche belasteten, doch ihm auszuhändigen. Er würde sie im Sonderarchiv aufbewahren. Das Sonderarchiv befand sich hinter der Stahltür mit Sicherheitsschloss. Und dorthin brachte der Pater auch jedes Mal das Dokument, das er ihm aushändigte. Wo von grausamen Massenbekehrungen die Rede war und von der Beschlagnahmung der Besitztümer von - meist hochgestellten - Personen, die sich gegen eine Taufe wehrten, oder von den unmenschlichen Prozessen der Inquisition. Das alles hatte er Pilar erzählt, als er sie in ihrer Studentenbude in Salamanca besuchte. Und allmählich hatte sie ihn davon überzeugt, dass er dem Orden den Rücken zukehren müsse, hatte sogar behauptet, dass es sich um eine verbrecherische Organisation handelte. Und kurz vor seiner Rückkehr nach Guadalupe hatten sie und auch sein Landsmann, der Historiker war wie er, ihn überredet, mit ihrer Hilfe einen Nachschlüssel des Sonderarchivs anzufertigen, damit er sich dort selber überzeugen könne, um was für Leute es sich bei denen vom Orden handelte.

Und was hatte er alles gefunden! Geschichtsklitterer, Betrüger, Entführer, Machtbesessene waren sie. Und nicht einmal vor Mord schreckten sie zurück. Da war es ein Leichtes gewesen, ihn dazu zu bringen, fein dosiert einzelne

Dokumente zu entwenden, um sie in die Hände des Historikers gelangen zu lassen, der sie ja für den großen Prozess brauchte, den er anstrengen wollte, zunächst wegen der Schweinereien, die sie in der Gemeinde Guadalupe veranstalteten. Die Leidtragenden dieser Schweinereien hatte er ja mittlerweile selber kennengelernt, mit aller Vorsicht, versteht sich, damit sie keinen Verdacht schöpften. Das Schicksal des Professors hatte ihm dieser bei einem Treffen in einer Bar in Caceres erzählt. Und Juanita traf er gelegentlich in der Kirche, wenn sich sonst niemand dort befand. Sie war ja auch seine Kontaktfrau, der er die entwendeten Dokumente zusteckte. Auch Juanita mochte er sehr mit ihren großen warmen Augen. Doch war sie ja in festen Händen und für ihn viel zu groß, fand er. Nein, Pilar passte viel besser zu ihm. Sie war kleiner, irgendwie fast niedlich, den Frauen auf dem Land in seiner Heimat ähnlicher. Leider hatte er nicht oft Gelegenheit, sie zu sehen. Und dann war da noch der Historiker. Er hatte bis heute Zweifel, ob Pilar nicht seine Geliebte war. Obwohl ..... Wie ein richtiges Paar wirkten sie nie. Wenn man sie auch häufig zusammen sah. Auf jeden Fall nahm er sich vor, sich ihr bald zu erklären. Er konnte ja auch nicht ewig in Spanien bleiben. Hatte es jedenfalls nicht vor. Ob sie denn bereit wäre, mit ihm nach Peru zu gehen?

***

Auf der linken Seite erblickte Marianne nun ein eisernes Gatter, dahinter einen Teil einer Ziegenherde, die sich ohne Ende in den anschließenden Hügeln verlor. Die Kotspuren auf der Straße hörten gleichzeitig auf, und auf der rechten Seite führte ein steiniger Erdweg zu einem weißgetünchten langgestreckten Gebäude, das mit Ziegeln bedeckt war, die alle nur denkbaren Rot-, Gelb- und Ockertöne dem Laub der Eichen entgegenstreckten.
"Das muss es sein", meinte sie zu Klaus, der den Wagen nun doch etwas unmutig langsam und übervorsichtig auf den Erdweg einbiegen ließ.
"Du weißt ja, dass wir unterschrieben haben, wir würden mit dem Wagen nicht auf unbefestigten Straßen fahren."
Marianne befürchtete, dass jetzt seine alte Pingelichkeit wieder hervortreten würde und suchte ihn zu beruhigen: "Aber das sind doch nur ein paar Meter."
"Wenn wir aufsetzen, spielt das keine Rolle, wieviel Meter das waren. Eigentlich hätten wir den Wagen auch auf der Straße stehenlassen können."
"Jetzt sind wir ja schon da", tröstete Marianne, die das Romantische des Weges und der Örtlichkeit nicht missen wollte.

Sie stiegen aus und klopften an der roh gezimmerten, braun gestrichenen Holztür. Als sich keiner meldete, schauten sie durch die ersten

kleinen Fenster des Hauses, konnten aber neben der kargen Einrichtung keine Person erblicken. Plötzlich schrak Marianne zusammen. Sie spürte einen weichen Stoß an ihrem linken Bein. Beim Hinunterschauen erblickte sie zwei riesige gelbe Hunde mit struppigem Fell neben ihnen. Sie hatten sich völlig lautlos genähert. "Schau dir die zwei an, Klaus! Die haben ja fürchterliche Gesichter. Scheinen aber ganz harmlos zu sein."
"Dann kann der Hirte ja auch nicht weit sein."
Kaum hatte Klaus das gesagt, bog der Mann auch schon um die Hausecke. Die Stirn ging in einer geraden Linie in die Nase über. Daneben zwei abgrundtief schwarze Augen, unter denen sich dunkle Stoppeln bis zum Kinn ausbreiteten. "Die Deutschen?" fragte er, wobei sich seine Mundwinkel zu
einem verhaltenen Lächeln erhoben. "Ja, die Deutschen. Die Briefträger. Und Sie sind wohl Pedro," erwiderte Marianne freundlich. Dabei dachte sie: "Irgendwie haben die Gesichter der Ziegenböcke auf diesen Mann abgefärbt." Sie sah, wie Klaus den Umschlag aus seiner Jacke zog und ihn dem Hirten überreichte. Der blieb nun merkwürdig zögernd vor ihnen stehen, rieb sich mit den Fingerspitzen der rechten Hand über die Stirn, als hätte er schwer an den Worten zu arbeiten, die er dann an sie richtete: "Wir haben da noch ein Problem."
"Ein Problem? Welches Problem?" fragte Klaus mit hochgezogenen Augenbrauen. Marianne

fiel auf, dass der Hirte sich gar nicht bedankt hatte.
"Es ist nämlich so, dass ich ..." Er zögerte wieder. "... einen Flüchtling hier habe."
"Wie, einen Flüchtling? Was für einen Flüchtling?"
"Er sollte eigentlich von dem Käsehändler abgeholt werden."
"Ich verstehe gar nichts mehr", entgegnete Klaus schon leicht ungeduldig.
"Also, der Peruaner ist in meinem Keller. Und ich sollte Sie fragen, ob sie ihn nicht in Ihrem Auto mitnehmen könnten. Im Kofferraum natürlich."

***

Maita saß auf dem einzigen Stuhl des Kellerraums im Dunkeln. Das machte ihm nicht viel aus. In seinem Heimatdorf saßen sie oft im Dunkeln. Um Strom zu sparen, oder wenn mal wieder die Leitungen defekt waren. Sicher, das war jetzt ein paar Jahre her, dass er das erlebt hatte. Die Jahre in Lima und nun in Spanien. Und doch wünschte er sich, dass der Käsehändler bald käme. Er wollte doch so schnell wie möglich diese Gemeinde verlassen, wenn ihm auch seine Arbeit fast lieb geworden war, zuerst im Dienste des Ordens, dann als heimlicher Parasit. Und auch diese Arbeit hätte er noch weiter machen können, wenn da nicht diese dumme Sache mit dem Schlüssel gewesen wäre. Mit dem von seinen Leuten besorgten

Nachschlüssel gelangte er ja ins Geheimarchiv des Ordens, bisher von niemandem bemerkt. Bis er heute Morgen dieses wichtige Dokument entdeckt hatte, was ihm eine gewisse Aufregung verursachte. Und in dieser Aufregung hatte er das Dokument genommen, den Raum verlassen, die schwere Tür zugezogen und den Schlüssel auf dem Tisch liegengelassen, wo er vorher in dem Papier gelesen hatte. Nun war es nur eine Frage der Zeit, wann sie den Schlüssel und dann ihn, der dahintersteckte, entdecken würden. Verhöre, peinliche Verhöre und irgendwelche Folgen, die er nur ahnen konnte, würden dann kommen. Andeutungen dieser Art hatte er in der Vergangenheit von anderen Mitgliedern des Ordens immer wieder gehört, wenn es um Gespräche über Verrat und die heiligen Ziele des Ordens ging.

Über Handy hatte er Jaime den Vorfall mitgeteilt, der nach einem Aufstöhnen versprach, ihm sogleich Bescheid zu geben, wie er sich jetzt verhalten sollte.
Er hatte dann auch kurz danach angerufen, ihm bedeutet, er solle sich bei einem anderen Mitglied der Gruppe ein Fahrrad leihen und damit so schnell wie möglich zu Pedro fahren. Dort würde er dann von dem Käsehändler abgeholt werden. Um sicher zu gehen, dass sie keinen Kontrollen in die Hände gerieten, würde der über die Schotterstraße kommen, die er sonst nie benutzte, um sich nicht verdächtig zu machen. Aber nun wurde er doch langsam unge-

duldig. Der Hirte hatte ihm zu Mittag etwas zu essen und zu trinken gebracht, war danach aber nicht mehr erschienen. Er hatte ihm auch eingeschärft, kein Licht zu machen, da der Holzfußboden in den oberen Räumen nicht überall ganz dicht sei. Und wenn sie zur Kontrolle kämen, sicher sei sicher. Über der Klappe, die die Holztreppe in den Keller verbarg, lag eines der Ziegenfelle, die in dem oberen Raum auf dem Boden verstreut lagen.

Die Leuchtziffern seiner Uhr zeigten jetzt schon fast fünf, als er über sich Schritte hörte, von mehreren Leuten. Die Klappe wurde geöffnet und in dem Licht, das angeschaltet wurde, erblickte er Pedro, der mit raschen Schritten die Treppe herunterkam. "Ist er da?" fragte Maita hoffnungsfroh.
"Ja. Das heißt nein."
"Ja, was denn nun? Ist er da?"
"Nein, er kann nicht kommen."
"Er kann nicht kommen? Und jetzt?" Ein heißer Schreck durchfuhr Maita.
"Zwei andere Leute nehmen dich mit."
"Nehmen mich mit? Wohin? Wer?"
"Zwei Deutsche ...."
"Welche Deutschen?"
"Nun beruhige dich! Da sind zwei deutsche Touristen, die Jaime geschickt hat. Die bringen dich aus der Gemeinde raus. Ich glaube, du kannst ihnen vertrauen. Aber nun komm! Damit ihr gleich fahren könnt."

Die Frau mit ihren freundlichen Augen gefiel ihm. Der Mann hatte ein etwas strenges Gesicht. Sie öffneten ihm den Kofferraum und ließen ihn einsteigen. Dabei lachten sie. Das gefiel ihm und er begann ihnen zu vertrauen. Bei noch offener Klappe erklärte Pedro ihnen, dass sie am Pass die Gemeindegrenze passieren würden und dass ein paar Kilometer danach auf der rechten Seite ein Weg zu einem verfallenen Haus führe, ein paar Meter nur von dem Schotterweg entfernt, das ehemalige Haus eines seiner Verwandten, auch ein Ziegenhirte. Dort sollten sie dann warten, bis er abgeholt würde.
"Und warum kommt der Käsehändler nicht?" wollte Maita wissen.
"Er hat einen Motorschaden an seinem Lieferwagen."
"Ausgerechnet heute."
"Ja, ausgerechnet heute! Also, mach's gut, Maita!"
"Mach's gut!"
Als der Mann den Kofferraum zuschlug, sah Maita noch einmal die freundlichen Augen der Frau, was ihn beruhigte. Allerdings sah sie jetzt gleichzeitig besorgt aus. Aber was sollte es? Er hatte ja keine andere Wahl.

Zusammengekrümmt wurde er nun langsam und vorsichtig, von Holpern bei größeren Steinen unterbrochen, aus dem Gelände an Pedros Haus auf die Straße gefahren. Eine Wohltat, Asphalt unter den Rädern zu spüren! Nur an dieses ständige Schlingern konnte sich sein

Gehirn oder vielmehr sein Gleichgewichtssinn nicht gewöhnen. Und nun begann wohl der Schotter. Ein Auf und Ab, Linksdrehungen, Rechtsdrehungen, Bremsen und fast Aufheulen des Motors beim Schalten vor und nach den Kurven. Er versank in dumpfe Träume von Peru.

***

Marianne spürte ein leichtes Übelsein in ihrer Magengegend. In was waren sie da hineingeraten! War das nicht alles geplant? Zuerst der Transport des Dokuments, von dem vorher bei Jaime nie die Rede gewesen war. Und nun transportierten sie... eine Leiche, war ihr erster Gedanke gewesen. Eine Person, die sie nicht kannten, nur vom Hörensagen. Alles sehr dringend gemacht, und mit Absicht so, dass sie die Polizeikontrollen umgingen. Die Polizeikontrolle am Morgen, als sie in die Gemeinde Guadalupe fuhren, war so gewesen, wie Günter Hohkeppel sie geschildert hatte, harmlos und freundlich, überhaupt nicht zu vergleichen mit der Zivilgarde der 60er Jahre. Sie mussten allerdings an dem kleinen Wachhäuschen anhalten, wo ein Polizist ihren Personalausweis sehen wollte. Befremdlich fanden sie diese Tatsache schon. Und nun fuhren sie bewusst hinter dem Rücken dieser Polizei eine Straße, auf der es keine Kontrolle gab. Obwohl es auch keinerlei Schild gab, dass das Passieren dieser Straße verboten sei.

Klaus machte das alles auf einmal gar nicht mehr viel aus. Seitdem er die vom Orden Verfolgten als unterstützenswert befunden hatte, schien er mit jeder Aktion einverstanden zu sein, so dass Marianne sich kaum traute, ihre Bedenken anzumelden. Fast kühn kam ihr sein Blick vor, als er jetzt die Kurven und Steigungen nahm, die immer höher Richtung Pass führten, wobei sie etliche Bach- und Flusstälchen überquerten oder auch an ihnen entlangfuhren, ab und an an Ziegenherden vorbei, durch endlose Kork- und Steineichenwälder. Mit dem Peruaner im Kofferraum hätte sie nicht gerne getauscht. Diese Enge, und wie er die vielen Kurven in dem dunklen Raum empfinden musste! Aber Pedro, der Ziegenhirte, hatte ihnen alles mit Maita erklärt, seine Aufgabe, seinen Fehler, seine Flucht und den gescheiterten Transport mit dem Käsehändler. Und wie wichtig ihre, Mariannes und Klaus' Hilfe jetzt war. Und trotzdem, ihr Misstrauen war nicht völlig verschwunden. Merkwürdig, dachte sie, unsere Rollen, die von Klaus und meine, sind auf einmal wie vertauscht. Misstrauen und Vorsicht sind jetzt mehr auf meiner Seite. Ihr war das allerdings so viel lieber. Vielleicht kam ihr Klaus dadurch männlicher vor. Auf eine positive Art männlicher. Sie grübelte noch darüber, dass es sich bei Maita wieder um einen Peruaner handelte. Und der Historiker und Maita kannten sich angeblich nicht einmal von Peru her, obwohl sie beide das gleiche Fachgebiet hatten. Aber der

Historiker hatte sich eigentlich unklar geäußert, als ihn Hohkeppel fragte, ob er Peruaner sei. Wollte er seine Nationalität verbergen? Aber warum?

Plötzlich änderte sich die Landschaft . Vor ihnen breitete sich ein ähnliches Gelände wie vorher, nur nun mit dem Blick nach unten und in der Ferne die Hügellandschaft, in der auch Trujillo lag, ganz fern am Horizont die Bergketten, über denen sich im Westen die Sonne neigte. Sie hatten die Fenster offen, da es im Verlaufe des Nachmittags zunehmend schwüler geworden war.

Klaus hielt auf der Passhöhe an und sie stiegen aus, um den Kofferraum zu öffnen und Maita sich ein wenig die Beine vertreten zu lassen. Hier war es etwas angenehmer, da ein leichtes Lüftchen wehte. Zu Mariannes Erstaunen bot Klaus Maita sogar einen Schluck aus der Sprudelflasche an, die sie immer bei sich führten.
"Jetzt kann es nicht mehr weit sein," sprach Klaus fast fürsorglich, als Maita sich wieder in den Kofferraum gelegt hatte. Maita quittierte die Bemerkung mit einem dankbaren Lächeln auf seinem sonst recht unbeweglichen Gesicht. Marianne erschien es auf einmal doch sehr indianisch. Das war ihr am Haus des Ziegenhirten gar nicht so aufgefallen. Nun sah sie aber die etwas vorstehenden Backenknochen, obwohl das Gesicht an sich schon sehr breit war, und diese rosige Haut, wie auf einer tieferlie-

genden braunen Schicht, eine feste Haut unter blauschwarzen glatten Haaren.

***

Maita spürte, dass es bergab ging. Hoffentlich sind sie schon da, um mich abzuholen. Ich weiß ja gar nicht, wer es ist. Pedro wusste auch nichts davon. Hatte ihm Jaime nichts von gesagt. Auch nichts von gewusst. Er kannte ja immer noch nicht alle Leute, die mit dem Historiker zusammenarbeiteten. Das hatte auch Juanita gestört, wie sie ihm einmal gestanden hatte. Und mit Pilar hatte er noch nicht darüber geredet. Naja, wird schon in Ordnung sein, beruhigte er sich. Nun bremste der Wagen plötzlich nach einer Kurve und fuhr langsam und holpernd, wie vorher auf Pedros Grundstück, nach rechts. Dann stand er. Maita hörte, wie die Wagentüren aufgingen, dann wurde die Kofferraumtür mit einem metallenen Knack geöffnet.

"Da wären wir", strahlte der Deutsche ihn an, "ist aber offensichtlich noch keiner da." Er wies zu dem kleinen Haus aus Bruchsteinen, das nur an einer Seite noch ein paar Dachziegel aufwies und wo links die Mauern nur bis zur halben Höhe vorhanden waren. Als Maita den Kopf nach oben reckte, streckte ihm die Deutsche die Hand entgegen, damit er besser aussteigen könne. Im selben Moment stieß sie einen Laut des Erschreckens aus: "Da oben kommt ein Wagen!" Sofort ließ sich Maita wieder auf den

Boden des Kofferraums nieder, Klaus, der scharf nach oben geäugt hatte, rief leise: "Ich glaube, das ist Polizei! Bleib drin, bis die Luft rein ist!" und stieß den Deckel leise, aber mit Nachdruck zu.

Dann geschah eine Zeitlang nichts. Er hörte nur durch die offenstehenden Wagentüren, wie die Deutschen sich leise unterhielten. Verstehen konnte er nichts, da sie unter sich Deutsch sprachen. Es kam ihm auf einmal sehr heiß vor in dem engen dunklen Gelass. Und unter dem Teppichboden, der den Raum bedeckte, drückte sich der Reservereifen durch. Das hatte er die ganze Fahrt bis hierher nicht gespürt.

Dann das Wummern eines schwereren Wagens auf dem steinigen Weg. Wagentüren. Schritte.
"Guten Tag!" Eine tiefe Stimme. Dann entfernten sich die Stimmen ein wenig, um gleich darauf dicht neben dem Wagen zu ertönen.
"Dürfen wir mal in den Wagen hineinschauen?" hörte er noch, im gleichen Augenblick eine energische Stimme aus der Richtung des Hauses:
"Hände hoch! Auf den Boden legen! Sofort!"
Ein kleiner Schrei, wohl aus dem Munde der deutschen Frau. Ein kurzer Moment des Schreckens. Dann zwei Schüsse, kurz hintereinander. Eilige, feste Schritte. Der Kofferraum wurde aufgerissen. Ein mit einer Mütze verhüllter Kopf schaute herein, zwei Augenlöcher, aus denen dunkle Augen blitzten.

"Komm heraus! Mach schnell! Wir müssen gleich weg. Hier hast du einen Helm!" Die Stimme des Mannes hatte er noch nie gehört. Als er ausstieg, stand neben dem Kofferraum ein zweiter dunkel gekleideter Mann mit einer Maske. An der Vordertür des Wagens hing die deutsche Frau laut schluchzend in den Armen des Mannes mit dem strengen Gesicht, der eben so freundlich zu ihm gesprochen hatte. Zwischen ihrem Wagen und der Straße stand ein Jeep der Zivilgarde, die Türen offen.

Was war hier los? Was war geschehen? Wer waren die beiden Männer mit den Masken, die ihn jetzt am Arm hinter das Haus führten? Lag da nicht ein Polizist am Boden?
"Wer seid ihr?"
"Komm schnell, das sagen wir dir gleich. Wir müssen erstmal weg."

***

Fassungslos stand Klaus vor der Szene und hielt Marianne in den Armen, die ihr hemmungsloses Schluchzen ab und an mit kleinen Schreien und gestammelten Rufen unterbrach, von denen aber nichts zu verstehen war. Er streichelte ihr über die Wangen und über den Rücken. Dabei glitt sein Blick immer wieder zu den beiden Gestalten, die vor ihm lagen, der eine mit dem Gesicht nach unten, der andere gekrümmt auf der Seite. Unter ihren Köpfen sickerte eine dunkelrote Flüssigkeit hervor. Sie

sind tot, ging es ihm durch den Kopf, einfach tot. Sie waren ja wie von einem Blitz getroffen bei den Schüssen zu Boden gegangen. Es musste beide mitten in den Kopf getroffen haben. Es wunderte ihn selber, dass er nicht auch laut schrie wie Marianne.
Was war denn hier geschehen? Zwei Polizisten tauchten mit ihrem Jeep auf, stiegen aus, fragten sie nach ihren Personalien, wollten den Wagen kontrollieren, dabei hätten sie mit Sicherheit Maita entdeckt. Dann die zwei Männer, die hinter dem Haus hervorsprangen. Hände hoch und zu Boden, hatten sie geschrien. Und dann? Ja, einer der Polizisten hatte seine Pistole gezogen. Und dann hatte es zweimal geknallt. Umgelegt hatten sie sie. Und dann waren sie mit ihrer dunklen Kleidung und den Masken gekommen und hatten Maita aus dem Kofferraum geholt.

In diesem Moment hörte man laut und aggressiv das Anlassen von zwei Motorrädern oder schweren Mopeds. Die zwei Maskierten kamen mit Maita hinter dem Haus hervor, Maita trat zu ihnen. Sein Gesicht war blass und ernst. Er hielt einen schwarzen Helm in der Hand.
"Maita, was ist hier passiert? Sind das deine Leute?" Klaus' Stimme klang gebrochen, auch enttäuscht.
"Es sind die Leute, die mich abholen sollen. Aber das hier ..." Er schüttelte den Kopf mit seinen tiefschwarzen Haaren. Er konnte einen Augenblick nicht weitersprechen. Da die anderen

drängten, wandte er sich noch einmal an Klaus: "Ihr müsst jetzt ganz schnell hier weg. Den Polizisten könnt ihr nicht mehr helfen. Ihr müsst so schnell wie möglich Spanien verlassen. Fahrt gleich zum Flugplatz! Um eure Sachen in eurem Hotel werden wir uns kümmern. Ihr bekommt von uns Bescheid. Ich habe das mit den beiden besprochen."
"Ja, aber ...." Hilflos sah Klaus zu, wie Maita sich auf den Rücksitz des einen der beiden Mopedfahrer schwang, die jetzt Motorradhelme trugen, und mit ihnen auf der Straße talwärts fuhr, mit hoher Geschwindigkeit.

***

Im Hellen würden sie das nicht mehr schaffen. Die Sonne würde in ein, zwei Stunden untergehen. Egal, er müsste durchfahren. Durchfahren bis Jerez. In vier bis fünf Stunden etwa müsste das zu schaffen sein. War ja fast kein Verkehr auf den Straßen. Mit Marianne würde er allerdings nicht rechnen können. Sie saß jetzt steif aufrecht in ihrem Sitz neben ihm und hielt den Blick starr nach vorne. Aber sah sie überhaupt etwas? Sie ist völlig in ihrem Schock gefangen. Sie muss so schnell wie möglich nach Hause. Nein, nein, Maita hat schon Recht. So schnell wie möglich aus Spanien weg. Wenn die nächsten Stunden auch ganz schön anstrengend sein werden. Und der Flug! Die große Unbekannte. Ob sie überhaupt einen Flug bekommen würden? So auf die Schnelle. Aber sie müssten es einfach versuchen.

Sie befanden sich schon auf der Autobahn, als er hörte, wie Marianne neben ihm zu stöhnen anfing. "Was ist, Marianne?" Keine Antwort. Das Stöhnen wurde lauter. Er blickte in den Rückspiegel. Weit und breit kein Fahrzeug zu sehen. Fahrt verlangsamen und auf den Seitenstreifen. Um den Wagen herum und Mariannes Tür öffnen. Sie fühlte sich ganz schlaff und willenlos an, als er sie von ihrem Sitz herauszog. Draußen hielt er sie wieder in den Armen. Sie würgte mehrmals. "Musst du dich übergeben?" Keine Antwort.
"Oder müssen wir zu einem Arzt?"
"Nein, kein Arzt," kam es schwach aus ihrem Mund. "Mir ist nur so übel ... und so schlapp." Und nach einer Pause: "Lass uns weiterfahren!"

Vielleicht hatte ihr ja auch der leichte Luftzug gutgetan, der nun draußen wehte. Sie schien ihm auf jeden Fall ein wenig aufzuleben. Gottseidank! Nun legte sie sogar ihre Hand auf seine rechte Hand am Steuer. Wie zum Dank. Nun sog auch er tief die Luft ein. Es würde schon klappen. Nur weiter. Und er musste konzentriert bleiben. Vor allem um Sevilla herum würde er alle Konzentration brauchen, bei dem Gewirr von Straßen, das sie dort erwartete, und dichtem Verkehr. Aber das würde ja noch zwei Stunden dauern. Vielleicht war Marianne bis dahin auch wieder so weit fit, dass sie ihm doch als Beifahrerin ein wenig helfen könnte, rechtzeitig die richtige Bahn einzuschlagen.

"Kannst du nochmal anhalten? Ich glaube, jetzt muss ich mich doch übergeben." Sie hielt ihre rechte Hand vor ihren Mund, und bei einem Seitenblick sah er, wie sie würgte. Hinter ihm hupte es, als er etwas plötzlich zu bremsen begann, um dann wieder auf den Seitenstreifen zu fahren. Sie war schon ausgestiegen und stand gebückt am Rand des Betonstreifens. Und dann schüttelte es sie. Von Stöhnen und Weinen unterbrochen. Er hielt sie von hinten an den Schultern. Die Arme! Als es vorbei war, hielt er ihr sein Taschentuch hin, mit dem sie sich Mund und Augen abwischte. Sie ließ sich in seine Arme fallen und schluchzte: "Klaus, mein lieber Klaus! Was ist die Welt doch schrecklich!" Ein vorbeifahrender LKW ließ ein langes Hupen ertönen. Sie schauten hoch und erblickten.. ein Blaulicht. "Polizei! Klaus, Polizei!" schrie Marianne erschrocken. Sie hatte sich von ihm gelöst und wollte in den Wagen springen. "Ruhig, Marianne! Warte mal ab! Das muss gar nichts Besonderes bedeuten. Immerhin stehen wir auf dem Seitenstreifen, was auch hier verboten ist."

Der Zivilgardist, der als Beifahrer in dem Jeep saß, öffnete die Wagentür und kam zu ihnen. "Buenas tardes, senores." Was denn los sei. Der Senora sei es plötzlich schlecht geworden. Sie habe sich übergeben müssen. Wohin sie führen? Nach Jerez zum Flughafen. Ausländer? Ja, Deutsche. Vacaciones? Si, vacaciones. Dann gute Fahrt. Beim nächsten Mal aber nicht die Warnblinkleuchten vergessen. Und gute Besserung. Danke.

***

"Jetzt kann ich dich noch nicht mal beim Fahren ablösen."
"Aber das geht schon. In zwei Stunden etwa sind wir da."
"Aber Tickets. Wir haben doch gar keine Tickets. Und zum Übernachten haben wir gar nichts bei uns."
"Ja, das ist mir auch schon alles durch den Kopf gegangen. Aber irgendeine Lösung wird sich schon finden."
Er kann ja jetzt auf einmal etwas offenlassen, dachte Marianne. Muss nicht immer alles bis ins Letzte planen und organisieren. Das ist ja was ganz Neues.
"Oder hätten wir nicht Hals über Kopf die Rückfahrt antreten sollen? Was meinst du?" fragte Klaus.
"Doch, doch, das war schon richtig. Ich muss nach Hause."
"Ja, das sehe ich auch so. Und wahrscheinlich müssen wir uns zu Hause einen Rechtsanwalt nehmen. Wenn ich auch nicht richtig weiß, was sie uns vorwerfen würden. Eigentlich können sie uns ja gar nichts vorwerfen. Und ich würde auch immer wieder so handeln, wie wir gehan-

delt haben. Wenn uns dort die Polizei festgenommen hätte, ich weiß nicht, wie die Sache dann weitergegangen wäre. Vielleicht hätten sie ja auch versucht, kein Aufsehen zu erregen, um nicht in einem Prozess alles ans Tageslicht kommen zu lassen, was mit dem Orden zusammenhängt."
"Aber wir wissen doch gar nicht, wie die Zivilgardisten zu dem Orden stehen. Immerhin sind zwei Polizisten ermordet worden."
"Mord oder Totschlag oder Notwehr, wer weiß?" sann Klaus vor sich hin. "Aber begreifen kann ich das immer noch nicht. Was sind das für Leute? Auch für Maita schienen sie unbekannt zu sein. Er wirkte jedenfalls ziemlich verstört. Und der Historiker? Ob der das alles weiß, alles im Griff hat?"
"Ich kann es mir nicht vorstellen, dass er die Erschießung gebilligt hätte. Auch auf die Gefahr hin, dass sie Maita und das neue Dokument in die Hände bekommen hätten."
"Versuch doch, ein bisschen zu schlafen oder zu dösen. Diese Überlegungen strengen dich doch sicher ziemlich an."
"Ich versuche es," antwortete Marianne und schloss die Augen. Sie dachte noch kurz an Sevilla, und dass sie dort Klaus eigentlich bei der Orientierung helfen müsste. Dann schlief sie ein.

***

"In der Nähe von Guadalupe wurden zwei Zivilgardisten tot aufgefunden. Sie wurden mit gezielten Schüssen in den Kopf getötet. Ursachen und Umstände der Tat sind bisher völlig unbekannt."
Marianne starrte auf den Bildschirm und klammerte sich an Klaus' Arm. Sie hörten die Meldung in den Nachrichten auf einem Fernseher im Flughafen von Jerez. Bilder wurden dazu nicht gezeigt. Nachdem Klaus den Wagenschlüssel auf dem Parkplatz in das offene Wagenfenster der Verleihfirma geworfen hatte, hatte er Marianne, die bis dahin fest geschlafen hatte, geweckt, und sie waren gleich in die Halle getreten, wo sie die Abflugzeiten studierten, bis ihre Aufmerksamkeit auf die Nachrichten gelenkt wurde.

Jetzt suchen die auch nach uns, zumindest als Zeugen, dachte Marianne. Wie schrecklich! Ich hatte in meinem Leben noch nie etwas mit Polizei zu tun. Und schon gar nicht in einem Mordfall. Und wir haben einen Menschen in unserem Kofferraum transportiert. Um ihn vor der Polizei zu verbergen. Und so etwas im Urlaub. In diesem schönen Urlaub, den wir auch gerne fortgesetzt hätten. Wenn es auch mit Klaus die üblichen Querelen gab. Seinen Starrsinn, seine unromantische Art, seine Ichbezogenheit und seine blöde Eifersucht. Aber im Moment war er ja ganz anders.

***

"Das darf doch nicht wahr sein! Marianne und Klaus! Was macht ihr denn hier?
Eure Reise ist doch noch lange nicht zu Ende! Hattet ihr nicht noch zwei Wochen?" Eine Frau in violettem Panamahut tauchte auf einmal strahlend neben ihnen auf. Helga Hohkeppel. Günter stand ein Stück weiter neben den Koffern. Nun bemerkte Helga, dass die beiden ganz anders aussahen, als sie sie kannte. "Was ist los mit euch? Ihr seht ja völlig erschöpt aus?" Kaum hatte sie das ausgesprochen, sank ihr Marianne in die Arme und fing an zu schluchzen.
" Was ist los, Klaus? Ist was passiert?"
"Das kann man wohl sagen. Es ist etwas Schlimmes passiert."

Sie gingen zusammen die paar Schritte zu Günter und erzählten ihnen die Ereignisse dieses Tages in Kürze, und dass sie jetzt sofort versuchen wollten, einen Flug zu bekommen. Helga und Günter waren betroffen und bestürzt.
"Ich habe euch ja gewarnt, euch mit denen einzulassen," konnte sich Günter nicht verkneifen zu bemerken.
"Aber Günter, jetzt geht es doch nicht darum, Recht zu haben. Die beiden sind in Not, siehst du das denn nicht?"
Nun wandte sich Helga wieder Klaus und Marianne zu, hielt sich die Hand auf die Lippen und meinte: "Wir wären eigentlich gerne noch zwei

Tage in Jerez geblieben. Ein Besuch in der Königlichen Reitschule und die Besichtigung einer Bodega fehlen uns noch. Sollen wir nicht versuchen, unsere Tickets an euch weiterzugeben? Was meinst du, Günter?"
Günter, der seine Befangenheit noch nicht verloren hatte, die sich nach dem Abend mit Marianne bei ihm eingestellt hatte, legte seine Stirn in Falten und fragte Helga: "Und wenn wir nach zwei Tagen keinen Flug bekommen?"
"Jetzt mach aber einen Punkt! Irgendwie wird das schon klappen. Den beiden muss doch geholfen werden."

Und es klappte tatsächlich. Da sie mit der gleichen Fluggesellschaft reisten, war es sogar relativ einfach. Nur als sich herausstellte, dass Marianne und Klaus keinerlei Gepäck dabeihatten, wurde das Personal am Schalter etwas stutzig, hatte aber ein Einsehen, als es ihnen mit einer plötzlichen Erkrankung erklärt wurde, und als sie hörten, dass das Gepäck nachgeschickt würde. Hohkeppels kamen auf eine Warteliste, erfuhren aber, dass es wahrscheinlich kein Problem geben würde, nach zwei Tagen einen anderen Flug zu erhalten.

Als sie sich zur Verabschiedung in ein Cafe setzten, legte sich langsam Günters Befangenheit. Er sah nun die Notwendigkeit, den beiden zu helfen, immer mehr ein: "Ihr habt Recht. An eurer Stelle wäre ich auch so schnell wie möglich abgereist. Und uns hätte dasselbe auch geschehen können. Aber genau das, dass solche Gruppen Mitglieder haben, die sie selber nicht kennen, geschieht immer wieder. Ich sehe das auch so, dass die meisten oder alle Leute, die ihr kennengelernt habt, wahrscheinlich in Ordnung sind. Die eigentliche Wurzel des Übels ist ja der Orden mit seinen Machenschaften. Und die müssen dann solche Reaktionen hervorrufen. Reaktionen, die zuerst gerechtfertigt sind, aber dann später ausufern. Vielleicht weil sich Leute oder Gruppen hineinhängen, die ganz andere Ziele haben oder zumindest andere Methoden."

Nun war es Marianne auf einmal schon etwas zuviel, was Günter redete. War er nicht ein Klugschwätzer? Vielleicht war ihr Klaus ja doch der Richtige. Zurückhaltender, hölzerner, aber wenn es darauf ankam, war Verlass auf ihn. Dann handelte er. Gut, diesmal war die Sache schief gegangen. Aber das war doch nicht seine Schuld, oder? Nur seine Macken manchmal, seine schrecklichen Macken. Aber vielleicht ließ sich das auch noch ändern. Wenn man daran arbeitete. Wenn er daran arbeitete. Wenn er das wollte.

Urlaube mit Clotilde

Die Wasseroberfläche brodelte, als wenn sie kochte. Etwas zaghafter sprangen die Schwärzlichen mit dem sichelartigen Doppelschwanz, aber wütend-gierig die fußgroßen Transparenten mit den feinen orange-rosa Längsstreifen, obwohl sie eigentlich eine behäbige rundliche Form besaßen.Sah er sie wirklich oder erinnerte er sich nur? Manchmal war ihm das jetzt nicht ganz klar.

Ich habe mich ja extra ins Wasser gekniet, damit ich besser sehen kann und zusätzlich die Taucherbrille aufgesetzt. Warum mache ich das nur? Ich will die Vergangenheit heraufbeschwören, meinen Blick auf die Welt von damals mit aller Macht herbeizaubern. Weil ich die Gegenwart nicht ertragen kann. Nur kommt es mir vor, als habe sich mein Zustand tatsächlich gebessert, seitdem ich mich auf der Insel befinde.

Das aber sah er ganz deutlich, weil er es auch spürte: Sie schnappten sowohl nach der Haut, die er abgeschält und ins Wasser getaucht hatte, als auch nach der Feige selber und sogar nach seinen Fingern. Erstaunlich, welche Energie in diesen durchsichtigen kleinen Leibern steckte! Dutzende Fische, ganz nah am

Strand, wo er eben von einem der Feigenbäume eine der wenigen dunkel-reifen Feigen gepflückt hatte.

Die Bäume standen auf den Terrassenstufen oberhalb des kleinen Strandes, an dem sie sich vor 15 Jahren kennengelernt hatten. Fünfzehn Jahre! Kaum zu begreifen. Damals hatte sie eine Feige ins Wasser gehalten und ihm das Brodeln der Fische gezeigt. Er hatte sich gewundert und auch ein bisschen geekelt. Zugleich hatte er sie bewundert und angebetet.

Das war an ihr eben ganz anders als bei mir. Fremdartige Bäume und Pflanzen schaute ich mir gerne an, sie aber auch zu essen, dazu musste ich mich sehr überwinden. Ich weiß noch genau, welche Überwindung mich meine erste Feige kostete. Ähnlich war es mit den Fischen, auf dem Speiseteller sowohl als auch im Wasser. Ihre lebendigen Bewegungen erschreckten mich. Ich wollte sie lieber aus der Ferne betrrachten.

Das Restaurant oberhalb des Strandes hatte seit einigen Tagen geschlossen, da die Badesaison langsam dem Ende zuging. Seit drei Tagen wehte bei völlig wolkenlosem Himmel ein steifer Nordwind, der Palmen und Ölbäume vor seinem Hotel in heftige Bewegung brachte. Das war jetzt auch am Morgen das dominierende Geräusch, das die Müllabfuhr als Wecker abgelöst hatte. Auch die Raben, die bisher regelmäßig morgens und abends krächzend über die Bucht flogen, hörte man nicht mehr.

Auf Geräusche achte ich jetzt viel mehr als früher. Ist das ein Zeichen dafür, dass ich mich immer mehr von der sichtbaren Welt entferne? Vielleicht ist meine ganze Krankheit ja psychisch bedingt. Ich will vielleicht nicht sehen, wie sie in Wirklichkeit ist und verschließe mich immer mehr in mir selber. Oder ist das Psychoquatsch?

Eine Bar am Strand war ebenfalls schon geschlossen, und auf den Treppenstufen davor sammelte sich immer mehr Sand an, den der Wind dorthin wehte. Der Wind war jetzt auch dabei, die Spuren der Menschen am Strand zu verwischen, und als er jetzt in den letzten Stunden vor dem Abflug zur Verabschiedung den Strand betrat, war von den zahlreichen Liegen unter den Sonnenschirmen nur noch eine besetzt. Er ging ins kühle Wasser und musste gleich seinen eigenartigen einarmigen Kraulstil einsetzen, um nicht zu frieren.

So einarmig, wie ich schwimme, bin ich vielleicht in meinem ganzen Charakter. Nicht voll und ganz, sondern nur immer halb. Einerseits suche ich die Fremde, das Abenteuer, aber wenn es darauf ankommt, mache ich einen Rückzieher, um mich in mein sicheres Schneckenhaus zurückzuziehen. Sie war da wohl ganz anders.

Hier schien man sich auch schon auf den Winter einzustellen. Auf einer Tafel vor der verlassenen Bar war auf Englisch in großer Schrift zu lesen: "Wir wünschen Ihnen einen schönen Winter. Vielen Dank! Wir hoffen Sie im nächsten Jahr wiederzusehen." Immer mehr Bedienungspersonal hatte in den letzten Tagen schon den Ort verlassen, der eigentlich kein richtiger Ort war, sondern nur eine Ansammlung von Hotels. Sie zogen sich in die heimischen Dörfer in den Bergen zurück, wo sie von einer kärglichen Landwirtschaft und von Arbeitslosengeld lebten.

Auch er würde sich jetzt auf den Winter einstellen müssen, aber einen Winter ganz anderer Art. Damals war Sommer gewesen und Frühling zugleich. Ein Frühling, der den Aufbruch in ein neues Zeitalter versprach. Alle Dumpfheit und Düsternis seiner Kindheit und die Verklemmungen seiner Jugend schienen zu Ende zu sein.

Wir hatten ja beide gegen unsere Kindheit und Jugend zu kämpfen, suchten beide Befreiung aus der Gefangenschaft. Dabei war aber deine Gefangenschaft mehr innerlich, während meine mehr in den äußeren Umständen lag. Und von denen sich zu befreien, war vielleicht einfacher. Du musstest die eher elastischen

Fesseln sprengen, die die Moral einer konservativen Beamtenfamilie um dich geschlungen hatte. Wenn du glaubtest, ihnen entflohen zu sein, waren sie lianenartig zurückgeschwungen und hatten dich aufs Neue gefesselt. Deshalb musste dein Kampf heftiger und energischer sein. Meine Arbeitereltern hatten mir fast keine moralischen Fesseln angelegt. Die Fesseln waren lediglich die äußeren wirtschaftlichen Umstände. Und sobald die wegfielen, war ich frei und konnte zufrieden sein. Oder ist das alles Unsinn? Wie passt dazu, dass ich immer alles nur halb war und nur halb machte?

Hier an diesem Strand hatte er sie getroffen, mit der Gruppe von jungen Franzosen, die wie er auf dieser abgeschiedenen griechischen Insel das Fremde und Ursprüngliche suchten, den einfachen, sympathischen Francois mit seiner Gitarre, ihre Freundin Berthe, die ihm immer fürchterlich hässlich vorkam. Aber vielleicht war das ja nur der Kontrast zu ihr selber. Dann die schwarze Algerien- Französin, die ständig Pfeife rauchte, und der malende Bärtige aus dem Elsass, auf den er sogleich eifersüchtig war. Dazu der Grieche Kostas mit seiner deutschen Hippie- Freundin, die unablässig miteinander turtelten.

Und dann sie selber. Er war sofort entflammt. Von ihrer schlanken Gestalt und ihrem schmalen Gesicht, bei dem ihm unwillkürlich das

Wort „Adel" in den Sinn kam, obwohl er alles andere als ein Anhänger des Adels war. Der kleine spöttische Mund als Kontrapunkt zu der langen gleichmäßigen Nase, und darüber unter hohen Brauen die Augen, die vor Spott- und Unternehmungslust strahlten. Ihre Bewegungen hatten etwas fröhlich Energisches, das ihn unwiderstehlich anzog und ihm gleichzeitig Furcht einflößte, als könne es ihn aus der Bahn werfen und ihn seiner Steuerung berauben.

Sollte der Gedanke „Das ist sie!" denn wirklich ein Irrtum gewesen sein? In ihrem Gesicht und ihrer Gestalt war doch nichts, wo ich heute sagen müsste: Da steckte doch damals schon der Wurm drin. Der Spott in ihren Mundwinkeln, der sich später immer mehr verlor? Warum eigentlich? Hatte sie nichts bei mir zu lachen? Blödsinn! Auf Feiern mit Familie und Freunden ging es doch immer hoch her. Und ein Kind von Traurigkeit war sie doch nie. Und ich auch nicht. Aber es stimmt: Der spöttische Zug ging ihr später verloren. Aber was hatte das zu bedeuten? Wir haben nie darüber geredet. Ich habe es nicht einmal bemerkt.

Er setzte sich zu seinem eigenen Erstaunen von Anfang an über seine Schüchternheit hinweg und fing an, sie zu frotzeln, ihr den Namen Jaqueline zu geben, und als sie heftig protestierte, weil dieser Name von ihr als äußerst profan und gewöhnlich empfunden wurde, nannte er sie Clotilde de la Lorraine. Sie kam ja aus Lothringen, und er konnte so auch ausdrücken, wie adlig ihre Gestalt ihm vorkam. Er hatte auch gleich den Eindruck, dass ihr das gefiel. Der bärtige Elsässer schien sich ein wenig zurückzuziehen. Später vergnügte er sich in einer Ecke des Strandes mit der Algerierin. So verbrachten sie heitere und ungetrübte Tage am Strand und in der kleinen jugendherbergsartigen Pension, die damals noch die einzige Unterkunftsmöglichkeit in der Bucht darstellte.

Auf diesen Roger war ich wirklich eifersüchtig. Als wenn eine geheime Verbindung zwischen ihm und Clotilde bestanden hätte. Als hätten sie sich schon früher gekannt. Das war aber gar nicht der Fall. Er war auch zufällig wie ich an diesem Strand aufgetaucht. Was er eigentlich dachte, weiß ich nicht. Er redete nicht viel.

Clotilde und ihre Freundin waren begeisterte Schnorchlerinnen. Er hatte noch nie geschnorchelt. Clotilde lieh ihm Schnorchel und Taucherbrille von Berthe, unterwies ihn kurz und schwamm mit ihm zu einer vor der Küste liegenden Insel. Ihm war etwas mulmig zumute. „Willst du wirklich bis zu der Insel? Das ist doch nicht ganz nah!" fragte er unterwegs. „Ach, das schaffen wir schon", lachte sie nur. Und ihr Unternehmungsgeist steckte so sehr an, dass er mögliche Gefahren und Bedenken vergaß.

Rund um die Felseninsel herum war ein Schnorchelparadies. Scharen von schwarzvioletten Mönchsfischen mit ihrem dunklen Doppelsichelschwanz, die unter ihnen wie Laub im Herbstwald schwebten. Verschiedene Arten von Brassen, längsgestreift, quergestreift, mit goldenen Augen, mit schwarzer Sichelflosse, mit einem schwarzen Punkt zwischen Bauch und Schwanz. Da wo sich die Insel höhlte, plötzlich Hunderte von kleinen silbernen Fischchen, von zwei Barrakudas oder Pfeilhechten verfolgt, was ihm einen großen Schreck einjagte, und dann auf einmal ein Tausenderschwarm von silbern glänzenden jungen Fischen, vielleicht Sardinen? Er war begeistert und hatte gleichzeitig Angst vor der Wildheit dieser Natur und den blauen, von Felsen und Schluchten durchzogenen Tiefen, in die die Sonne in Bahnen heineinschien.Jetzt zeigte ihm Clotilde nahe am Felsen den Fisch mit dem türkisfarbenen Kopf mit seinem grünen, braun gestreiften Leib, der sofort gierig herbeischwamm, wenn sie ihm von den Felsen ein wenig „Futter" abrupfte. An einer Stelle erschien ihnen in der Steilwand ein Glücksbote, ein Vogel, in dem Blau-, Grün- und Türkistöne um die Wette blinkten. Ein Eisvogel?

Seit damals habe ich immer gern geschnorchelt. Ich habe aber nie das Bedürfnis gehabt, dieses Hobby sozusagen zu erweitern, etwa durch Tauchen mit Flasche. Ich brauche das nicht. Ich bin auch so zufrieden mit dem, was man da sieht. Bei Clotilde hatte ich immer den Eindruck, als wenn sie gerade die Gefahr suche, und als sei es ihr nicht nur um die Schönheit des Gesehenen gegangen. Das heißt, so richtig bewusst wird mir das erst heute.

So weit hinaus wie Clotilde schwamm niemand. Mit ihr zusammen überwand er immer wieder seine Furcht. Langsam fühlte er sich wie ein Entdecker dabei und merkte, wie sich seine enge Brust von Tag zu Tag verbreiterte. Einmal schwammen sie um die „Portada" herum, einen langgestreckten rötlichen Felsen mit einem Durchbruch in der Mitte, bis zum nächsten Strand mit Namen Votsalakia, was Kieselsteine bedeutet, immer an gelben, weißen, violetten, rostorangen und rostroten Felsen vorbei, im Angesicht der Halbinsel, auf der oben die weiße Apostelkapelle thronte. Im Hintergrund die steil ansteigenden Berge. Als sie an Land stiegen, fasste er sie an der Hand. Sie lachte, leistete aber keinen Widerstand. Wortlos gingen sie zu ihrem Strand am Ufer zurück. Die anderen begrüßten sie mit Klatschen und Gegröle. Der bärtige Elsässer war verschwunden.

Später sah er, wie Clotilde, die Pfeife des Elsässers im Mund, ihm Modell saß für ein Porträt. Heiße Eifersucht stieg in ihm hoch. Die Zeichnung aber war gut. Er hätte sie gerne besessen. Überhaupt schien Clotilde ihr gemeinsames Schnorcheln völlig vergessen zu haben. Hatte es nur ihm etwas bedeutet?

Ja, ich war enttäuscht. Ich hatte gedacht, schon als ich ihre Hand nahm und sie sie nicht zurückstieß, da sei alles zwischen uns klar gewesen. Wie konnte sie sich denn jetzt noch mit Roger einlassen? Und ihm erlauben, dass er sich stundenlang in ihr Gesicht vertiefte?

Und dann stieg am Abend der Vollmond wie eine riesige blasse Orange über der Bucht auf. Sie saßen im Sand und sangen, französische und und englische Lieder. Als er aufgefordert wurde, ein deutsches vorzutragen, sang er mit bebender Stimme „Der Mond ist aufgegangen". Als er zu Ende war, herrschte Schweigen. Lachten sie innerlich über ihn? Waren sie ergriffen? Oder entsetzt über seine Naivität? Sie hatten doch alle viel schickere Lieder gesungen, viel zeitgemäßere. Kurz danach standen sie auf und gingen zur Pension. Man fand sich zu Paaren zusammen. Er ging plötzlich neben Clotilde und legte seinen Arm um ihre schlanken Schultern. Als seine Hand die Haut an ihrem bloßen Arm berührte, war es endgültig um ihn geschehen. Er schob die Fingerspitzen unter den kurzen Ärmel ihres Sommerkleids, spürte ihre Zerbrechlichkeit und erschauerte. Sie erlag dem Sturm seiner Gefühle. Alles danach war wie ein Traum, an den er sich merkwürdigerweise kaum erinnerte.

Damals hatte ich keinerlei Zweifel. Doch heute denke ich manchmal: War sie mir gar nicht mit ganzem Herzen zugeneigt? Hatte sie einfach vergessen mir zu widerstehen? Oder hatte sie einfach neugierig einer Laune nachgegeben? Ich kann es mir nicht vorstellen. Es kann nicht sein. Sie muss sich später erst geändert haben. Aber wann? Und wodurch? Habe ich etwas falsch gemacht?

Sie wohnten schon einige Jahre in Bonn, wo sie nach Beendigung ihres Studiums geheiratet hatten. Er arbeitete als Anwalt für Arbeitsrecht, sie als Frauenärztin in einem großen Krankenhaus. Seine erste Enttäuschung bestand darin, dass Clotilde keine Kinder wollte. Doch irgendwie fand er sich damit ab.

Das steht fest: Über meinen Kinderwunsch habe ich zu wenig mit ihr geredet. Vor allem habe ich zu wenig von ihr eine Rechtfertigung ihres Widerstandes verlangt. Ich habe zu sehr ihr Recht auf eine eigene Meinung respektiert, statt die Angelegenheit als eine gemeinsame Angelegenheit von uns beiden zu betrachten. Und vielleicht hat sie das letztlich als Gleichgültigkeit von meiner Seite aufgefasst. Ich sah ja keinerlei Veranlassung unsere Beziehung irgendwie in Frage zu stellen. Wir hatten es doch auch so gut: Jeder hatte den Beruf, den er sich wünschte, wir hatten einen netten Freundeskreis und ein schönes Haus am Rhein, mit Blick auf das Siebengebirge, das sich mit seiner üppigen Vegetation nach den Regenfällen der letzten Jahre manchmal wie Machu Picchu in Peru ausnahm. So konnte man das Gefühl von Abenteuer und Fremde haben und dabei gemütlich im eigenen Haus sitzen.

Ihre Urlaube verbrachten sie jetzt fast immer auf einer griechischen Insel im Jonischen Meer. Vorher hatten sie mehrere große Griechenlandreisen unternommen und hatten dabei diese kleine, nicht sehr ursprüngliche, aber charmante Insel entdeckt, auf der Tourismus kaum eine Rolle spielte, und vor allem das Dorf hoch am Berg, von dem man diese wunderbare Aussicht auf drei Seiten des Meeres hatte. Durch Zufall waren sie an ein charaktervolles altes Haus geraten, welches das ganze Jahr unbewohnt war, und so praktisch nur von ihnen während der Sommerzeit bewohnt wurde.

Er war glücklich mit ihr in diesem Haus. Unter der Küche lag die Zisterne, in die er mit Schwung einen Zinneimer hineinwarf, um das Wasser heraufzuziehen, mit dem er dann alle vorhandenen Schüsseln und anderen Gefäße im Haus füllte, auch die „Dusche", die aus einem Blechgefäß bestand, das er nach dem Füllen auf den Balkon balancierte, wo er es an einen Nagel an der Wand hängte. Unten an dem Gefäß befand sich ein kleiner Wasserhahn aus Zink. Das war die Dusche, unter der sie mit Blick auf die Zypressenwälder der Insel und die Serpentinenstraße jeden Morgen und Abend standen, splitternackt, wie Könige im Paradies. Die drei oder vier Autos, die am Tag vorbeikamen, hörten sie schon von weitem. Er hatte sich im Urlaub aufs Malen verlegt und malte duftige kleine Aquarelle, Ansichten vom Strand und von der Landschaft. Personen malte er nie. Das konnte er nicht, sagte er. Sie las, wenn sie nicht schwamm oder schnorchelte, Romane zuerst, später immer mehr Fachbücher aus ihrem Fachbereich.

Ja, das mit den Fachbüchern war auch so eine Sache. Als sie noch Romane las, ergab das immer einen gemeinsamen Gesprächsstoff. Mit der Fachliteratur war das natürlich ganz anders. Sie lebte da in einer eigenen Welt. Dabei hatte ich manchmal das Gefühl, dass die Verbissenheit und der Ehrgeiz, mit der sie diese Welt lebte, nicht ganz zu ihr passten. Tat sich da so etwas wie eine Ersatzbefriedigung auf? Aber Ersatz für was? Was vermisste sie? Ich muss aber vor mir selber zugeben, dass diese Gedanken gar keine richtigen Gedanken waren, sondern nur flüchtige Gefühle in Augenblicksmomenten, die sich nicht versprachlichten, schon gar nicht in

Unterhaltungen mit Clotilde.

Sie hatten einen kleinen Strand entdeckt, an dem sie meistens ganz alleine waren. Er lag versteckt zwischen größeren Felsen und war nur schwer über einen abschüssigen Weg durch dichte Zypressenwälder zu erreichen. Oberhalb des Strandes lagen sie den ganzen Tag auf einem kleinen Grasstück im Schatten eines Olivenbaums, lasen, malten oder liebten sich. Mittags aßen sie mit großem Appetit den mitgebrachten Schafskäse, ein paar Tomaten mit Knoblauch und ein wenig Brot. Dazu tranken sie maßvoll ein wenig Retsina. Es machte ihnen Spaß, sich wie die Kinder den nackten Körper mit Tomaten zu bekleckern, anschließend einfach ins Wasser zu steigen und sich dann auf den Kieseln am Strand trocknen zu lassen, bis sie die Hitze nicht mehr aushielten und wieder in den Schatten zurückkehrten.

Von mir aus hätte das in alle Ewigkeit so weiter gehen können. „Verweile doch, du bist so schön!" sozusagen. In diesem Sinne bin ich also mit Sicherheit kein faustischer Mensch.

Mit den Jahren kam es immer häufiger vor, dass in der Bucht vor ihrem Strand Segelboote vor Anker lagen. An Land kamen sie selten, da ein Stück vor dem Strand etliche für Boote tückische Felsen dicht unter der Wasseroberfläche lagen. Er ärgerte sich trotzdem immer ein wenig, dass ihre paradiesische Einsamkeit durch winkende und manchmal durch ein Fernglas schauende Segler gestört wurde. Clotilde störte das weniger. Eines Tages schwamm sie zu einem der Segelboote hin und kehrte auch nach einiger Zeit nicht zurück. Manchmal meinte er nur unter dem Lachen der Besatzung auch ihr helles Lachen zu hören. Als sie nach einer Stunde immer noch nicht zurück war, schwamm er auch zu dem Boot. In der munteren Runde von drei Frauen und vier Männern saß sie eingehakt zwischen zwei Männern. Er fühlte ein leichtes Gefühl des Befremdens. Natürlich musste er auch an Bord, konnte sich aber in die Munterkeit der Gesellschaft, die aus Deutschen und einem Griechen bestand, nicht so richtig einfädeln. Und auch danach empfand er diese Begegnung als ein unangemessenes Eindringen in das Wunder ihrer Zweisamkeit. Sie redeten aber nie darüber.

Das wird mir jetzt immer klarer. Das war sicher ein Fehler, aber von uns beiden. Wir redeten nicht darüber. Ich habe ihr ja nie irgendwelche Vorwürfe gemacht. Hätte ich es tun sollen? Wollte sie meine Eifersucht provozieren? Ich werde es nicht mehr herausbekommen. Oder spürte sie mein Gefühl der Eifersucht? Aber konnte sie mir das zum Vorwurf machen? Was kann man denn für Gefühle? Hätte ich mich zu einer großzügigeren Haltung überreden müssen, ich meine innerlich? Hätte ich sie doch gefragt!

In den Jahren danach bekam er das Gefühl, als sei sie irgendwie unruhiger geworden. Sie wollte öfter auf Partys, die sie vorher beide verabscheut hatten. Zumindest hatte er das geglaubt. Sie fing an, von Urlauben in Frankreich zu reden. Bei näherer Betrachtung kamen sie allerdings immer zu dem Ergebnis, dass es da an Stränden ja keine Einsamkeit gebe.

Also blieb es weiter bei ihrer griechischen Insel. Da besuchte sie jetzt aber ankernde Schiffe nahezu regelmäßig. Oft blieb sie sehr lange. Beruflich hatte sie immer mehr zu tun und fing auch an, Karriere zu machen, während er immer die gleiche Tätigkeit als Anwalt ausübte, allerdings mit einer gewissen Hingabe. Dann fing sie an, ihm immer andere griechische Inseln für ihre Urlaube vorzuschlagen, die sie dann auch besuchten. Er fand sie alle interessant. Aber es war alles nicht wie ihre Insel im Jonischen Meer. Sie suchte dabei auch häufig mehr feudale Unterkünfte und organisierte Ausflüge, bis er ihr eines Tages vorschlug: „Wollen wir nicht nochmal auf eine Insel, die so richtig ursprünglich ist?" So kamen sie auf Samothraki und wohnten dort in einer einfachen Unterkunft, aber nicht alleine.

In diesem Urlaub wanderten sie viel, durch wilde Bachtäler mit riesigen Felsbrocken und wild wachsenden Oleandersträuchern mit ihren rosa und roten Blüten. Einmal wanderten sie zu einem versteckt liegenden Wasserfall in einem Felsenkessel, stellten aber zu ihrem Erstaunen fest, dass sich hier fast ein Dutzend nackt badender junger Leute befand, die unter Hallo von den Felsvorsprüngen ins Wasser sprangen und sich am Rande ungeniert liebten und kosten. Clotilde mischte sich gleich begeistert in die Gruppe, während er sich nicht entschließen konnte, sich zu entkleiden. Er wurde von den anderen ein wenig schief von der Seite angesehen. Am Nachmittag war es die ganze Zeit so, als stände diese Gruppe von jungen Leuten zwischen ihnen.

Ich war sehr perplex über ihr Verhalten an diesem Wasserfall. Irgendwie roch mir das Ganze nach sexuellen Exzessen und Gruppensex. Das konnte doch nicht sein, dass sie solche Bedürfnisse hatte. Unser Sexualleben lief doch auch in geordneten und lustvollen Bahnen. Ich hatte nie das Gefühl gehabt, als würde sie im Bett nicht zufriedengestellt. Und ich selber sowieso. Es fiel mir schwer, es mir mit einer anderen Frau vorzustellen.

Am Abend schlug Clotilde ihm vor, zu einem einsamen Strand zu fahren und dort am Strand zu übernachten. Er wunderte sich, war aber natürlich einverstanden. Es war eine seidige Vollmondnacht. Sie bereiteten ihr Lager aus Decken auf den groben Kieselsteinen am Strand und schauten eine Zeitlang auf den bedrohlich in der Ferne aufragenden Mondberg. Sie redeten über den Meeresgott Poseidon und über Erdbeben. Er fand die Kieselsteine unter den Decken doch sehr unbequem und rückte unruhig hin und her. So rechte Vollmondstimmung kam nicht auf. Mitten in der Nacht wurden sie durch Stimmen und Taschenlampen geweckt. Mehrere Personen wateten von einem Boot mit einer kleinen Tonne an Land und redeten heftig miteinander. Kurz danach erschien in ihrem Rücken ein Auto, das die Leute aus dem Boot nun bestiegen. Zwei fuhren mit dem Boot wieder aufs Meer hinaus. Ihn beunruhigte diese Szene. Clotilde drehte sich um und schlief weiter. Als er am Morgen von Schmugglern sprach, lachte sie ihn aus und bezeichnete ihn als Angsthasen. Ihre Stimme war spitz und Verachtung schwang darin. Er fühlte sich tief verletzt.

Am letzten Tag auf der Insel unternahmen sie eine Wanderung durch ein wildes Felstal, bei dem sie haushohe Felsbrocken, die mitten im Bach lagen, erklimmen mussten. An einer Stelle hatten sie einen glatten Felsen zu überqueren, bei dem es einen großen Schritt zu machen galt. Links gähnte die Schlucht, rechts ging es steil bergauf. Clotilde erfasste ein Schwindelgefühl. Sie war nicht in der Lage, den Felsen zu überwinden. Erst als er ihr, in halsbrecherischer Position auf dem Felsen liegend, die Hand gab und sie hinüberbugsierte, schaffte sie es. Danach lag sie auf dem Boden und heulte. Er tröstete sie. Wenig später machten sie Rast hoch auf einem der riesigen Felsen mitten im Bach, auf den ein Wasserfall herabplätscherte, der anschließend mehrere kleine Becken bildete, in denen man sich erfrischen konnte. Hier überfiel sie ihn plötzlich aus heiterem Himmel, und sie liebten sich wie lange nicht.

Diese beiden Tage auf Samothraki habe ich nie verstanden. Ich versteh sie heute noch nicht. Ich habe aber das düstere Gefühl, als liege hier der Schlüssel für ihren unbegreiflichen Entschluss.

Zurück in Bonn, arbeitete sie noch mehr als vorher. Sie war kaum noch zu Hause, fuhr auch immer häufiger zu Tagungen in ganz Europa. Einmal kam sie aus Straßburg zurück und meinte: „Was meinst du, wen ich in Straßburg getroffen habe?" „Keine Ahnung," erwiderte er. „Roger, stell dir vor!" „Welchen Roger?" „Ach, erinnerst du dich nicht mehr an Roger, der mich damals in Karpathos gezeichnet hat? Der mit dem Bart und mit der Pfeife!" „Ach der. Und was macht der heute?" „Er ist ein berühmter Maler geworden. Und stell dir vor, er hat vor, demnächst nach Tahiti auszuwandern und dort zu malen." „Ach, macht er einen auf Gauguin?" „Sei doch nicht so schnippisch, oder bist du immer noch eifersüchtig auf ihn? Er malt auf jeden Fall wunderbare Bilder. So farbenprächtig und dynamisch." Er schwieg. Er dachte nur an seine zarten Aquarelle. Und an die Insel im Jonischen Meer.

Jetzt war er alleine auf Karpathos. Vor ein paar Tagen hatte er in einer Bar in Pigadia zwei alte Bekannte getroffen, das heißt, sie hatten ihn gesehen und erkannt und freudig begrüßt, Kostas und seine deutsche Freundin. Sie waren seit vielen Jahren verheiratet und machten ab und zu Urlaub auf Karpathos. Als er genau hinschaute, erkannte er in ihren älter gewordenen Gesichtern die alten Hippie-Typen von damals wieder. Sein eigentlich hässliches, aber verschmitztes Gesicht und ihre strahlenden Augen, mit denen sie Kostas immer noch anzubeten schien, jetzt nur von zahlreichen kleinen Fältchen umgeben. Als er ihnen seine Situation schilderte, schwiegen sie betroffen. Sie luden ihn aber ein, am nächsten Tag mit ihnen einen Ausflug nach Olymbos zu unternehmen. Ihre ungebrochene Freundlichkeit und ein Optimismus, der ihn nicht schmerzte, ließ ihn zusagen.

Während des Ausflugs war es nicht anders. Sie erklärten ihm alles, was sie sahen, ohne dass es ihm wehtat oder ihn verletzte. Vor allem die Rückfahrt mit dem Schiff genoss er regelrecht.

Silbern sirrte der Wind in den Leitungen, die längs über das hölzerne Oberdeck liefen. An einer hingen bunte Glühbirnen in Reih und Glied, wohl für gemütliche Abendfahrten gedacht. Jetzt aber tanzte das Schiff wie ein sanft galoppierendes Pferd auf den Wellen. Der Kapitän stand am hölzernen Steuerrad und sang, ein Wikinger, der bei frischem Wind ein neues Abenteuer in der endlosen Inselwelt der Ägäis suchte. Karin, Kostas und er fanden sich im Windschatten der Kajüte und tauschten alte Erlebnisse aus. Der Vater des Griechen, Fischer von Beruf, fuhr früher manchmal an den Prespasee, wenn im See von Kastoria nicht mehr ausreichend Fisch vorhanden war. Clotilde und er kannten den Prespasee aus einer Zeit, als dort noch wilde Romantik herrschte: Sie übernachteten bei einer alten Frau in einem 300 Jahre alten Türkenhaus, Wasserhahn vor dem Haus, das Schlosstor des Hoftors aus Holz. Die Post wurde auf dem Markt an die Bewohner verteilt. Mörderische Schotterpisten zu den Kiesstränden des Sees mit zahlreichen Tieren: Wasserschlangen, Höhlen mit Kröten, weiße Pelikane und Höhlen voller Fledermäuse.

Kostas mit seinem zerknautschten breitgezogenen Gesicht hatte mit 16 sein Elternhaus verlassen und war nach Deutschland gezogen, von wo er später seine Freundin mitbrachte, die trotz der damaligen Verhältnisse von seiner Familie freudig empfangen wurde. Das Thema Clotilde war tabu. So genossen sie die Fahrt an der Ostküste zurück nach Pigadia, während die Sonne sich hinter die steil aufragende Küste verzog.

Vielleicht habe ich auch mit Karin und Kostas wieder eine Gelegenheit versäumt, über Clotilde zu reden. Irgendwie scheue ich mich davor, als könnte etwas Schreckliches passieren. Aber ist nicht schon alles Schreckliche passiert, was nur passieren konnte! Aber vielleicht hätte ich etwas über Clotile erfahren, was für mich noch schmerzlicher sein könnte, vielleicht auch etwas über mich, was mich noch mehr schmerzte. Wer weiß? Wer kennt sich schon?

Doch nun war alles wieder umso mehr präsent. Warum nur? Warum nur bei ihnen beiden? Da gab es doch andere, bei denen man viel eher eine baldige Trennung vermuten würde.

Zum Beispiel der rechte Nachbar im Hotel: ein alter Mann, der so um 1920 geboren sein musste und noch ziemlich drahtig wirkte. Seine Frau war wohl wesentlich jünger und machte ebenfalls einen recht fitten Eindruck mit ihrer blonden Schnippelfrisur. Am Abend hörte er ihn Mundharmonika spielen: Lilli Marleen zuerst. Das musste ja nicht unbedingt etwas Besonderes bedeuten. Dann folgte aber „Ich hatt' einen Kameraden". Kriegserinnerungen eines alten Mannes? Oder mehr als das? Das Gespräch an einem Abend im Restaurant zeigte, dass es mehr war. Die Amerikaner waren an allem schuld, auch am 1. und 2. Weltkrieg. Hätten sie sich nicht „eingemischt", hätte Deutschland natürlich den Krieg gewonnen. Nicht Hitler hatte den Krieg angefangen. Überhaupt wurde er zu allem nur gezwungen. Und schließlich hatte er auch die Arbeitslosigkeit beseitigt. Dass der Alte bei dem Überfall auf Griechenland dabei gewesen war, verursachte ihm keinerlei Probleme. „Die Griechen haben doch überhaupt keinen Widerstand geleistet," bemerkte der Alte verächtlich, als er ihn auf die diversen Widerstandsdenkmäler mit den Namen der Toten auf Karpathos aufmerksam machte. Der Alte selber war nur bis Saloniki gekommen, da leider der Panzer kaputtgegangen war. Der fingierte Überfall auf den Sender Gleiwitz durch verkleidete SS-Soldaten war eine Geschichtslüge. „Was sind denn Ihre Quellen für Ihre Behauptungen?" hatte er ihn genervt gefragt. „Ach, da gibt es viele. Da kann ich jetzt nicht alle aufzählen." „Ich kann Ihnen meine Quellen sofort nennen, wenn Sie wollen. Aber sagen Sie mir doch wenigstens eine!" Immer wieder ausweichende Antworten. Er musste schon ein wenig aggressiv werden: „Das ist die typische Technik: Ausweichen auf immer wieder andere Themen und keine Quellenangaben. Damit gewinnen Sie aberkeinerlei Glaubwürdigkeit." Da gab der Alte preis:" Abonnieren Sie die Deutsche Nationalzeitung! Da finden Sie auch Quellenangaben." „Das habe ich mir gleich gedacht. Jetzt ist alles klar." Hier endete das Gespräch in einem feindseligen Schweigen. Am übernächsten Morgen, als der Nachbar mit der Mundharmonika abgereist war, fand er unter seiner Tür die Deutsche Nationalzeitung mit der Bemerkung „Etiam altera pars audiatur! Herzlichst Dr. Fritz Grieshuber". Warum verließ seine Frau nicht diesen widerlichen Menschen?

Oder das Ehepaar auf der linken Seite: Der Mann erinnerte stark an Monsieur Hulot von Tati: eckige, zackige Bewegungen des Kopfes und der Arme oder weitausgreifende Schritte. Einmal hielt er den linken Arm angewinkelt in die Höhe, um sich mit dem rechten Zeigefinger intensiv an seinem linken Oberarm zu kratzen. Plötzlich ließ er den rechten Arm sinken, als er von seiner Frau angesprochen wurde, vergaß aber den linken, so dass der die ganze Zeit sinnlos weiter angewinkelt in die Höhe zeigte. Vor ihrem Zimmer lag stets der weiße Hund, der offensichtlich einen Seehund zu seinen Vorfahren zählte, da er beim Liegen die Hinterbeine wie eine gespreizte Flosse von sich streckte. Sie waren wohl schon viele Jahre in dieses Hotel gekommen, da sie auf seine Frage antworteten: „Den kennen wir schon als ganz kleinen Hund." Sie machten den Eindruck, als hätten sie dieses Hotel und diesen Strand erfunden und fassten es als Zumutung auf, das alles jetzt mit vielen anderen teilen zu müssen. Schon ein Gruß wirkte auf sie wie eine Einmischung in ihre Intimsphäre. Bei aller Verrücktheit schienen sie sich aber zu lieben. Es gab immer wieder zärtliche Gesten von einem zum anderen hin und in ihrer ganzen Verrücktheit waren sie sich wohl einig.

So saß er da unter der Tamariske über dem kleinen Strand, an dem sie sich kennengelernt hatten, seine Augen hinter einer Sonnenbrille vor dem Licht geschützt, seine Beine voller Ausschlag und sein Kopf voll düsterer Gedanken. Und immer wieder das unlösbare Warum.

Der Ausschlag an den Beinen hatte ja erst vor einem halben Jahr begonnen. Die Probleme mit den Augen allerdings fingen schon vor ein paar Jahren an. Eine letztlich mysteriöse Netzhautablösung, die er schon einmal durch eine Operation hatte beheben lassen. Jetzt hatte sich aber alles verschlimmert. Und manchmal war er jetzt nicht mehr in der Lage zu lesen, trotz Brille. Deshalb war auch seine weitere Berufstätigkeit fragwürdig, ja sogar unwahrscheinlich geworden. Und auch seinem Hobby, dem Aquarellieren, konnte er nicht mehr nachgehen. Doch hätte er alles ertragen, wenn sie nicht gegangen wäre. Mit Roger, dem Maler, um mit ihm in Tahiti, man stelle sich vor, in Tahiti, ein neues Leben anzufangen. Wie Jugendliche, die von einem Leben wie Gauguin in der Südsee träumen. Sie hatte eine Stelle an einem kleinen Krankenhaus auf einer Insel angenommen, sie, die in den letzten Jahren so auf ihre Karriere bedacht gewesen war.

"Mir ist das alles hier zu eng", waren ihre letzten Worte beim Abschied gewesen.

Zimmer mit Küchenbenutzung

"Ah, das finde ich gut. Das ist ja richtig was Kreatives," rief sie begeistert aus und ihr Gesicht strahlte ihn an. Ihre Begeisterung schmeichelte ihm, obwohl sich ihm bei dem Wort "Kreatives" die Fingerspitzen zu einem Igittigitt streckten.
"Schon wieder so eine Kreativtante mit nichts dahinter," dachte er und entgegnete trocken: "Das ist mit Rollerstift gezeichnet." "Was ist denn Rollerstift?"
"So was Ähnliches wie Kugelschreiber. Kann man in jedem Kaufhaus in der Schreibwarenabteilung finden." Er gab seiner Stimme absichtlich einen alltäglichen Ton, als rede er vom Kauf von Kleister in einem Baumarkt.
"Das macht doch nichts. Einem wahren Künstler ist jedes Mittel recht, meinen Sie nicht auch?"
Aha, er war also der wahre Künstler. "Ja, ich finde Rollerstifte auch nicht unanständig. Nur haben sie einen Nachteil: Bei Feuchtigkeit lösen sich die Linien auf."
"Sie meinen...?"
"Die Flecken auf diesem Blatt waren nicht von mir gewollt. Sie kamen durch Regentropfen zustande."
Zunächst war sie verblüfft von seiner Ehrlichkeit. Wer so ehrlich ist, der kann bestimmt

wirklich was, dachte sie. Obwohl die Zeichnung auf der Seite vorher, die sie zuerst gesehen hatte, ihr viel zu akkurat und pingelig vorkam.

Beide Zeichnungen stellten den Tempietto dar, das Rundtempelchen von Bramante, dessen Perspektive ihm auf der ersten Zeichnung vollkommen daneben geraten war. Und dann kam dieses plötzliche Gewitter mit seinen überraschenden Windböen, die ihm Regen und Hagel auf das Blatt geblasen hatten, obwohl er auf der überdachten Steinbank in dem Hof mit dem Tempelchen saß. Scheiße. Aber die Perspektive war ja sowieso versaut. Also auf ein Neues, hatte er gedacht. Sie war zufällig auf ihrem Spaziergang zum Gianicolo, von dessen weiten Blicken über die Ewige Stadt sie gehört hatte, in diesen Hof geraten, hinter anderen Touristen her, weil sie angenommen hatte, hier sei etwas Besonderes zu sehen, oder vielleicht sogar ein schnuckeliges Cafe für einen Capuccino, der längst wieder fällig war. Da alle Künstler einen erotischen Reiz auf sie ausübten, trat sie sofort neben ihn, beugte sich mit ihren rotgefärbten Haaren über ihn und bog ihm eines ihrer langen Beine vor die Nase, in Ringelstrümpfen in Rosa, Weiß und Orange.
"Edel-Pipi Langstrumpf!" dachte er verächtlich, während er verstohlen die Beine von den weißen Turnschuhen bis zum erstaunlich kurzen Rock verfolgte. Der Busen hinter der roten Ja-

cke war auch nicht zu übersehen. Sollte wohl auch nicht. Eigentlich wollte er aber in Ruhe gelassen werden. Zumal von solchen. Er wollte ja auch die Zeichnung fertig kriegen. Für jeden Tag zwei hatte er sich vorgenommen. Jetzt war die erste schon danebengegangen. Er musste sich also ranhalten.

"Sie haben doch sicher noch mehr in Ihrem Block?"
Die ließ ja nicht locker. Deshalb hatte er ihr die vermasselte Zeichnung gezeigt, die sie so in Begeisterung versetzt hatte, dass er sich fragte, ob er sich selber gegenüber nicht zu kritisch sei. Ein angenehmer Gedanke. Den er aber gleich wieder selbstkritisch wegfegte. "Ich bin erst den zweiten Tag hier. Deshalb ist noch nicht mehr in dem Block."
"Wie lange bleiben Sie?"
"Zehn Tage insgesamt."
"Zehn Tage!?" Das klang, als habe er von einem Gefängnisaufenthalt geredet. "Ich bleibe fünf. So lange könnte ich es nicht an einem Ort aushalten. Was machen Sie da die ganze Zeit?"
"Rom besichtigen. Und zeichnen. Deshalb muss ich jetzt auch weitermachen." Langsam wurde er ungeduldig. Typisch, dachte er, rennt wahrscheinlich nur von Cafe zu Cafe. Oder macht Shopping oder tingelt von Disko zu Disko. Da er tatsächlich anfing weiterzuzeichnen, erhob sie sich, atmete tief ein und

fragte nur noch: "Sie wissen auch nicht, ob hier ein Cafe in der Nähe ist?"
"Nein, keine Ahnung."
"Hab ich mir gedacht."
Das klang jetzt schon leicht schnippisch.
"Vielleicht sehen wir uns nochmal," schob sie dann noch hinterher.
Hoffentlich nicht, dachte er. Oder doch?

Diesen kleinen Platz mit seinen Cafes und dem Springbrunnen fand sie wunderbar. Das Pantheon? Naja, wieder so römisch kolossal. Nicht so richtig romantisch. Aber die vielen Leute, die Pferdekutsche, die am Brunnen auf Touristen wartete und die abblätternden ockergelben und dunkelroten Hausfassaden, das gefiel ihr schon. Da sollte man sich zu einem Capuccino hinsetzen. Ja, da drüben hätte man den schönsten Blick auf den Platz. Aber was war das? Da saß er ja tatsächlich wieder und zeichnete. In seinen abgetragenen Jeans und dem Hemd, bei dem der Kragen schon etwas verschlissen war, und der Kappe, deren Schirm er tief in die Stirn gedrückt hielt, weil er so besser ins Licht schauen konnte.
"Schön, dich nochmal zu treffen. Darf ich mich neben dich setzen?"
Oh, Gott! Die schon wieder! Obwohl...eigentlich sah sie ja ganz appetitlich aus. Aber wieso duzte sie ihn? Wohl auch wieder so eine Masche in ihrem Milieu.

"Aber das ist ja wieder ganz toll. Dieses geheimnisvolle Dunkel zwischen den Säulen. Das finde ich richtig romantisch."
"Sollte eigentlich nicht romantisch sein. Eher klassisch." Dass er wieder die Perspektive nicht hundertprozentig getroffen
hatte, erwähnte er lieber nicht. Auch nicht, dass das geheimnisvolle Dunkel zwischen den Säulen eher eine Verlegenheitslösung war, weil er die fotografisch genaue Abbildung, die er angestrebt hatte, wieder nicht geschafft hatte.

"Ich finde, bei all diesen römischen Bauten kommt sowas Martialisches zum Ausdruck, Demonstration der Macht. Da finde ich gut, wie du das zum Malerischen hin änderst. Wirst du deine Zeichnungen verkaufen?"
Demonstration der Macht? So hatte er das noch nie empfunden. Klassische Schönheit, ja. Aber martialisch?
"Nein, die Zeichnungen verkaufe ich nicht. Die werde ich zu Hause zu Ölgemälden verarbeiten."
"Ölgemälde? Hast du schon welche gemalt?"
"Welche ist gut. Bei mir lagern zig Gemälde."
"Und Ausstellungen? Hast du auch schon Ausstellungen gehabt?"
"Ja, etliche," erwiderte er stolz.
"Das finde ich toll. Ich möchte ja auch mal gerne eine machen." "Ach, du malst auch?" Jetzt war er doch überrascht. Sollte er sich in ihr getäuscht haben?

"Ich bin Kinderbuchautorin," versetzte sie etwas zögernd. "Kinderbuchautorin? Schreibst du die Texte? Oder malst du auch?"
"Ich will beides."
"Will? Warum will?"
"Ich habe mehrere Bücher in Planung."
Oh Gott! Alles nur in Planung. Was ist das denn für eine Type? "Machst du das beruflich?"
"Ja, möchte ich gerne. Ich war mal Grundschullehrerin. Das war mir aber zu langweilig. Tagein, tagaus Rechtschreibung, Diktate nachschauen, Rechenaufgaben korrigieren. Zu wenig kreativ." Ach ja, kreativ, dachte er. Und jetzt macht sie kreativ gar nichts. Womöglich hat sie noch einen reichen Macker, der sie aushält, während sie sich in Italien rumtreibt und andere Leute vom Arbeiten abhält.
"In welchem Hotel wohnst du eigentlich?" hörte er sich zum eigenen Erstaunen plötzlich fragen. Ihm ging auf einmal durch den Sinn, dass in seinem Zimmer ja noch ein Bett frei war. Ein Einzelzimmer hatte es in der kleinen Pension, in der er wohnte, nicht mehr gegeben. So musste er in den sauren Apfel beißen, für sein Bett den Doppelzimmerpreis zu bezahlen. Vielleicht würde sie ja.... Und ihre Beine und der Busen waren ja auch nicht zu verachten. Ach, Blödsinn!

"Das ist ja gerade mein Problem. Mein Zimmer in meinem Hotel war nur bis heute frei.

Ich muss mir also was Neues suchen," meinte sie. "Und dein Hotel? Wo liegt das denn?"
"Via del Boccaccio," meinte er, "ganz in der Nähe der Piazza Barberini."
"Hilfe, ich bin in die Scheiße gefallen!"
"Wie? Wo?"
"Kennst du nicht den Film von Pasolini über Boccaccios Decamerone? Da fiel doch ein Liebhaber in einem Innenhof beim Klettern in die Kloake."
"Ja, ich glaube, ich erinnere mich. Mein Zimmer liegt übrigens auch an einem Innenhof."

Sie war sofort begeistert bei dem Gedanken an den Innenhof. Und als sie erfuhr, dass er ein Doppelzimmer bewohnte, weil in seinem Hotel kein Einzelzimmer mehr frei war, stand für sie fest, dass sie bei ihm einziehen würde. So stand sie am Nachmittag mit ihrem roten Lackkoffer, einem schwarzen Stadtrucksack und einem strahlenden Lächeln vor seiner Tür.
Während ihm die ganze Zeit ihre Ringelstrümpfe durch den Kopf gegangen waren und wie es sein müsste, wenn man sie Streifen für Streifen abrollen würde, hatte er gleichzeitig an die Styropordecke seines Badezimmers gedacht, den unappetitlichen dicken Teppich im Zimmer und die verrosteten Blumenbehälter auf dem Gang um den Innenhof herum. Eigentlich alles ein bisschen peinlich. Aber mehr Geld für ein Zimmer auszugeben widerstrebte ihm, obwohl er es gekonnt hätte. Sie sah das

alles ganz anders. Der Innenhof mit seinen zahlreichen, nicht sehr gepflegt wirkenden Blumentöpfen wirkte auf sie nicht vernachlässigt oder ärmlich, sondern üppig und romantisch, die abblätternde Hauswand malerisch. Und der Rost auf den Blechdosen, in denen die Begonien blühten, war für sie Patina. Schon die Lage des Hotels begeisterte sie.
"Zuerst hätte ich es fast gar nicht gefunden. Der Taxifahrer setzte mich an der Straßenecke ab, weil er wohl in die enge Gasse, auch wegen der parkenden Motorroller, gar nicht hinein konnte. Und dann stand ich da, sah nirgendwo ein Schild oder einen Hinweis."
"Ja, ich hätte dir wenigstens die Hausnummer sagen müssen," meinte er ein wenig verlegen.
"Aber nein, das macht doch gar nichts. Ich fand das richtig romantisch. Als ich eine Frau, die aus dem Fenster lehnte, nach der Pension fragte, deutete sie nur auf dieses Haus, an dem aber zu meinem Erstaunen ebenfalls kein Schild zu finden war. Erst als ich auf die Hausklingeln und die Namensschildchen schaute, entdeckte ich den Namen der Pension. Und dann die feudale Marmortreppe, über die man zu dem klapprigen Aufzug in seinem Metallgestell gelangt, wie in einem Film!" schwärmte sie, während er wieder innerlich den Kopf schüttelte, aber gleichzeitig aufgeregt auf ihre langen Beine in den Ringelstrümpfen lugte.

"Probleme? Welche Probleme sollte es geben, wenn das Doppelzimmer ab jetzt mit zwei Personen belegt ist?" wollte er von der Zimmerwirtin wissen, als die bei der Anmeldung seiner Zimmergenossin zögerte, ihr Ja zu geben.
"Sie waren bisher nur mit einer Person in dem Zimmer gemeldet," entgegnete sie ausweichend.
Mein Gott, sollte die etwa moralische Bedenken haben? In diesem modernen aufgeklärten Italien, in dem vor lauter Aufgeklärtheit kaum noch Kinder geboren wurden. Dabei hatte sie nicht einmal einen Ausweis verlangt. Nun gut, sollte sie bekommen, was sie wollte: "Meine Schwester konnte die Reise nicht mit mir zusammen antreten. Sie ist jetzt erst nachgekommen." Die Wirtin druckste immer noch herum. Sie habe das Zimmer nur ihm zuliebe als Einzelzimmer deklariert. Es sei ja normalerweise ein Doppelzimmer.
"Na, also. Dann ist ja alles kein Problem." Jetzt wurde er doch langsam ungeduldig, bis sie endlich mit dem Eigentlichen herausrückte. Er müsse jetzt mehr bezahlen. Von wegen moralischen Bedenken! Da konnte einem doch die Galle überlaufen. Diese Gaunerin! Nachdem er einen Seitenblick auf die Ringelstrümpfe geworfen hatte, ließ er sich dann wohl oder übel auf einen Kompromiss ein, vor allem, da die rote Lederjacke jetzt eine so liebliche Silhouette vor dem Grün und Rosa des Innenhofs bildete, dass sie prompt den

Teil seines Gehirns, der mit Gedanken an Sparsamkeit und Gerechtigkeit betraut war, ausschaltete. Er wunderte sich selber im letzten Moment noch darüber, bevor alles zu spät war.

Während er am nächsten Morgen ungewohnt fröhlich und aufgeräumt aufstand, beschwerte sie sich - ganz gegen ihre Gewohnheit - über das störende Gurren der Tauben im Innenhof.
"Hast du was gegen Tauben?"
"Nein, normalerweise nicht."
"Na, Gottseidank! Hauptsache, du hältst was von Vögeln." Diese Bemerkung und ein verschmitztes Grinsen konnte er sich nicht verkneifen. Sie schaute ihn verdutzt an. Passte diese Bemerkung denn zu ihm? Wie er vor dem Zubettgehen seine Kleidung pingelich ordentlich in den Schrank gehängt hatte, während sie alle ihre Kleider auf den Boden fallenließ und nackt ins Bett gehüpft war. Dann noch seine ausgedehnte Zahnputzzeremonie, Wecker stellen und einen Blick aufs Programm des nächsten Tages werfen, bevor er .... wie ein alter Ehemann. Und als sie nach ihm ins Bad kam, staunte sie über die Ordnung seiner Toilettenutensilien auf der Ablage.
"Ich mach schon mal Tee in der Küche," und schon war er aus der Tür.
"Ich trinke aber Kaffee," hatte sie noch hinter ihm hergerufen. Hat er wahrscheinlich nicht mehr gehört. Sie hatte sich in den Kissen um-

gedreht und war kurz nochmal eingenickt, als er schon mit einer dampfenden Tasse Kaffee vor ihrem Bett stand. "Aufstehen! Das antike Rom ist heute dran. Dein Cicerone wartet."
Gestern hatte sie noch - wenn auch widerstrebend - in das Programm des heutigen Tages eingewilligt: Besichtigung des Forum Romanum und des Palatin. Heute bereute sie das. Als sie nach dem Kaffee die Tasse zu ihm in die Küche brachte, wo er schon mit Spülen beschäftigt war, ekelten sie seine sorgfältig auf Sauberkeit und Ordnung bedachten Bewegungen fast ein wenig an. Tasse neben Tasse neben der Spüle, Untertasse auf Untertasse und sogar das Besteck noch sortiert. Wozu? Konnte das ein kreativer Mensch sein? Bei ihr sah es nie so aus. Und konnte er sich denn wirklich kein anderes Hotel leisten, als diese primitive Herberge? Merkwürdig, hatte sie nicht gestern noch alles so romantisch gefunden? Und jetzt diese planmäßige Stadtbesichtigung. Ob sie das durchstehen würde?

Als sie durch den Triumphbogen des Septimius Severus zum Senatsgebäude gelangt waren, zitierte er plötzlich vor den Besucherscharen den Anfang von Cäsars Bellum Gallicum. Da verfiel sie wieder in ihre anfängliche Begeisterung, zumal sie die bewundernden Blicke der umstehenden Touristen bemerkte. Demonstrativ hängte sie sich bei ihm ein und strahlte ihn an: "Eine Rede, die hier im Senat

einmal gehalten wurde?" Als er ihr erklärte, um welchen Text es sich handelte, verschwieg er, dass das der einzige lateinische Text aus seiner Schulzeit war, den er noch auswendig kannte. Auch ihm schmeichelten die Blicke der Umstehenden.
"Woher hast du dein ganzes Wissen über das alte Rom?"
Er zeigte ihr seinen Reiseführer. Dabei fiel ihr Blick auf eine Zeichnung des Forum Romanum im 19. Jahrhundert, die sie mit einem Ausruf des Entzückens und mit der Bemerkung kommentierte: "Damals hätte mir das alles auch gefallen. Wie eine Ruinenlandschaft in einem barocken oder romantischen Schlosspark. Und dann auch noch weidende Kühe und grasende Ziegen darin! Mayatempel im mexikanischen Yucatan. Eine friedliche, idyllische Kultur."
"Nach den neueren Forschungen waren die Mayas gar nicht so friedlich," meinte er, durch ihre Überschwenglichkeit wieder leicht genervt.
"Ach, raub mir doch nicht alle Illusionen! Es reicht doch, wenn wir heute ständig von den Aggressionen der Amerikaner in Serbien, Afghanistan und im Irak hören."
"Beim Irak gebe ich dir ja recht. Aber Serbien und Afghanistan sind doch was ganz anderes gewesen. Da musste eingegriffen werden. So sieht das ja auch unser Kanzler."

"Auf unseren Kanzler pfeife ich. Das klingt ja so, als würde seine Meinung für dich eine Rolle spielen."
"Eine gewisse schon," murmelte er noch, aber doch leicht verärgert. Auch sie war jetzt etwas irritiert, hatte sie doch bisher gemeint, Pazifismus sei unter Künstlern eine Selbstverständlichkeit. Wieso stand bei ihm dann die Meinung eines Kanzlers so hoch im Kurs? Politische Überzeugung? Oder Obrigkeitsgläubigkeit? Das würde dann ja zu seiner Pingelichkeit und seinem Ordnungssinn passen.

Auch seine Bewunderung des Konstantinsbogens und der Monumentalität des Kolosseums kamen ihr jetzt verdächtig vor.
"Das ist doch wieder reine Demonstration von Macht und Unterdrückung! Und die Massen im Circus Maximus mit grausamen Schauspielen zufriedenstellen, damit die eigene Macht nicht in Frage gestellt wird," rief sie aus. Er ärgerte sich über ihre Unzufriedenheit, die für ihn gleichzeitig ein Unzufriedensein mit seiner Führerrolle, aber auch mit seiner Sicht auf Welt und Leben bedeutete.
"Erstens ist das nicht der Circus Maximus, sondern das Kolosseum. Und zweitens waren die Römer die Macht, die damals auf der Welt Ordnung schaffte."
"Ordnung, Ordnung! Wozu denn? Zur besseren Unterjochung der anderen, damit ein Volk, beziehungsweise ja auch nur ein Teil dieses Volkes in Saus und Braus und Luxus leben

konnte. Die anderen hätten auch gut ohne diese Ordnung auskommen können."

Erst im Gras des Palatins in der Sonne liegend, beruhigten sie sich wieder. Das Verspeisen der in der Pension von ihm geschmierten Butterbrote und das Trinken des Tees aus seiner Thermoskanne fand sie wieder richtig romantisch, während er ihr verschwieg, dass er das aus Sparsamkeitsgründen so hielt. Zwischen hohen Frühlingsblumen und neben einem antiken Säulenstumpf wären sie fast wieder übereinander hergefallen.
Wegen der Besucher, die ab und an vorbeikamen, begnügte er sich damit, ihre attraktive Gestalt zu betrachten und ihr Gesicht, das ihm immer mehr gefiel. Die Grübchen an den Mundwinkeln, die grünen katzenartigen Augen und die kessen roten Locken. Wie mochte ihre Haarfarbe wohl ursprünglich gewesen sein?

"Wieso ist deine Ehe eigentlich in die Brüche gegangen?" wollte er auf einmal wissen.
Sie strich sich mit dem Halm einer Blume über die Lippen und meinte nach einigem Zögern: "Es war meine Schuld. Ich hatte verschiedene Liebschaften. Trotzdem war er finanziell bei der Scheidung mir gegenüber sehr großzügig."
"Welche Liebschaften denn?"
"Ist das ein Verhör?" fragte sie lächelnd. Dann - nach einer Pause: "Der erste war ein Land-

schaftsmaler. Ich hätte mich so gerne von ihm porträtieren lassen. Doch bestand er stur darauf, dass er nur Landschaften malen könnte. So ein Quatsch! Er war so gut. Er hätte es nur zu versuchen brauchen."
"Und dann?"
"Einer, der nur abstrakt malte."
Jetzt schaute er etwas erschrocken auf: "Schon wieder ein Maler?"
"Ja, und der dritte auch." Das klang jetzt leicht patzig. Wie bei einem kleinen Mädchen, das mit aller Gewalt seinen Willen durchsetzen will. Zufall? Oder ein Tick? War er jetzt das nächste "Opfer"? Fast kam er sich ein bisschen missbraucht vor. Natürlich gleichzeitig geschmeichelt. Vor allem malte er ja nur zu seinem Vergnügen. Als Hobby. In der Freizeit, die ihm seine Tätigkeit als städtischer Verwaltungsbeamter auf dem Standesamt ließ.
"Und du? Warum bist du geschieden? Auch deine Schuld?" "Kann man so nicht sagen," erwiderte er versonnen. "Meine Frau wollte die Scheidung. Sie könne es mit mir nicht mehr aushalten, meinte sie."
"Und warum nicht?" fragte sie mit weitgeöffneten Augen.
"Was weiß ich! Zu pingelich. Zu genau. Zu langweilig. So etwa äußerte sie sich."
"Aber ein Maler. Ein Mensch, der malt, wie kann der denn langweilig sein?" rief sie fast empört aus.
"Du hast dich doch auch von deinen Malern getrennt. Warum übrigens von dem dritten?"

Jetzt musste sie lachen: "Er war zu langweilig."
Nun lachten beide. Sie fing an zu schmusen, bis er plötzlich auf die Uhr schaute und ausrief: "Wir wollten doch noch einen Blick auf die Trajanssäule werfen. Komm, sonst wird es zu spät."
"Ach, die Planerfüllung", meinte sie nur trocken, aber leicht verärgert. Er zog sie aus dem Gras hoch und sie gingen wieder in Richtung Kolosseum.

„Entschuldigen Sie, können Sie mir sagen, wie ich zur nächsten U-Bahnstation komme? Ich finde mich hier auf meinem Stadtplan nicht zurecht." Ein Tourist sprach sie in einer ruhigen Gasse in einem etwas holprigen Englisch an. Der Malerbeamte, der stolz auf seine Stadtkenntnisse und auch auf seine Ausrüstung mit Reiseführern und Stadtplänen war, war sofort entgegenkommend: „Natürlich. Da nehmen wir am besten meinen Stadtplan. Der ist gut und übersichtlich. Ihrer ist ja auch sehr klein." Er freute sich sichtlich, dass er dem Touristen helfen konnte.
"Jetzt hat er auf einmal Zeit", murmelte sie vor sich hin.
Er hatte es aber gehört und warf ihr einen verwunderten Blick zu. Merkwürdig, so hätte seine geschiedene Frau mit ihm sprechen können. Oder sind alle Frauen so?

Da näherten sich zwei Männer, die sie wie der verirrte Tourist auf Englisch ansprachen, allerdings mit italienischem Akzent, und in einer ganz anderen Angelegenheit. Sie forderten den Touristen auf, seine Ausweispapiere zu zeigen, nachdem sie sich als Polizeistreife in Zivil ausgewiesen hatten.

Sie befanden sich in einer stillen Seitenstraße in der Nähe des Quirinals und waren auf dem Weg zu einem kleinen Restaurant, um sich dort nach dem langen Besichtigungstag zum Abendessen niederzulassen. Nachdem der Engländer oder Amerikaner seine Papiere gezeigt hatte, erklärten ihm die Polizisten, dass es sich um eine Drogenkontrolle handele und er alle Papiere zeigen müsse, die er in seiner Brieftasche habe.
"Ob das seine Richtigkeit hat?" flüsterte sie dem Malerbeamten ins Ohr.
"Warum nicht? Die haben doch ihre Marken gezeigt", antwortete er leise.
Auf ihrer glatten runden Stirn erschienen ein paar bedenkliche Falten. Der Tourist zeigte nacheinander alle Ausweise einschließlich Führerschein und sämtliche Kreditkarten. Dann wurde ihm alles wieder ausgehändigt, und jetzt war der Deutsche dran. Mit ihm wurde ebenso verfahren. Dann wurde ihm bedeutet, das sei hier eine gefährliche Ecke, er sollte seine Papiere schnell in die Jacke stecken und in diese Richtung gehen, nicht in die Richtung, in der ihr Restaurant lag.

Eine Straße weiter fanden sie ein anderes Restaurant, und während sie die Speisekarte studierten, nahm er den Packen Papiere aus der Westentasche seiner Jacke, in die er sie gesteckt hatte, und begann sie wieder richtig in die Brieftasche einzusortieren.

„Das darf doch nicht wahr sein! Alle Kreditkarten fehlen. Stattdessen sind nur noch die Hüllen da. Gangster! Die Polizisten waren Gangster. Das waren gar keine richtigen Polizisten. Und der Englisch sprechende Tourist gehörte dazu."
"Was habe ich dir gesagt? Mir kamen die gleich seltsam vor. Du kannst doch nicht einfach jemandem trauen, nur weil er behauptet, er sei von der Polizei."
Er bemerkte kaum die Heftigkeit, mit der sie sprach, da er jetzt andere Sorgen hatte.
Doch sie setzte noch eins drauf: "Ich habe sowieso den Eindruck, als hätte für dich alles Gültigkeit, was mit Macht und Obrigkeit und Vorschriften zu tun hat, die Römer, dein Kanzler, die Außenpolitik und in gewissem Sinne auch dein Malen."
Nun wurde er doch hellhörig, war aber mehr mit den Sorgen um sein Geld beschäftigt. "Hör endlich mit der Nölerei auf! Ich muss jetzt überlegen, was ich mit meinem Konto in Deutschland mache, und wie die weiteren Tage in Rom ohne Kreditkarten weitergehen sollen."

"Nölen nennst du das! Hättest du nur einen Moment auf mich gehört statt auf die vermeintliche Obrigkeit ..."
"Jetzt tu mir den Gefallen und hör auf! Du redest ja fast wie meine Exfrau. Ich muss erstmal telefonieren."
Das ist wahrscheinlich kein Zufall, dass ich wie seine Exfrau rede. War vielleicht ganz vernünftig, diese Frau, dachte sie.

Er versuchte sofort, Verbindung mit einem Freund in Deutschland aufzunehmen, der bei einer Bank arbeitete, um sein Konto sperren zu lassen. Das gelang auch alles und ging relativ schnell. Doch – zweimal 250 Euro waren schon abgehoben, in der kurzen Zeit von kaum einer halben Stunde. "Kannst du mir mal mit deiner Karte aushelfen in den nächsten Tagen? Ich weiß ja jetzt nicht, wie ich weiter bezahlen soll." Zögernd sagte sie ihre Hilfe zu, obwohl es sie eigentlich ärgerte. Hätte er sich anders verhalten, hätte er jetzt nicht dieses Problem. Und sie wusste auch nicht, wie lange sie überhaupt noch bleiben würde. Eigentlich war ihre Zeit schon abgelaufen. Klar, es gab keine zwingenden Gründe, ihren Aufenthalt in Rom nicht zu verlängern. Aber noch so ein Tag mit strenger Führung durch die Sehenswürdigkeiten? Und dann seine Art!

Als er heute im Bett mit seinen Vorbereitungen für die Besichtigungen am nächsten Tag fertig war, war sie schon eingeschlafen. Und als der Wecker am nächsten Morgen klingelte, den er sich immer stellte, um sein geplantes Programm einhalten zu können, war der Platz neben ihm leer, und ihre Sachen waren auch verschwunden, bis auf ein paar Kleinigkeiten, die sie wohl vergessen hatte. Einfach verschwunden! Er staunte einerseits, war aber auch nicht tief getroffen, wie er bei längerem Nachdenken feststellte. Es schoss ihm sogar der Gedanke durch den Kopf, dass er jetzt seine Besichtigungen ohne Genöle und in aller Ruhe durchführen könnte. Außerdem würde alles billiger. Und mit der Bezahlung würde er schon noch eine Lösung finden.

Nahezu genussvoll rasierte er sich, putzte sich die Zähne, duschte und ging dann in die Küche, in der er erstmal ein wenig die Unordnung, die die anderen Bewohner der Pension hinterlassen hatten, aufräumte. Nach dem Aufbrühen seines Tees stellte er sorgfältig Brot, Marmelade und Butter auf den winzigen Tisch in seinem Zimmer und vermied beim Schmieren und Essen jeden Krümel. Nachdem er das Bett gemacht und das Badezimmer in einwandfreiem Zustand verlassen hatte, verließ er das Zimmer und die Pension, Reiseführer, Stadtplan, Zeichenutensilien, Thermoskanne mit Tee und ein paar Butterbrote ordentlich in seinem Stadtrucksack verstaut, in Richtung Corso, den er sich für heute vorgenommen hatte.

Nach den Palästen und Kirchen am Corso und der Mark Aurel-Säule an der Piazza Colonna, die ihn begeisterte, wandte er sich zur Spanischen Treppe, um dort auf den Stufen sein mitgebrachtes Mittagsmahl zu verzehren, musste aber feststellen, dass es verboten war, hier etwas zu essen oder zu trinken. Er wollte sich gerade von dem Platz in Richtung Piazza del Popolo begeben, als er "sie" entdeckte, neben einem Porträtmaler, den er dort schon am ersten Tag gesehen hatte, und den er wegen seiner karikaturenartigen Masche verachtete, die schnell hingehauenen Porträts mit ein wenig Airbrush "scheinkreativ" aufzupeppen. Er sah sie mit begeistertem Blick und mit weit aufgerissenen Augen im Gespräch mit dem Maler, auf sein Bild herabgebeugt, ihr Knie nahe an seinem Gesicht, und in ihm stieg ein Gefühl von Verachtung, Verlangen und Verwirrtheit auf, das auch noch an ihm nagte, als er den Platz schon verlassen hatte.

Zwillinge

Er hatte sie nie wirklich auseinanderhalten können. Sie waren erst vor kurzem aus einer anderen Stadt nach hier verzogen, mit ihrem Vater, der auch schon einen merkwürdigen Eindruck gemacht hatte. Eine seltsame Mischung von Verständnishaftigkeit und etwas, dessen Ende nicht abzusehen war, das in einer Art Bodenlosigkeit, etwas Unberechenbarem, zu fußen schien. In gewisser Weise setzte sich das in seinen beiden Sprösslingen fort. Beide hatten diesen hellen Blick, der von Aufrichtigkeit und Offenheit zu zeugen schien. Doch konnte er sich plötzlich verdunkeln, war wie von einem Schleier überzogen, der Hartwig fast Furcht einflößte, zumindest aber Befremden. Und bei dem einen, der weiter hinten in der Klasse saß, war das noch öfter der Fall.

Bald schon hatte Hartwig die ersten Zweifel gehabt. Peter, der links in der zweiten Reihe saß, meldete sich öfter, hatte auch seine Hausaufgaben häufiger als Georg. Aber war es immer derselbe, der seine Hausaufgaben nicht erledigt hatte, oder tauschten sie manchmal ihre Plätze, eine Zwillingssolidarität, die letztendlich zu Noten im unteren Mittelfeld führte, bei beiden? Hartwig war sich dieser Unsicherheit bewusst, und sie war ihm sehr unangenehm, weil er sich viel auf seine Gerechtigkeit zugute hielt, die ihm gelegentlich von seinen Schülern bestätigt wurde. Immer hatte er seine Noten, auch die mündlichen, durch entsprechende Notizen untermauert, für sich selber, aber auch, um seinen Schülern vor den Zeugnissen ausführlich seine Notengebung begründen zu können. Er hätte von sich selber nicht sagen können, was ihm wichtiger war, die Gerechtigkeit an sich oder das Bestreben, vor den anderen als Gerechter zu gelten.

Da der Vater der Zwillinge Spanier war und beide in Spanien geboren waren, nannten sie sich manchmal auch Pedro und Jorge, obwohl sie nun schon viele Jahre in Deutschland lebten. Eine Mutter tauchte, anders als bei den meisten Schülern, nie auf. Sie musste aber Deutsche sein, wie eine gelegentliche Äußerung der Jungen ergab. Dabei klang es so, als hätten sie sie lange nicht gesehen.

Nicht nur die Augen der Jungen waren es, die Hartwig irritierten. Es war ihre hohe, gerade Gestalt, ihre Haltung, ihre klare Sprache, die zunächst so einen vertrauenerweckenden Eindruck hervorriefen, aber immer nach kurzer Zeit nahezu ins Gegenteil umschlugen. Er fühlte dann Unsicherheit und Misstrauen in sich aufsteigen, den Verdacht, dass er von diesen Jungen wie auch von ihrem Vater wie von Hochstaplern über den Tisch gezogen wurde, dass sie hinter seinem Rücken sogar über ihn lachten. Das geschah ihm vor allem in Situationen, in denen er wieder einmal Zweifel hatte, ob sie nicht ihre Plätze und damit ihre Identität getauscht hatten.

Mittlerweile wusste er natürlich auch von sich selber, dass er nicht ohne weiteres seinen eigenen Gefühlsregungen vertrauen konnte. Er ahnte, dass er zu einem unstabilen Schwanken zwischen Vertrauensseligkeit und Misstrauen neigte. Manchmal überraschte er sich dabei, dass seine Gedanken und Gefühle weit in eine Welt der Phantasie reichten, die ihn in seiner Jugend dazu gebracht hatte, dass er Gedichte schrieb, in denen märchenhafte Paläste und dunkelschöne Frauen vorkamen. Die Notwendigkeiten seines Lebens in seinem Beruf als Lehrer und als Familienvater und die anpackende, energische Haltung seiner Frau hatten ihm diese Welten später als verboten oder sogar verachtenswert erscheinen lassen, noch mehr die Zeit, als er in Gewerkschaft und Politik aktiv wurde. So dass er nun die Konfrontation mit der Wirklichkeit als eine heilige Pflicht ansah und –wie alle Konvertiten- in dieser Richtung seinen Schülern gegenüber als regelrechter Missionar auftrat.

Genaues Hinschauen, mühsames Zergliedern, ein gewisses Misstrauen und Kritikfähigkeit waren die Mittel, die ihn und seine Schüler zu einer klaren Wirklichkeitserfassung führen sollten. Wenn seine Zöglinge sich gegen diese anstrengende Arbeit sträubten, gehörte es für ihn zu seiner Verantwortung als Pädagoge, sie gegen alle Widerstände dazu anzuhalten. Hatte er das -auch bei manchem Scheitern seiner Bemühungen- geschafft, empfand er es wie eine großartige Prämierung. Als hätte seine Mutter ihn als Kleinkind dafür gelobt, dass er nach langer quälender Sitzung auf seinem Töpfchenthron nicht aufgegeben hatte, bis diese von Erfolg gekrönt war.

So fühlte er sich heute verpflichtet, eine höllische Wachsamkeit gegen die Versuche seiner Schüler einzusetzen, wenn sie den Anforderungen für das aufgegebene Referat zu entfliehen suchten. Als Ziel hatte er ihnen angegeben, sich ein Sachgebiet in einem Buch zu erarbeiten. Ein ganzes Buch, und auch noch ein Sachbuch? Wenn dieses auch oft durch interessante Bilder aufgelockert war, war nicht ein kurzer Text im Internet dieser permanenten Mühe vorzuziehen? Hatte man nicht anderes zu tun, als sich Stunden über Stunden mit trockener Materie herumzuschlagen? Da waren doch Treffen und Partys mit Freunden und Freundinnen, Diskothekenbesuche, Fernsehen, Video- und Computerspiele und vielleicht sogar Fußball oder anderer Sport.

Und dann die Forderung, einen freien Vortrag zu halten, nur anhand eines Zettels mit Stichwörtern, deren Menge er auch noch festsetzte, damit sie nicht einfach ablasen. Da war es doch viel bequemer, einen Text von entsprechender Länge einfach auswendig zu lernen. Aber auch das duldete er nicht. Welch eine Quälerei! Der einzige Ausweg, der ihnen blieb, fußte auf der Tatsache, dass sich ihr strenger Meister noch nicht dazu hatte aufraffen können, selber mit dem Internet zu arbeiten. So blieben ihnen immer noch Türchen offen, von denen er nichts ahnte. Oder vielmehr schon ahnte, aber ihnen nichts nachweisen konnte.

Er verachtete diese virtuelle Welt, die er deutlich von der Welt seiner Phantasien unterschied, wusste auch von Kollegen, wie viel Zeit es erforderte, sich darin häuslich einzurichten. Und das hätte ihn womöglich seiner einzigen Fluchtmöglichkeit beraubt, die von ihm selber und auch seiner Umgebung legalisiert wurde, seiner Hobbymalerei, die als Parallelwelt zu seiner sonstigen Realität, ohne Verbindung zwischen beiden, von allen akzeptiert wurde.

Jorge und Pedro hatten beide für ihr Referat ein Drogenthema gewählt. Was an sich legitim war. Zumal sie sich Informationsmaterial von einer Krankenkasse dafür besorgt hatten. Dann ergab sich aber beim Referieren diese besorgniserregende Mischung: Beide trugen einen Teil wie auswendig gelernt vor. Die Stichwörter, die sie ihm zeigen mussten, entsprachen überhaupt nicht dem, was sie vortrugen. Und dann dieser andere Teil ihrer Vorträge, der sehr flüssig gesprochen wurde und bei dem der eine den genauen Gebrauch von Cannabis, der andere den von Heroin darstellte, sehr flüssig, wie aus dem Vollen geschöpft, wie aus dem Schatz der eigenen Erfahrung erzählt. Grinsten nicht auch die Mitschüler? Und hatte nicht der Klassenlehrer der beiden auch schon mal eine Andeutung gemacht, dass sie möglicherweise in Drogengeschäfte verwickelt seien?

Hartwig hasste alles, was mit Drogen zusammenhing. Er hatte mehrere Schüler den Bach hinuntergehen sehen. Einer hatte sich kurz nach der Schulzeit den Goldenen Schuss versetzt, wie er auf einem Klassentreffen von ehemaligen Schülern erfuhr. Und dann immer die Heimlichtuerei und das Gelüge, das ihm einen offenen Zugang zu den jungen Menschen verhinderte. Aber spielte nicht auch ein wenig Neid eine Rolle? Neid darauf, dass diese jungen Leute sich eine Welt des Irrationalen eröffneten, die ihm nicht zugänglich war, weil er sie offiziell verachtete, insgeheim aber vielleicht begehrte und sich nur nicht zutraute, aus Angst vor Strafen oder aus Angst vor unangenehmen Folgen oder aus Angst vor der Welt des Verbrechens, vielleicht auch nur aus Angst vor einem Sprung, den er nicht schaffen würde, genau wie er damals im Schwimmunterricht nicht den Kopfsprung ins Wasser gewagt hatte, angeblich, weil ihn die Brille daran hinderte.

Die Aufmerksamkeit der Mitschüler war sowohl Pedro, der über Haschisch, als auch Jorge, der über Heroin referierte, gewiss. Aber sie hatten kein Buch, sondern lediglich eine Broschüre als Quelle benutzt, wenn nicht nur einen Internet- Artikel. Das teilweise Auswendiggelernte und die Nichtbeachtung der Vorschrift über die Stichwörter führten bei beiden zu Noten im Mittelfeld, was sie sofort als Ungerechtigkeit reklamierten. Grollend setzten sich danach beide wieder auf ihre Plätze. Einer der beiden hatte außerdem die Zeitvorgaben überhaupt nicht beachtet und beim auswendig gelernten Teil mehrfach gestockt und sogar Sätze ausgelassen, so dass der Vortrag an mehreren Stellen unzusammenhängend wurde. Welcher von beiden es wirklich war, ob Jorge oder Pedro, blieb Hartwig wieder einmal unklar.

Der Groll blieb bis zu den bald fälligen Abschlusszeugnissen. Der Vater wäre beim letzten Elternsprechtag fast ausfällig geworden, versuchte einen Moment, Hartwig so etwas wie Ausländerfeindlichkeit zu unterstellen, dann verlegte er sich darauf, ihm zu verdeutlichen, wie wichtig für seine Söhne die Deutschnote sei, beeinflusse sie doch erheblich die Qualität des Abschlusses, und seine Söhne müssten unbedingt einen Realschulabschluss erhalten, wollten sie die angepeilte Lehre antreten. Hartwig ließ sich nicht beirren, auch nachdem er mit sich selber noch einmal ins Gericht gegangen war und sich gefragt hatte, ob es nicht seine persönlichen Abneigungen und Unsicherheiten seien, die zu den Noten geführt hätten, oder sogar sein Drogenhass. Er blieb bei seiner Entscheidung. Die Quittung waren hasserfüllte Augen von beiden bei der Abschlussfeier.

****

Ein Jahr später zog es Hartwig mit seiner Frau in den Osterferien nach Andalusien. Nach der Besichtigung des Märchenschlosses, der Alhambra in Granada, wollten sie die Karwoche in Sevilla verbringen. Schon der Duft der Orangenblüten und der heitere Klang der Pferdekutschen versetzten Hartwig in einen Rausch, den seine Frau mit den praktischen Erfordernissen der Reise zu dämpfen versuchte.

„Nun komm schon! Das können wir doch nachher noch alles in Ruhe anschauen. Jetzt lass uns doch erst einmal unsere Pension aufsuchen", drängte ihn Clara, als sie mit ihren Rollkoffern den Platz vor der Kathedrale überquerten.

Hartwig konnte sich von dem Blick auf die gerippten arabischen Teppichmuster auf der Giralda, dem Turm, den die Christen beim Bau des gotischen Doms von der früheren Moschee übernommen hatten, nicht lösen. Schon als er als Student durch Spanien reiste, war dies eine Erfüllung seines Traums von Orient und Exotik gewesen. Eine andersartige Welt, in die er aus seiner ihm als allzu banal erscheinenden Umgebung fliehen konnte, in der er sich, so fühlte er sich damals, seitdem er sich ein wenig Spanisch angeeignet hatte, tummeln konnte wie ein Orientreisender, der sich mit einem Sonderpass durch ein fremdartiges China bewegte.

Und erst der volle süße Geruch der blühenden Apfelsinenbäume! Seine Finger tasteten im Geist das glatte Porzellan der Blütensterne mit ihrem Zierat aus goldenem Schmuck, das glatte Porzellan, das ihm, wenn er von Nahem daraufschaute, wie Elfenbein und feiner weißer Samt erschien. Und daneben läuteten goldene Früchte im dunklen Grün eine reife helle Gegenwart, die ihm nicht wie ferne Träume vorkamen. Das muntere Zwitschern der Schwalben am seidenblauen Himmel schenkten ihm seine alte Heimat Andalusien zurück, so dass er nur widerwillig mit seinem Rollenkoffer auf dem holprigen Pflaster seiner Frau in die nächste Gasse folgte.

Als er vor dem schmiedeeisernen Gitter stand, das den Blick in den farbig gefliesten Innenhof der kleinen Pension mit einem zierlichen Filigran begrenzte, war er schon wieder versöhnt mit der unangemessenen Eile, die ihn hierhergeführt hatte. Und als sie nach kurzer Zeit der Einrichtung in ihrem Zimmer einen Gang durch die malerischen Gassen des Stadtviertels von Santa Cruz unternahmen, schwebte er wieder in einem seligen Taumel, der sich zu einem Rausch steigerte, als sie die Gelegenheit wahrnahmen und in einem kleinen Lokal Eintrittskarten zu einer Flamenco-Darbietung lösten.

War es an der Kathedrale noch der süß-betäubende Duft der Orangenblüten gewesen, der ihn in seinen Bann schlug, so war es hier die beherrschte Leidenschaft der Gitarren, der ekstatische Gesang und die stampfenden und zuckenden Bewegungen der Tänzer in ihren weißen Seidenhemden und ihren blutroten Halstüchern und langen schwarzen Haaren und der Tänzerin mit ihrem flachen Männerhut, die ihren weißen Rock mit den großen dunklen Punkten zierlich-energisch raffte, so dass eine Seite in ihm berührt wurde, die er fast schon vergessen hatte, und von der er nicht wusste, was sie von ihm wollte. Ein anderer Teil seines Wesens, ein anderes Ich, ein Leben, das er nicht gelebt hatte und auch nicht leben würde. Das aber hin und wieder seine Rechte forderte, wie bei einer Vorbereitung auf ein späteres Leben, obwohl er an so etwas wie ein Leben nach dem Tod oder Wiedergeburt nicht glaubte.

Gruben sich diese tänzerisch-musikalischen Eindrücke tief in seine Seele ein und brachten ihn zum Verstummen, so öffnete die heitere Seite des Exotischen beim Besuch des Alcazar seine Zunge so, dass sie nicht mehr stillestehen wollte, während Clara immer weniger zum Reden zumute war. Sie hatte in der Pension das hellblaue Minikleid angelegt, das sie vor der Reise noch erstanden hatte, und das eine gewisse Ähnlichkeit mit dem Kleid aufwies, das Hartwig damals auf ihrer Hochzeitsreise in Begeisterung versetzt hatte. Nun bemerkte er es nicht einmal. Sie biss sich aber eher die Zunge ab, als ihn darauf aufmerksam zu machen. Er musste einfach von selber darauf kommen. Vorläufig konnte aber davon keine Rede sein. Die Rede war nur von dem, was sie im Garten des Alcazar umgab.

„Nun schau dir an, wie die Palmen über diese warmen Mauern schauen, als grüßten sie aus einer glücklichen Oase herüber! Und diese Apfelsinenbäume vor den zierlichen Formen der Kathedrale. Der Duft macht mich ganz verrückt."
„Das sind keine Apfelsinen. Das sind Pomeranzen. Schmecken ziemlich bitter, habe ich mir sagen lassen."
Er schaute sie verständnislos von der Seite an.
Dann ließ er sich wieder in seine Architekturträume fallen wie in einen leichten Rausch.

„Schau dir diese Farben an: Weiße und rosa Mauern, mit einem goldenen Streifen. Und dahinter das zarte Gewebe der Kathedrale."
„Naja, das Rosa ist nicht gerade üppig. Könnte mal eine Erneuerung vertragen. Und von der Kathedrale sieht man nicht allzu viel von hier aus. Die Alhambra in Granada war auf jeden Fall viel filigraner."
Als wolle sie ihn an ihr eigenes Filigran erinnern, lehnte sie sich an seine Schulter. Ihn schien das aber bei seinen Betrachtungen zu stören.
Sah sie denn nicht, wie sich die Schiffe der Kathedrale wie erlesene Schatzkästen hinter die Mauer duckten, wo sie wie die Köstlichkeiten eines Harems nur den Eingeweihten zur Entdeckung vorbehalten waren, und von wo nur wie ein flammendes Signal der Giraldaturm herübergrüßte?
„Siehst du, jetzt schwärmst du auch schon von Granada. Und du wirfst mir immer vor, in der Vergangenheit zu leben."
Als fühlte sie sich ertappt, duckte sie sich ein wenig in sich zusammen und zupfte dabei an ihrer dunkelroten Handtasche mit Krokodilledermuster.
„Das kann ja auf die Dauer nicht ausbleiben, wenn man mit dir zusammen ist," murmelte sie wie in einem Rückzugsgefecht, das er aber schon nicht mehr wahrnahm, weil ihn nun die Üppigkeit des Gartens in Atemlosigkeit versetzte, den sie betraten.

„Das wirkt dann wie eine ansteckende Krankheit, weißt du?" Es sollte so wirken, als habe sie ihn- Zeichen einer schelmischen Annäherung- in den Arm gekniffen. Doch er nahm es nicht mehr wahr. Seine Augen waren weit geöffnet auf das vielfache Grün der Anlagen, die anmutigen Formen der Dächer und Kuppeln, die aus der Palastanlage ragten oder die Gartenkioske mit wohlgeformten Ziegeln bedeckten. Er wusste gar nicht, wo er zuerst hinschauen sollte, was er am meisten bewundern sollte, so dass er seine Begeisterung in dem dürren Satz „So was von Üppigkeit in diesem Garten!" zusammenfasste, was Clara prompt mit einem nüchternen „Meinst du nicht, dass die Flora in Köln viel üppiger ist?" konterte.
„Aber der Himmel! Dieser seidige Himmel! So was hast du in Köln noch nie gesehen! Wie auf einer Insel der Seligen."
„Hör mal, du Seliger! Meinst du nicht, es sei langsam Zeit zum Mittagessen? Oder brauchst du vor lauter Seligkeit keine körperlichen Bedürfnisse mehr zu stillen? Ich spüre auf jeden Fall ein gesundes weltliches Bedürfnis in meinem Magen."
„Jetzt schon?"
„Es ist schon zwei Uhr."
„Ach, schon? Das hätte ich nicht gedacht."
„Ja, du lebst ja ohne Raum und Zeit, wenigstens in den Ferien."
„Räume spielen für mich eine große Rolle. Hast du das nicht gemerkt? Im Alcazar, in der Kathedrale, eigentlich immer."

„Jaja, stimmt ja. Aber mit der Zeit hast du es nicht so."
„Ach nein? Und lebe ich nicht mein ganzes Berufsleben mit Zeitplanung? Muss ich nicht mein ganzes Lehrerdasein in einen ständigen Takt von 45 Minuten einzwängen?"
„Das hat dich ja auch viel Mühe gekostet, damit zurechtzukommen. Und ohne meine moralische Unterstützung hättest du das kaum geschafft, oder?"
„Das gebe ich ja zu. Aber jetzt haben wir Ferien."
„Auch in den Ferien muss man überleben."
„Überleben? Wie meinst du das?"
„Essen, mein Lieber. Essen. Ich ha-be Hunger!"
„Jaja, ich ha-be ver-stan-den. Komm, wir gehen hier durch die Fußgängerzone, um nach Santa Cruz zu kommen."

Er wusste, dass es ein Umweg sein würde. Aber auf diesem Weg konnte er ungestört weiter die Herrlichkeiten um sich herum auf sich wirken lassen. Sie wusste auch, dass es ein Umweg war, war aber schon froh, dass er sich überhaupt von seinen Architekturträumen lösen konnte.
Plötzlich befanden sie sich hier mitten in Spanien, nicht in einem historischen, von Touristen bevölkerten, mit Sehenswürdigkeiten gespickten, sondern in dem gelassenen Schlendern von einheimischen Paaren jeden Alters, dem einen oder anderen Kinderwagen, Kin-

dern, die einen Luftballon mit sich führten, beim „paseo", dem gesellschaftlichen Spaziergang, der dem Sehen und Gesehenwerden diente. Trotzdem konnte Hartwig, mit den angrenzenden Mauern und Türmen des Santa Cruz- Viertels sich weiter von seinen architektonischen Träumen kitzeln lassen.

Sie genossen die andersartige Ruhe des verkehrsfreien Raums, als sie unversehens das Geräusch eines schnell fahrenden Mopeds hinter sich hörten. Clara schaute aufgeschreckt nach hinten und begann Hartwig automatisch ein wenig nach links zu ziehen.
„Die müssen doch aufpassen. Eigentlich dürfen die hier gar nicht fahren." Er verspürte ein leichtes Unbehagen, weil er wieder von außen, sowohl von den Jugendlichen auf dem Moped als auch von seiner Frau, in seinen Phantasien gestört wurde, war dann aber doch erstaunt, wie aggressiv nahe sich das Fahrzeug an ihnen vorbeidrängte. Als hätten sie es regelrecht auf sie beide abgesehen.

Beide starrten sie den behelmten Jugendlichen auf dem wütend knatternden Gefährt hinterher. Die fuhren nun einen raschen Slalom zwischen den ungerührt erscheinenden Spaziergängern hindurch, wendeten nach ungefähr hundert Metern und näherten sich nun mit noch größerer Geschwindigkeit Hartwig und Clara. Beide hatten sie nun das Gefühl, als ginge es den jugendlichen Rowdies zwi-

schen den ganzen Menschen nur um sie beide. Als wollten sie sie mit ihrer Maschine treffen oder zumindest so nahe an sie heranfahren, dass sie ihnen einen Schreck einjagten. Als Hartwig wieder eine Ausweichbewegung Claras an seinem Arm spürte, wiederholte er noch einmal, diesmal fast empört: „Die müssen aufpassen, nicht wir."
„Willst du dich denn für dein Recht umfahren lassen?" zischte Clara ihn nun wütend an.

Mit dem, was dann tatsächlich geschah, hatte keiner von ihnen gerechnet. Das Greifen nach Claras dunkelroter Krokodilmustertasche und ihr automatisches Festhalten waren eins. Der unerwartete Widerstand, den ihnen diese alte Frau entgegensetzte, ließ sie sofort von ihr ablassen und brachte ihr Fahrzeug in ein bedrohliches Schwanken und Schleudern, das sie gerade noch auffangen konnten, um dann mit aufheulendem Motor unverrichteter Dinge in der Richtung zu verschwinden, aus der sie aufgetaucht waren.

Hartwig war noch mit seinem Gefühl der Empörung über den Rechtsbruch der Jugendlichen beschäftigt, als ihm langsam der kleine Schrei bewusst wurde, den seine Frau bei dem Zusammenprall von sich gegeben hatte, und nun sah er, dass sie fassungslos auf den zerrissenen Schulterriemen ihrer Tasche schaute und sich mit schmerzverzerrtem Gesicht ihren linken Oberarm rieb. Er wusste, dass die Tasche sozusagen Claras Heiligtum war, das sie nie aus den Augen ließ. In ihr verwahrte sie nicht nur die Utensilien, die sie zur Pflege ihres Gesichts und ihrer Haare, sowie beim Aufsuchen einer Toilette brauchte, sondern auch alle auf der Reise wichtigen Papiere und ihren Geldvorrat. Er hatte sich seit Jahren vergeblich gegen diese Aufteilung ihrer Kompetenzen auf Reisen gewehrt und schließlich sogar eingesehen, dass die Dinge dort, bei einer Frau, vielleicht sicherer aufgehoben seien, weil potentielle Diebe sie dort weniger vermuten könnten. Aber wer konnte sich schon in das Gehirn solcher unberechenbaren Leute hineindenken! Da fiel es ihm schon leichter, sich in das Denken seiner Frau hineinzuversetzen, wenn auch das nicht immer ohne Schwierigkeiten gelang. Es hatte sich schon so häufig gezeigt, dass sie sehr unterschiedlich dachten. Parkte er auf einem Parkplatz nach links ein, parkte sie todsicher nach rechts ein. Konnte er sich Orte und ihre Namen merken, war sie im Behalten von Zeiten besser. Und wenn sie von Urlauben oder anderen Begebenheiten erzählten, hatten ihre Freunde sie schon oft damit aufgezogen, dass sie meinten, sie wären wohl an völlig verschiedenen Orten gewesen.

***

Manchmal hatte er sich gefragt, ob es etwas gebe, was sie bei aller Verschiedenheit zusammenhalte. Bildung und Herkunft waren so unterschiedlich, dass sie verschiedener kaum sein konnten. Die Religion, die sie einmal gemeinsam hatten, hatten sie mittlerweile beide abgelegt. Gut, dieser gemeinsame Abgang war natürlich auch etwas Verbindendes. Und ihre politischen Ansichten waren nicht gleich, aber doch sehr ähnlich. Was ihm aber immer wieder einfiel, wenn er über ihre Gemeinsamkeiten nachdachte, war ein Bild, das sich ihm dann aufdrängte, ein Bild, das schon eine gewisse Verschwommenheit aufwies, weil es mittlerweile über zwanzig Jahre zurücklag, das aber, wenn er es sich vorstellte, jedes Mal von ihm mit dem Prädikat „immer noch gültig" versehen wurde.

Er sah dann eine frische grüne Landschaft vor sich, mit einem schräg gekippten bewachsenen Felsen, der sich wie eine Rampe in den diesigen Himmel erhob. Wenn man sie hinauflaufen würde, könnte man oben mit ausgebreiteten Armen über den endlosen Strand in den sonnigen Dunst hineinfliegen.

Sie lag auf einer graugrünen Decke, die aus den Kräutern hervorlugte, welche üppig den dunklen Sandboden der Düne bedeckten. Unter den feuchten Fransenhaaren, die sich vorwitzig aus ihrem rotgrünen Kopftuch streckten, blickte sie mit einem munter-frischen Lachen herüber, auf den linken Arm mit dem braunen unzerbrechlichen Glas gestützt, in dem sich nichts als pures Wasser befand, in der Rechten den kleinen Löffel, mit dem sie den Yoghurt aß, eine Mahlzeit von äußerster Kargheit, wie sie sie immer zu sich nahmen, wenn sie besonders glücklich waren. Die entblößten Zähne in ihrem kleinen roten Mund schienen unverkennbar von Unabhängigkeit und Freiheit zu reden, und ihre Silhouette vor dem schrägen Rampenfelsen der Üppigkeit hatte etwas Ungebändigtes an sich.

Aus dem tiefen Ausschnitt ihres dunkelblauen Tops schaute ihr Busenansatz, und auf dem hinteren Teil der Decke rieben sich ihre schlanken gebräunten Beine aneinander, als erinnerten sie sich noch zärtlich daran, wie sie wie ein nacktes Wild vor ihm her über den endlosen Strand liefen, während ein Glucksen in beider Kehle stieg, bis sie schließlich atemlos beim Einfangen miteinander in den dunklen Vulkansand sanken.

Der Himmel war bedeckt und ließ nur eine Andeutung von Sonne durch den lichten Nebel blinzeln, als habe er den Auftrag, sie beide wie die Seelöwen, die sie bei ihrer Ankunft in der Nähe des Felsens gesehen hatten, vor zudringlichen Blicken zu schützen, die Landschaft mit einem rauen Charme zu verkleiden, der sie vor den Augen der Öffentlichkeit verbarg und dazu dunkle Grün- und Grautöne zu benutzen, die nur dem Kenner ihre Köstlichkeit offenbarten.

***

Jetzt stand Clara vor ihm und hatte den linken Ärmel ihres T-Shirts hochgeschoben. Sie zeigte auf ihren Oberarm, der zusehends seine Farbe änderte. Dabei schaute sie ihren Mann mit gerunzelter Stirn an, so dass er sie fragte, ob sie ihm die Schuld an dem Überfall gebe. Zu seinem Erstaunen bejahte sie die Frage.
„Hör mal, wie kommst du denn darauf? Meinst du, ich hätte die bestellt, nur damit sie dich anfahren?"
Er hatte immer noch nicht begriffen, wie ernst ihr die Situation war, und wie sehr sie ihr Arm schmerzte. Stattdessen bemerkte er auf einmal den Reiz ihres Minirocks, als wäre der vorher gar nicht dagewesen.
„Und dabei siehst du so hübsch aus mit deinem neuen Minirock." Er versuchte, an dem Rock zu zupfen und berührte dabei die Haut ihres Beins, die ihm auch in ihrem Alter immer noch begehrenswert erschien. Sie wischte seine Hand mit einer brüsken Handbewegung weg. Als er enttäuscht hochschaute, stand neben ihnen ein junger Mann in einem grauen Anzug. Seine Miene war ernst, fast vornehm, hatte aber einen Zug, der ins Gewöhnliche, fast Kriminelle abzugleiten schien. Aber das war doch .... Er konnte es kaum glauben.
„Pedro? Kann das sein? Oder Jorge?"

Hartwig hatte ohne zu überlegen die spanischen Namen benutzt, als hätte die Umgebung dies mit Selbstverständlichkeit erfordert. Schließlich lugten in geringer Entfernung die Zinnen der Mauer um das Viertel von Santa Cruz herüber und dahinter die schlanken Türme der Kirchen.

„Jaja, das ist immer die Frage," antwortete der junge Mann mit einem Selbstbewusstsein, das Hartwig so an ihm nicht gekannt hatte.

„Was machst du denn hier? Das ist Pedro Fuentes. Ein ehemaliger Schüler", erklärte er zu Clara gewandt.

„Oder Jorge. Man kann ja nie wissen," ergänzte der junge Mann trocken.

Hartwig konnte sich einer leichten Verwirrung nicht erwehren.

„Jorge und Pedro waren Zwillinge," meinte er zu Clara, die stirnrunzelnd den Ärmel ihres T-Shirts wieder herunterzog.

„Wir sind es immer noch, wenn es auch im Augenblick nicht so aussieht."

Hartwig wunderte sich, dass Pedro sich anschickte weiterzugehen. Gut, sie waren nicht im besten Einvernehmen geschieden. Aber nun hatten sie sich fast ein Jahr lang nicht gesehen. Und dann in dieser ungewohnten Umgebung.

„Wie kommst du denn nach Sevilla? Und was macht ihr überhaupt beruflich?"

„Kaufmännisch. Wir sind kaufmännisch tätig."

„Habt ihr denn die gewünschte Lehrstelle in Deutschland bekommen?" Hartwig kam bei dieser Frage wieder das letzte Gespräch mit dem Vater in den Sinn, und ihm wurde zunehmend unbehaglich zumute.
„Wunsch und Wirklichkeit, beides Wörter, die mit W anfangen. Soviel habe ich immerhin in Ihrem Deutschunterricht gelernt. Ist doch toll, oder?"
War er jetzt zum Philosophen geworden? Aber gleichzeitig ein bisschen unverschämt. Dieser Unterton. Als wäre er, Hartwig, schuld an den Noten der beiden und an ihrem Leben. Wie mochten sie wohl leben? Einerseits hätte er es gerne wissen wollen. Andererseits fürchtete er sich davor, von einer Realität zu erfahren, die ihn erschrecken könnte.

„Ich muss jetzt aber sofort in unsere Pension, um meinen Arm mit Wasser zu kühlen und eine Salbe darauf zu streichen. Komm jetzt endlich!" Dieser energische Satz von Clara rief ihm unwiderruflich die Situation ins Bewusstsein, in der sie sich gerade befanden. Seine Frau hatte einen versuchten Raubüberfall hinter sich, bei dem sie verletzt worden war. Und sie hatte Schmerzen!
„Stell dir vor, meine Frau ist gerade überfallen worden. Am hellerlichten Tag, hier auf der Promenade."
Den jungen Mann schien das kaum zu erschüttern.

„Das kommt hier vor", war sein einziger Kommentar.

***

Nachdem Clara sich auf ihrem Zimmer in der Pension etwas verarztet und erholt hatte und sie in einem Restaurant in der Nähe ein spätes deftiges Mittagessen zu sich genommen hatten, waren sie in aller Ruhe durch die malerischen Gassen von Santa Cruz geschlendert und hatten über sich das strahlende Blau des südlichen Himmels genossen. Am frühen Abend wurde die Luft etwas frischer, und Clara hätte sich für einen kleinen Abendimbiss gerne in das hellerleuchtete Cafe an der Hauptstraße gesetzt. Hartwig aber steuerte ein Restaurant an, das sich mit seinenTischen und Stühlen aus einem Laubengang heraus bis hart an das Pflaster der schmalen Straße erstreckte. Aus den Wänden der Häuser ragten schmiedeeiserne Arme, deren altmodische Laternen die ganze Umgebung und die dicht gedrängte Menschenmenge in ein feierliches gelbliches Licht tauchten.

Als sie einen Platz an einem der kleinen runden Metalltischchen gefunden hatten, kamen sie noch einmal auf die Begegnung mit dem ehemaligen Schüler Hartwigs zu sprechen.
„Mir kommt das Zusammentreffen sehr merkwürdig vor", meinte Hartwig.

„Merkwürdig? Wieso merkwürdig?"
Clara griff sich unwillkürlich an ihre linke Schulter, als wolle sie sich vergewissern, dass ihre rote Tasche sich noch dort befinde. Dabei hatte sie sich wohl oder übel in der Pension von ihr getrennt, da das Band ja zerrissen war.
„Es würde mich nicht wundern, wenn Pedro und Jorge etwas mit dem Überfall zu tun hätten", gab Hartwig grübelnd von sich.
„Jetzt fängst du aber an zu spinnen. Wie sollte das denn vor sich gegangen sein? Dafür kannst du doch keine logische Erklärung finden."
„Vielleicht ist nicht immer alles so logisch im Leben."
„Ach, das sagst du, der du immer so für rationale Erklärungen warst! Sieh mal lieber zu, dass du den Kellner für die Bestellung erwischst!"

„Bist du nicht froh, dass wir uns hier niedergelassen haben? Schau dir doch mal dieses warme Licht an, das über allem liegt. Fast wie auf einem Gemälde."
„So ganz gut unterhalten kann man sich hier aber nicht. In dem anderen Restaurant wäre es drinnen sicher leiser gewesen als hier an der Straße."
„Bei uns kannst du in dieser Jahreszeit nicht draußen sitzen."
„Da kommt der Kellner. Lass uns erst mal bestellen!"

Als sie endlich ihren Gazpacho und er seine gebackenen Paprika auf dem Metalltischchen stehen hatten, hoben sie ihre Gläschen mit trockenem Südwein, um sich zuzuprosten. Einen Moment sahen sie sich in die Augen und waren fast erstaunt. Oder erschrocken. So beugten sie sich schnell über ihre Teller.

„Ich dachte schon, der hätte uns vergessen."
„So konnten wir uns in Ruhe die Leute anschauen. Die stehen hier alle, als wären sie auf einer großen Party. Alle gut gelaunt."
„Naja, die da drüben aber weniger. Ganz in Schwarz gekleidet und sehr ernst."
„Meinst du die drei Frauen mit den hohen Mantillas auf dem Kopf?"
„Und den Glatzkopf im schwarzen Anzug. Als ginge er zu einer Beerdigung."
„Du hast Recht. Aber die Schuhe mit den hohen Absätzen bei den Frauen und die schwarzen Netzstrümpfe!"
Er lachte durch die Nase.
„Wie sind denn deine Paprika? Lass mal probieren! Hm. Sehr gut. Ich glaube, die bestelle ich mir auch noch. Willst du mal etwas von meinem Gazpacho?"
Sie reichte ihm einen Löffel von ihrer Suppe. Er wehrte aber ab.
„Ich bleibe lieber bei den warmen Paprika. Das Kalte schmeckt dazu nicht. Ist mir zu ernüchternd."

Sie schaute ihn mit einem langen nachdenklichen Blick an, während er über die Konsistenz seines weichen roten Gemüses grübelte. Paprika hatte er nie richtig gemocht. Erst als Clara angefangen hatte, sie auch zu Hause ab und zu gebraten und heiß zu servieren, konnte er sich mit ihrer Bitterkeit anfreunden, und er drückte ihr weiches Fleisch genüsslich zwischen Gaumen und Zunge.

„Die vier Schwarzgekleideten sind doch richtig ein Stück aus dem alten Spanien, findest du nicht?"
„Ihre Gesichter sehen aber recht gewöhnlich aus. Alltäglich. Einfach und bieder. Daran ändert sein Schnurrbart auch nichts mehr. "
Hartwig bestellte noch einen Teller mit gebratenen Paprika, als der hemdsärmelige Kellner an ihrem Tisch vorbeikam. Hartwig wusste wieder nicht, ob der Kellner seine Bestellung wahrgenommen hatte. Wie beim ersten Mal.
„Hoffentlich dauert es nicht zu lange. Dann verpassen wir noch die Prozession."
„Die Musik können wir auch von hier aus hören. Und wahrscheinlich kann man auch die Figuren von hier aus sehen. Die sind ja hoch. Waren sie in Granada auch. Und da haben wir sie ja schon ausreichend gesehen."
„Nein, ich muss unbedingt an den Straßenrand. Ich muss das alles mitkriegen. Hier ist doch auch eine ganz andere Atmosphäre als in Granada, findest du nicht?"
„Wie meinst du das?"

„Na, in Granada war alles etwas ernster. Hier ist alles von so einer Leichtigkeit. Wie die Luft."

„Naja. Wenn du meinst. Denkst du auch gleich daran, dein Portemonnaie zu leeren und alles Wichtige in den Brustbeutel zu stecken?"

„Ach, schau dir doch die Leute an. Du hast doch selber gesagt, dass sie bieder aussähen."

„Ja, die vier da drüben. Aber von denen kannst du doch nicht auf alle schließen."

„Ich stecke mein Portemonnaie nach dem Bezahlen einfach in die linke Hosentasche. Da kann keiner etwas rausziehen, ohne dass ich etwas merke."

„Ich würde den Brustbeutel benutzen. Warum hast du ihn sonst mitgenommen?"

„Der ist uralt. Den habe ich schon in der Sechzigern mit nach Spanien genommen."

Auf Claras Gesicht malte sich nun eine gewisse Ärgerlichkeit ab, die sich auch in ihrem Tonfall äußerte:

„Vor dem Überfall hast du es auch an Vorsicht mangeln lassen. Du redetest mir von den Verpflichtungen der Mopedfahrer. Sonst wäre ich doch vielleicht aufmerksamer gewesen und ihnen mehr ausgewichen."

„Ach ja, jetzt bin ichnoch an dem Überfall schuld."

Schmollend lehnte er sich auf seinem Stuhl zurück und schwieg. Es war ihm angenehm, dass Clara ihre Handtasche nicht dabeihatte.

So war ein Stück gemeinsamer Verantwortung an ihn zurückgefallen, weil das gemeinsame Geld sich nun von vorneherein in seinem Portemonnaie befand und er sich nicht, wie sie es sonst im Ausland hielten, jedes Mal von ihr eine gewisse Summe geben lassen musste, damit er damit bezahlen konnte. Er hatte es immer als ein wenig demütigend empfunden, wenn er die geringere Verantwortung auf der anderen Seite auch als Bequemlichkeit verbuchen konnte. Clara nahm ihm ja auch einen großen Teil der gemeinsamen finanziellen Planung ab, so dass er seine Gedanken umso mehr ins Reich der Phantasie und der Schönheit schweifen lassen konnte, wenn er nicht mit seiner Arbeit beschäftigt war.

***

Da sie nun schon ganz in der Nähe die grellen Trompeten der Prozession vernahmen, stand Hartwig auf, um im Restaurant seine Rechnung zu begleichen. Draußen suchten sie sich einen Weg zum Straßenrand zu bahnen, wo sich schon viele Spanier in Gruppen und Familien versammelt hatten.

Später würde sich Hartwig nicht mehr erinnern können, ob der junge Mann in dem grauen Anzug ihn oder er selber diesen angesprochen hatte. Auf jeden Fall standen sie sich plötzlich wieder einander gegenüber.

„Du bist aber jetzt dein Bruder, oder?" meinte er, nicht unbedingt den Gesetzen der Logik folgend.

Das Lachen des anderen erschien ihm nun so schmierig, dass er sich in seiner Vermutung bestätigt fühlte. Das musste der andere der beiden Zwillinge sein, der –zumindest ursprünglich- in der Klasse weiter hinten gesessen hatte, also Jorge.

„Mein eigener Bruder? So wie Sie auch ihr eigener Bruder sind. Ist nicht jeder sein eigener Bruder?"

Doch, das musste der andere sein. Diese Stimme war um eine Winzigkeit dunkler, rauchiger. Obwohl Hartwig in seinem Äußeren bisher nichts gefunden hatte, was ihn von dem anderen unterschied.

„Wolltest du dir auch die Prozession anschauen?"

Ohne eine Antwort abzuwarten, fiel Hartwig auf einmal ein, wie seltsam doch ihr einzelnes Erscheinen sei. Früher waren sie immer nur zusammen zu sehen gewesen. Deshalb fragte er ihn:

„Wieso seid ihr nicht zusammen hier? Dein Bruder –wenn es dein Bruder war......" Hier unterbrach sich Hartwig mit einem Lachen, das ihm selber etwas gezwungen vorkam. „Heute Mittag war er auch alleine. Seid ihr nicht mehr immer zusammen?"

„Getrennt marschieren und gemeinsam schlagen", erwiderte der junge Mann. Wieder kam es Hartwig so vor, als seien sie selbstbewusster geworden. Wie ihr Anzug. Nahezu erwachsen.

Die Frage, die dann kam, hätte Hartwig nie erwartet. Die Ablehnung, die von jedem der beiden ausging, und jetzt diese Frage!
„Könnten Sie mir nicht etwas Geld geben? Oder zumindest leihen?"
„Geld? Welches Geld? Wieviel Geld?"
Hartwig schüttelte den Kopf.
„Sie sind doch Lehrer. Lehrer verdienen doch gut, oder?" Es klang fast drängend oder vorwurfsvoll.
Selbst in dem gelblichen Licht der Umgebung meinte Hartwig den dunklen Schleier sehen zu können, mit dem sich die Augen des jungen Mannes überzogen. Wie damals im Unterricht. Und es ärgerte ihn, dass der jetzt von seinem Gehalt anfing zu reden. Was ging ihn das an? Eine Unverschämtheit, wenn man es recht bedachte.
„Wozu brauchst du denn das Geld? Seid ihr nicht mit euren Eltern hier?" fragte Hartwig kopfschüttelnd.
„Die Deutschen wollen immer alles ganz genau wissen."
„Ist eure Mutter nicht auch Deutsche? Ist sie eigentlich auch hier? Oder seid ihr alleine hier? Wo wohnt ihr eigentlich? Ihr habt mir noch gar nichts erzählt."
„Jetzt lassen Sie mal meine Mutter aus dem Spiel. Die geht Sie gar nichts an. Und wenn

Sie mir nichts geben, werden Sie es vielleicht noch einmal bereuen."
Was sollte das nun? Das klang ja fast wie eine Drohung. Hartwig war sprachlos. Claras Augen neben ihm wurden immer größer. Nun nahm sie seinen Arm und meinte leise:
„Komm, lass uns gehen! Sonst verpasst du noch die Prozession."
Hartwig rief dem jungen Mann noch ein „Also, mach's gut! Ich kann dir da auch nicht helfen." entgegen und wandte sich mit seiner Frau zur Straße, da die Prozession tatsächlich schon 20 Meter weiter um die Ecke bog und sich ihnen näherte.
„Sie *wollen* mir nicht helfen!" hörte Hartwig den jungen Mann noch rufen, nun in einem schon wütenden Tonfall, bevor die Luft gänzlich vom schrillen Ton der Trompeten erfüllt wurde.

Wie die Banderillas, die kurzen bebänderten Spieße, die beim Stierkampf dem Opfertier unnachgiebig in den Nacken gestoßen werden, so drangen Hartwig die überhellen Töne ins Bewusstsein. Und doch schien er das wie ein Masochist zu suchen und zu brauchen. Da schwankte auf goldprunkendem schwerfälligen Tableau, von Unmengen von tropfenden Kerzen umgeben, ein glänzend nackter Jesus heran, sein herabgezerrter Rock in tragischem Violett. Zwischen der markerschütternden Musik der Trompeten und dem dumpfen Gedröhn der Trommeln hörte man die harten

Kommandos, die den tanzenden Schritt der Träger lenkten und den Zuschauern die Ehrfurcht vor dem Heiligen wie Befehle zuriefen. War hier nicht alles beisammen, was Hartwig seit Jahren tief verachtete: Irrationalismus, engstirnige Religion und autoritäre Anmaßung? Von unnötiger verschwenderischer Pracht verziert.

Wozu brauchte dieser Jorge wohl Geld? Hartwig kam wieder der Drogenverdacht in den Sinn. War da nicht auch eine Welt voller Rausch und Brutalität, die mit Selbstverständlichkeit ihr Recht forderte? Gelenkt von geheimen Führern, so wie hier die Schritte der Träger, deren Füße kaum unter dem Prunk der Traggestelle hervorschauten und sich im gleichen Takt bewegten, selber blind und fest geführt. Er beugte sich in die Hocke, um ein Foto des menschlichen Tausendfüßlers zu machen. In dem Moment ging eine Bewegung durch die Menschen, die ihn umstanden, so dass er beinahe hingefallen wäre. Clara rief ihn an: „Haben wir jetzt nicht genug gesehen? Mir ist das auch zu viel Gedränge hier. Komm, lass uns doch gehen!"
„Noch ein paar Minuten", gab er zurück, obwohl er sich kaum trennen konnte. Er genoss diese düstere Seite des Phantastischen, wenn sie ihn auch gleichzeitig abstieß. Hier wurde ja vielleicht die Macht des alten Spanien gefeiert, eines Gottesstaats, in dem düstere Autodafes die Menge faszinierten. Die spitzen

schwarzen Kapuzen der Büßerfiguren mit ihren kaum sichtbaren Augenlöchern erinnerten daran, wie sie wie Wespenschwärme vor dem Heiligen wimmelten oder wie eine feierliche Henkerprozession. Hatte die Erregung beim Flamenco etwas Heftiges, Aktives an sich, wurde hier eine passive Ergebung in die düstere heilige Macht gefordert.

„Komm jetzt!" hörte er Claras Stimme fast schon ärgerlich. Sie schien ein ganz anderes Verhältnis zu solchen Wirklichkeiten zu haben. Bei ihr war alles maßvoller, realer, heller. Und dabei vertrat er offiziell, bei seinen Schülern zumindest, auch eine ehrliche, klare und rationale Welt.
„Ich verstehe wirklich nicht, wieso du dir das so lange antun musst. Ist ja mal ganz nett anzuschauen. Aber nun reicht es doch, oder?" meinte sie und hängte sich in seinen Arm ein, als sie sich durch die dichteste Menge hindurchgezwängt hatten und sich etwas freier bewegen konnten.

***

Als Hartwig am nächsten Morgen erwachte, stand Clara vor dem Spiegel mit dem schmiedeeisernen Rahmen und föhnte ihr Haar. Sonst konnte man in dem dunklen Raum nicht viel erkennen. Etwas miefig waren ihnen die gestickten Deckchen auf den kleinen Nachttischchen und die kurzen bunten Teppichstücke auf den schwärzlichen Holzdielen vorgekommen. Dazu passten auch die durchgelegenen Betten. Doch machte ihnen das alles nicht viel aus, da sie ja den ganzen Tag draußen im hellen Sonnenlicht verbrachten, und Hartwig waren der stilvolle Eingang und der gefliese Patio wichtiger als das Zimmer. Einige süßliche religiöse Bilder erahnte er an den Wänden, den Schutzengel mit seinem Schützling auf der Brücke, die über ein Wasser in einem Gebirge führte, das so in Spanien nicht existierte. Besser gefiel ihm da schon der einfache Mechanismus des Türriegels, mit dem sie das Zimmer am Abend verschlossen hatten.

Hartwig schälte sich nun aus seinen leicht muffig riechenden Betttüchern, stellte sich im engen fensterlosen Bad unter die Dusche, putzte sich die Zähne, rasierte sich und zog sich danach die Kleidung an, die er neben seinem Bett auf den wackligen gedrechselten Stuhl gelegt hatte. Vom Nachttisch nahm er seine Armbanduhr, befestigte sie an seinem linken Handgelenk, verstaute sein Schlüsseletui in der rechten Hosentasche und wollte sein Portemonnaie in die rechte Gesäßtasche stecken. Er sah es nicht und suchte es auf dem Nachttischchen zwischen den beiden Reiseführern, die dort lagen, seinem Taschentuch, den Eintrittskarten für den Alcazar und die Flamenco-Veranstaltung und diversen Kassenbons aus den Restaurants, die sie gestern besucht hatten. Nicht zu finden.

„Hast du eine Ahnung, wo mein Portemonnaie sein könnte?" fragte er Clara, die gerade mit Bürste und Kamm ihren Haaren den letzten Schliff verlieh.

„Keine Ahnung. Du legst es doch immer auf deinen Nachttisch, obwohl ich das etwas leichtsinnig finde."

„Wieso leichtsinnig? Hast du Angst, du könntest dich daran vergreifen?"

„Haha, wie lustig!"

„Oder meinst du, die seltsamen Zwillinge könnten uns in der Nacht einen Besuch abgestattet haben?"

„Quatsch! Aber seltsam sind sie schon, die beiden. Wie sie sich gleichen, und wie unterschiedlich sie sind!"

„Wie wir beiden. Wir gleichen uns auch und sind total unterschiedlich voneinander."

„Meinst du, wir gleichen uns? Darüber habe ich lange nicht mehr nachgedacht. Aber was ist jetzt mit deinem Portemonnaie?"

„Nicht zu sehen. Ich glaube wirklich, dass es weg ist."

„Das hätte uns noch gefehlt. Dein Führerschein, dein Personalausweis. Geld war ja nicht so viel darin."

Hartwig wurde es heiß. Wenn sie beides nicht fänden, wäre der weitere Verlauf der Reise vollkommen in Frage gestellt. Sie hatten doch vor, nach dem Aufenthalt in Sevilla eine Wanderwoche in den weißen Dörfern anzuhängen. Darauf hatte er sich so gefreut. Aber Wandern ohne Mietwagen ging ja nicht. Sie mussten ja irgendwie zu ihren Ausgangspunkten kommen. Und Mietwagen ohne Führerschein? Überhaupt die Ausreise. Wie sollten sie ohne seinen Personalausweis am Flughafen in Granada das Flugzeug besteigen können? Obwohl ihm das weniger Sorgen bereitete als die Wanderwoche, die dann ausfallen könnte.

Nun stieß Clara einen kleinen Schrei aus: „Deine Kreditkarten! Wenn das Portemonnaie wirklich weg ist, müssen wir deine Kreditkarten sperren lassen. Und heute ist Karfreitag."
„Karfreitag?"
„Ja, Karfreitag. Weißt du, was das bedeutet? Alles geschlossen. Auch in Deutschland. Wie sollen wir die Karten da sperren lassen? Aber jetzt lass uns erst nochmal genau nachschauen!"

Nachttisch, Kleidung, sein Rucksack, unter dem Bett, im ganzen Zimmer, nichts! Hartwigs Blick fiel auf den Türriegel. Er war verschlossen. Aber war er nicht leicht zu öffnen? Die Wirtsleute? Sie saßen den ganzen Tag vor dem Fernseher. Gestern hatten sie ihnen noch angeboten, sich die Prozession auf dem Bildschirm anzuschauen. Das sei bequemer -und sicherer. Sollte das vielleicht ein Manöver gewesen sein, um von den eigenen Plänen abzulenken?

„Du kommst immer auf solche absurden Gedanken", entgegnete ihm Clara, als er seinen Verdacht aussprach. „Nein, überleg mal, wann du dein Portemonnaie das letzte Mal gesehen hast!"

„Beim Bezahlen in dem Restaurant. Und dann habe ich es in die vordere linke Hosentasche gesteckt."

„Und vor dem Zubettgehen? Kannst du dich erinnern, dass du es auf den Nachttisch gelegt hast?"

„Nein, das ist es ja. Das weiß ich nicht."

Sie schüttelte den Kopf. Immer war er mit seinen Gedanken woanders. Nur nicht bei den einfachen Notwendigkeiten des Alltags. Nicht mal, wenn es sich um eine Reise wie diese handelte, die er sich so gewünscht hatte.

„Ist ja auch egal, ob Wirtsleute oder sonst jemand, schon gestern. Ich vermute, es ist passiert, als wir die Prozession anschauten. Auf jeden Fall müssen wir jetzt sofort versuchen, die Kreditkarten sperren zu lassen."

„Du hast doch selbst gesagt, heute am Karfreitag …."

„Ja, aber versuchen müssen wir es. Und außerdem heben wir mit meiner Karte noch Bargeld an einem Automaten ab. Dann sehen wir auch gleich, ob die Diebe schon zugeschlagen haben."

„Wie das?"

„Am Kontoauszug. Ach, …" Sie schlug sich auf die Stirn. „Den Kontoauszug erhalten wir

ja nur bei der Sparkasse in Deutschland. Egal! Komm, wir müssen sofort los."
Sie verband die beiden Enden des Schulterriemens an ihrer roten Krokodilmustertasche mit einem Knoten, hängte sie sich um und drängte Hartwig, der noch zögerte, zur Tür. Hartwig hatte das Gefühl, als habe sie damit endgültig wieder das Kommando übernommen.

***

Sie hoben an verschiedenen Geldautomaten mehrere Geldbeträge von ihrem gemeinsamen Konto ab. Leergefegt war ihr Konto somit noch nicht. Dann erfolgten eine gute und eine schlechte Nachricht. Die gute bestand darin, dass trotz Karfreitag bei der Sparkasse in Deutschland jemand telefonisch zu erreichen war, bei dem sie die beiden Kreditkarten von Hartwig sperren lassen konnten. Die schlechte bestand darin, dass von dem unbekannten Täter schon 600 € abgehoben worden waren. Das brachte Hartwig ins Schwitzen, so dass er sich nicht traute, der neben ihm stehenden Clara ins Gesicht zu schauen. Sie sagte nichts in diesem Moment. Immerhin konnten sie froh sein, dass es noch keine Tausende waren.

In dem Polizeigebäude, das fast leergefegt schien, trafen sie auf einen Beamten, der sie zunächst etwas mürrisch verschlafen empfing.

Als er aber merkte, dass sie genügend Spanischkenntnisse mitbrachten, um das Protokollieren für ihn nicht zu einem Martyrium ausarten zu lassen, begann er, seine Feiertagsarbeit als angenehme Abwechslung zu empfinden, bei der er aufmerksam auf den ungewohnten Akzent lauschte und sein Selbstbewusstsein mit seinen laufenden Verbesserungen ihrer Grammatikfehler und Wortschatzlücken streichelte. Mit einem umfangreichen Papier, auf dem sowohl der Überfall als auch der Diebstahl in betont distinguiertem Ausdruck dargestellt waren, verließen sie nach einem warmen Händedruck den Beamten und wählten in einer Telefonzelle die Nummer des deutschen Konsulats.

Auch hier wieder der zunächst mürrische Ton einer Angestellten, die noch von den gesellschaftlich-religiösen Anstrengungen der letzten Nacht gebeutelt schien und dann das Aufatmen, als sie feststellte, dass hier niemand Geld brauchte, sondern nur eine Auskunft, die schnell und beruhigend gegeben werden konnte. Das umfangreiche Protokoll, dessen Anfang ihnen Clara und Hartwig vorlasen, beeindruckte sie offensichtlich so, dass sie überzeugend betonte, dieses könne ihnen auf der weiteren Reise sowohl als Führerschein- als auch als Personalausweisersatz dienen. Hartwig fiel ein Stein vom Herzen. Sie würden den Mietwagen wie geplant am Flughafen abholen. Sie würden sich auf den Weg in ihren

Adelspalast in Zahara de la Sierra machen. Die Wanderungen in der Nähe der Weißen Dörfer konnten stattfinden.
Und –das fiel ihm kurioserweise gleichzeitig ein- sie kämen planmäßig zurück, und er könnte am Mittwoch die sorgfältig vorbereitete Klassenarbeit in seiner 9. Klasse schreiben. Seine ganze Planung für die Zeit zwischen Ostern und den nächsten Zeugnissen wäre ja sonst zusammengebrochen.

***

Den Trubel und die Hektik, die sich bei aller Heiterkeit in Sevilla breitmachen konnten, hatten sie nun hinter sich und ließen auf dem Platz vor ihrer stilvollen Pension in Zahara de la Sierra die Ruhe der weiten Landschaft in sich einströmen, wenn sie wie von einem großen erhöhten Balkon auf das Wasser des Stausees und die grünen Hügel in Nähe und Ferne blickten.

Nach ein paar kurzen Spaziergängen über Wiesen mit üppigen Blumenteppichen in der Nähe von Zahara rasteten sie heute während einer Wanderung in der Nähe des weißen Dorfs Grazalema. Das mitgenommene Brot mit Schinken und die Weintrauben hatten sie schon verzehrt und die Thermoskanne mit Wasser zur Hälfte geleert, so dass der kleine schwarze Rucksack nun entlastet auf dem weißen Felsbrocken ruhte, der sich neben ihnen aus dem saftigen grünen Gras erhob.

Die ganze Hochebene war übersät mit Höckern aus weißlichen Felsen, dazwischen gelbe Blütenbüschel. Verlockende Formen von verkarsteten Kalkfelsen im Hintergrund schützten sie vor Winden. Einzelne knorrige Steineichen gliederten den Raum, und nur wenn man genau hinschaute, erblickte man kleine Gruppen von Kühen, die auf dem Gras lagerten, das an manchen Stellen rasenartig verdichtet war. Gemächlich und zufrieden käuten die Rinder wieder. Die Sonne blinzelte durch die lockeren Wolken hindurch, als wolle sie ihre nahe Ankunft verkünden und gleichzeitig eine Schonfrist vor zu starken Strahlen gewähren.

Clara und Hartwig schauten auf die wilden rosa Pfingstrosen mit ihren zarten roten Adern in ihrer Nähe. Sie erhoben sich wie zu ihrer Begrüßung mit den vielversprechenden Knospenköpfen aus ihren sattgrünen Blättern. Offensichtlich wuchsen sie immer da, wo sich neben dem gewundenen braunen Viehpfad Dunghaufen erhalten hatten.

„War das nicht ein herrlicher Anblick, als wir eben an der Steinbrücke dem Mann mit seinen Eseln begegneten?" Hartwig dachte daran, wie der Bärtige die Tiere mit seinem Stab über die antik ausschauende Bogenbrücke getrieben hatte, an die Milchkannen, die auf den Eselsrücken in Holzkästen verstaut lagen, wieder ein Bild wie auf einem mittelalterlichen Gemälde.

„Du bist immer am meisten begeistert, wenn dir etwas begegnet, was aus der Vergangenheit stammt. Wie kommt das? Magst du die Gegenwart nicht?"

„Unsinn!" Er schaute sie erstaunt von der Seite an. Dann fügte er nach einer Weile hinzu:
" Was verstehst du unter Gegenwart?"

Sie lachte.

„Na, mich. Unsere Familie. Unsere Freunde. Deine Arbeit."

Er rupfte einen Grashalm neben sich aus dem Boden und zerrieb ihn zwischen seinen Fingern.

„Das kannst du doch nicht ernsthaft meinen," bemerkte er nach einer Weile. Du weißt doch, wie sehr ich dich, unsere Familie und unsere Freunde mag."

„Naja, war ja auch nicht so ganz ernst gemeint. Und dein Beruf? Magst du ihn immer noch?"

Wieder schwieg er eine Weile, während er einen weiteren Grashalm ausrupfte und zerrieb.

„Ich kann mir gar keinen anderen Beruf vorstellen. Das konnte ich früher nicht und auch heute noch nicht. Aber die Enttäuschungen in der letzten Zeit haben mich schon mitgenommen. Die vielen Schüler, die man nicht retten kann. Wenn man sich noch so viel Mühe gibt.

Über meine Magengeschwüre brauchen wir ja nicht zu reden. Weil ich es nicht schaffte, Andreas und Claudia und Nicole dazu zu bringen, mit dem Schwänzen aufzuhören. Ach, das weißt du ja alles. Aber mögen tu ich ihn ja immer noch, diesen merkwürdigen Beruf, der einmal dazu da war, jungen Menschen einfach etwas beizubringen."
„Ja, ja, ich weiß. War ja auch nicht so gemeint."

Clara breitete ihren Anorak auf dem kurzen Gras aus, legte sich mit dem Rücken darauf, spreizte ihre Hände unter ihrem Kopf und schloss ihre Augen. Hartwig schaute eine Weile nachdenklich auf ihr Gesicht, dann machte er es ihr nach und schaute ebenfalls nach oben. Es kam ihm kurz noch einmal der Diebstahl in den Sinn, und dass sie bei ihren Gesprächen in den letzten Tagen immer mehr davon überzeugt waren, dass er während der Prozession geschehen war.

Ein Laufkäfer kletterte umständlich durch die Grashalme und sah zu seinem Erstaunen die gleichen Denkblasen und Gefühlsblasen aus beiden Köpfen dieses ungleichen Paars aufsteigen. In einem Moment, in dem die Sonne stärker durch die Wolken hindurchschien und ein diesiges Licht die Luft erfüllte, dachten beide an einen Strand hinter einer krautigen Wiese, von der ein schräger Felsen aufstieg. Beide wussten, dass sich hinter diesem Felsen eine Menge Seelöwen sonnten, in diesigem Licht, das allerdings eine unterschiedliche Tönung aufwies, je nachdem, ob es sich in dem Kopf mit den blonden Haaren oder unter der Halbglatze mit dem grauen Kranz wiederspiegelte. Als sich ihre Hände fanden, begann eine reine Gegenwart, obwohl sie dem Gefühl von damals glich. Und als Hartwig in die Zukunft schaute und an die Rückkehr in ihren Garten dachte, meinte er: „Wie wenn zu Hause die Milane in der Luft kreisen." Dabei waren die bei bewölktem Himmel nie zu sehen und die Umgebung mit der dichten Reihenhausbebauung sah völlig anders aus als die einsame Hochebene, die sie hier umgab. Trotzdem schien Clara dasselbe zu empfinden und gab nichts als ein einverstandenes „Mm" von sich.

***

Ein paar Wochen nach ihrer Rückkehr saß Hartwig in seinem Arbeitszimmer bei der langwierigen Korrektur von Deutschaufsätzen, als er hörte, dass Post durch die Klappe in den Hausflur fiel. Froh, ein paar Minuten der anstrengenden und oft frustrierenden Arbeit zu entkommen, stand er auf und erblickte einen Brief vom Einwohnermeldeamt.

Er hatte sofort nach ihrer Rückkehr einen neuen Personalausweis und einen neuen Führerschein beantragt und für beides eine provisorische Bescheinigung erhalten. Nach der Auskunft der Beamten konnten die neuen Papiere noch nicht da sein. Umso erstaunter war er, als er dem Brief entnahm, dass sein Personalausweis gefunden worden war und er ihn abholen möge.

Die Beamtin, vor deren Schreibtisch er Platz genommen hatte, schaute ihn mit großem standesamtlichen Blick durch ihre kleine Brille an, als müsse sie seine Identität überprüfen, bevor sie ihm den Personalausweis überreichte. Einen Moment dachte Hartwig, er würde nun gerügt, weil er nicht genügend auf ihn aufgepasst hätte. Dann musste er lediglich den Empfang quittieren. Als er sich aufrichtete, fragte er die junge Frau mit der korrekten Dauerwelle, wie denn das Dokument ans Einwohnermeldeamt gelangt sei.
„Über die Polizei. Offensichtlich wurde der Ausweis von der Polizei in Sevilla an die hiesige Polizeibehörde geschickt, die ihn dann an uns weitergeleitet hat."
„Gab es da irgendeinen Kommentar, auf welchem Weg sie ihn dort in Sevilla erhalten haben?" fragte Hartwig die junge Vertreterin der örtlichen Verwaltung.
„Das ist nicht üblich in solchen Fällen."
Ein leichtes Erstaunen überzog das strenge junge Gesicht, dann erinnerte sie sich plötzlich:

„Ach, Moment mal! In dem Umschlag lag ein Zettel mit einem spanisch geschriebenen Text. Ich kann aber kein Spanisch."
Sie zog ein Blatt aus dem Umschlag, dem sie den Ausweis entnommen hatte.
„Kann ich den mal sehen?"
Zögernd überreichte sie ihn Hartwig. Ein amtliches Dokument, das keiner gelesen hatte, und das deswegen doch ein amtliches Dokument blieb?
Hartwig überflog die vollgeschriebene Seite, die ihn merkwürdig anmutete.
„Können Sie mir das nicht mitgeben?"
Die Strenge in dem Gesicht der Beamtin drohte sich zu verstärken. Deshalb schob Hartwig schnell und instinktiv hinterher:
„Als Souvenir sozusagen. An unsere Reise nach Andalusien. So etwas erlebt man schließlich nicht alle Tage."
Die Beamtin, die bei Ausstellung der Ersatzpapiere schon die Einzelheiten des Verlusts kennengelert hatte, schob ihm den Zettel nun kommentarlos über den Tisch.

Zu Hause nahm sich Hartwig den Text noch einmal vor und las:

„Sie sehen ja, dass die Augen auf Ihrem Ausweis nicht zerkratzt wurden. Schließlich braucht jeder Mensch eine Identität. Jeder! Die ihm zeigt, dass er einzigartig ist, anders als jeder andere. Wenn es auch manchmal verblüffende Ähnlichkeiten gibt, die zu Verwechslungen und Schwierigkeiten führen. Es ist wie bei Bäumen, die es milliardenfach gibt. Aber einmal scheint die Sonne so, dass sie genau durch seine Krone fällt, durch diese eine Krone, und dann glänzt sie. Leider kriegen die anderen das oft nicht mit. Obwohl er das im eigentlich braucht. Die Anerkennung der anderen. Und die von manchen besonders. Und ganz besonders, wenn er in Not ist. In einer augenblicklichen Notlage. Man weiß natürlich nie, wie lange der Augenblick dauert. Aber es ist der Augenblick der Gegenwart. Die sollte man nutzen. Immer. Sonst könnte schon alles vorbei sein."

Hartwig rätselte lange an dem Text herum. Dann legte er ihn seufzend zur Seite. Nach Claras Rückkehr von ihren Einkäufen berichtete er von dem Besuch beim Einwohnermeldeamt und las zusammen mit ihr auf dem Sofa noch einmal alles.
„Die Zwillinge?" fragte sie und schaute ihm ernst in die Augen.
„Vielleicht", erwiderte er sinnend. „Der eine oder der andere oder beide zusammen oder keiner von beiden. Wer weiß das schon?"
„Auf jeden Fall so etwas wie ein Philosoph, meinst du nicht auch?"
Er nickte.
Dann schwiegen beide, fassten sich bei der Hand und lächelten.

Kaspars Reise nach Sizilien

Er hatte es sich nun einmal in den Kopf gesetzt, in Sizilien zu wandern. Wie er darauf kam, wusste er nicht. Er kannte niemanden und auch kein Buch, welche davon berichtet hätten. Anders war es mit den normannischen Bauten in Cefalu und Palermo, die ihn in Text und Abbildungen eines Merianbandes fasziniert hatten. Die Gewölbe, deren Rundungen und Grate vollkommen mit dunkelblauen Mosaiken überzogen waren, riesige Schatzkästen. Die schlanken hohen Säulen, von denen er der Frau, die ihn in Franken als Anhalter mitgenommen hatte, vorgeschwärmt hatte, und die ihn mit einem merkwürdigen Seitenblick darauf aufmerksam machte, dass es sich bei dieser Bewunderung um verdrängte Sexualität handele. Was ihn verdutzt und sprachlos zurückließ.

Aber die Idee des Wanderns war alleine in seinem Kopf gewachsen. Der einzige Begleiter dieses Traums war eine Karte, die er auf dem Kölner Ring bei Gleumes erstanden hatte. „I Monti Peloritani" hieß es dort oberhalb von Messina. Und viele Details waren es nicht, die man dieser Karte entnehmen konnte. Von Messina auf Meereshöhe ging es bis zu tausend Meter Höhe hinauf, und oben verlief eine Straße oder vielmehr ein Weg lange auf gleicher Höhe in südlicher Richtung, bis da, wo sich – allerdings in einiger Entfernung – der nächste Ort südlich von Messina am Meer befand. Öde sah sich das eigentlich an auf der Karte. Trotzdem – er musste es machen. Irgendwelche Wunder erwartete er dort oben. Sterne? Wälder? Nie gesehene Welten? Merkwürdige Fabelwesen?

Eine Woche war er nun schon per Anhalter unterwegs. Wie einfach das Reisen doch damals war! Keine lange Vorbereitungszeit, keine Anmeldung im Reisebüro, kein langes in Ordnungbringen eines Fahrzeugs, keine Fahrkartenbestellung. Einfach den Rucksack bzw. den Affen gepackt mit den notwendigsten Utensilien und Kleidungsstücken, für alle Fälle eine Decke mit Gummituch draufgeschnallt, Feldflasche und Brotbeutel umgehängt, fertig. Dann zu Fuß zur Autobahnauffahrt, eingereiht in die mehr oder weniger lange Schlange von jungen Leuten, die ebenfalls auf diese Art und Weise reisten, von Köln bis Sizilien sieben Tage, Spaghetti in einfachen Restaurants oder Kaufhäusern, auch einmal in einem Obdachlosenasyl mit verrosteten Gabeln und Löffeln, Übernachtungen in Jugendherbergen, Heuschobern, oder auch auf einer Parkbank, im Straßengraben, in einer Toreinfahrt, wo ein unbelehrbar kläffender Köter die Nacht wie eine ganze nicht enden wollende Woche erscheinen ließ. In Messina zum ersten Mal in einer Art Pension.

„Entschuldigen Sie, können Sie mir sagen, wo man hier billig übernachten kann?"
So pflegte er irgendwelche einigermaßen vertrauenerweckend aussehenden Leute auf der Straße zu fragen. Und die hatten ihn in Messina zu Luigi Savi geschickt, einem Menschen, der zu seinem Erstaunen ein einziges Kleidungsstück zu besitzen schien, das er Tag und Nacht trug: einen Schlafanzug, einen gestreiften Schlafanzug. Er hatte sich wohlgefühlt in dieser Pension, fast wie zu Hause.

Wohl gefühlt hatte er sich auch in der Stadt. Als habe man ihn überall schon erwartet. Freundlich grüßende Leute. Manchmal war es schon schwierig, sie überhaupt wieder loszuwerden. Und wenn sich in der Familie oder besser gesagt Sippe, denn es handelte sich immer um ganze Haufen von Menschen, ein dunkeläugiges Mädchen in seinem Alter -oder meistens eine Portion jünger- befand, hatte er immer das Gefühl, als wollten sie ihn gleich verheiraten. Oft war es nicht nur ein Gefühl, sondern ein regelrechtes Angebot, gelegentlich auch ein unehrbares, meinte er zu verstehen, immer aber mit Lachen und lautem Trara vorgetragenes.

So war es auch während der Oper auf der Piazza vor der feinziselierten Fassade des

Doms gewesen, an dem dunkelblauen Abend voll Blütenduft, lind die Luft. Überall flanierende Familien, die ihn freundlich grüßten oder ihn fragten „Ganz alleine?" Das ging wohl in diesem Lande nicht. War verwunderlich. Bemitleidenswert. Vielleicht auch bewundernswert. Da musste es sich schon um eine ganz besondere Person handeln. Die musste man unbedingt kennenlernen. Oder sich einverleiben. Durch Familienbande. Das musste ja eine besonders starke Persönlichkeit sein. Dass sie in keiner Weise zur gesellschaftlichen Creme gehörte, nur mit einer Minimalausstattung von Gepäck reiste, bemerkte man nicht. Oder es spielte keine Rolle. Die eigene Ausstattung ging ja auch oft kaum über das Minimale hinaus. Und wenn doch – dann war dieser Mensch aus Deutschland mit seinem merkwürdigen Gepäck und seinem merkwürdigen Alleinsein vielleicht etwas ganz Besonderes, ein Graf inkognito oder so etwas Ähnliches. Er sah ja auch so intelligent aus! Und er redete Italienisch. Das hatte man noch von keinem Deutschen gehört. Mit gutem Akzent. Wenn sich auch sein Vokabular in Grenzen hielt. Er war aber immerhin in der Lage, sich nach Vokabeln zu erkundigen, die er noch nicht kannte. Und Lateinisch sprach er auch noch! Ein gebildeter junger Mann. Vielleicht konnte die Familie über ihn in Deutschland Fuß fassen. Dort gab es ja Arbeit in Hülle und Fülle.

Verdi oder Donizetti klang mit leidenschaftlichen Tenören und Sopranen über die Piazza. Sie machten einem das Herz warm und heldenhaft. Vielleicht den sizilianischen Familien auch, die wie er hinter der Absperrung und den Stuhlreihen mit den Bessergestellten und den Honoratioren standen oder flanierten. Damit sie das ertragen konnten, lockere Gespräche, leises Gelache. Das war Italien im Sommer, ein Schuss Leidenschaft und Heldentum, Zusammenrücken in Sippen und Grüppchen, Stolz auf die eigene Kultur, von Humor gemildert, Offenheit für Fremdes, Gemütlichkeit auf Italienisch. Und eine Luft wie blaue Seide.

Deshalb fiel ihm auch dieses Mal der Abschied noch schwerer. Der Abschied, der eigentlich keiner war, da es ja auch keine Begrüßung gegeben hatte. Und keine Unterhaltung. Nur diesen Blick, diesen Blick aus dunklen Augen, aus Augen mit Schatten darunter, die ihm zu sagen schienen, dass sie sich immer schon gekannt hatten. Und diese üppigen Haare mit dem rötlichen Schimmer.

Genauso wie vor ein paar Tagen, als er am Morgen im Straßengraben lag und sie lachend mit zwei anderen Mädchen an ihm vorbeizog, einen hohen Tonkrug mit Wasser auf dem Kopf. Am Abend zuvor hatte er sich todmüde dort niedergelassen, sein Gummituch ausgebreitet und sich in seine Decke gerollt. Totenstille herrschte an der Kreuzung, an der ihn der Alte in seinem klapprigen Fiat mitten in der Nacht abgesetzt hatte. Umso überraschter war er, als er am nächsten Morgen aufwachte und den regen Verkehr bemerkte, der an ihm vorüberzog, Eselskarren, mit bunten Szenen bemalt, ganze Gruppen von Landarbeitern, die mit dem Fahrrad zur ihrer Arbeit auf den Latifundien eilten, barfüßige Frauen mit Wasserkrügen auf dem Kopf und das eine oder andere Auto.

Damals hätte er nie damit gerechnet, dass sie am gleichen Abend neben ihm sitzen würde, in dem Wagen mit dem jungen schäkernden Paar, das ihn fröhlich auf den Rücksitz seines Wagens verfrachtete, wo er zu seinem Erstaunen etwas vorfand, das zu wärmen und zu atmen schien: Im Halbdunkel auf dem Rücksitz des Wagens saß sie dann. Täuschte er sich, oder rückte sie wirklich auf der irrsinnigen Fahrt über die Achterbahn der Straßen im Süden von Kalabrien näher an ihn heran? Oder waren es lediglich die unentwegten Serpentinenkurven, die sie ihm unwillentlich näherte? Sie und ihre eigenen Kurven, die er nicht wahrnahm, aber unbewusst ahnte. Sie sprach keinen Ton. Er unterhielt sich, so gut es bei dem Lärm der Schaltung und dem unablässigen aggressiven Gasgeben ging, mit den üblichen Floskeln mit dem Fahrer und seiner Braut. Dabei erfuhr er, dass es sich bei seiner Nachbarin um die Schwester der Braut handelte. Mit ihr zu reden traute er sich nicht. Dabei hätte er so gern gewusst, ob sie es tatsächlich war, die am Morgen über ihn gelacht hatte, aus ihren dunklen schattigen Augen, mit dem Krug auf dem Kopf. Eigentlich war er sich sicher, dass es sich um die gleichen dunklen Augen und das gleiche Haar mit dem roten Schimmer handelte. Und die gleichen vollen weichen Lippen. Als sie ihn im nächsten Ort neben der Kirche aussteigen ließen, war es ihm, als sei der Fahrer enttäuscht, dass er mit seiner Nachbarin kein Wort gesprochen hatte. Sie selber schien sich fast brüsk von ihm abzuwenden.

Und nun als züchtig gehütete Tochter des Ehepaars bei der Oper in Messina. Das heißt, züchtig gehütet nur vom Vater, der ihr einen warnenden Blick zuwarf, als sie offensichtlich diesen ausländischen Herumtreiber anstarrte. Bankdirektor oder Abteilungsleiter beim Finanzamt, musste er unwillkürlich denken. Aber wie passte das zusammen? Der ließ doch seine Tochter keinen Wasserkrug kilometerweit schleppen. Und ihre Kleidung war doch auch ganz anders. Gut, am Sonntag und zur Oper kleidete man sich natürlich nicht wie bei der Arbeit. Aber bei einer Arbeit, wie sie auf dem Lande verrichtet wurde, dazu mindestens 100 km weiter nördlich! Und doch: Die Augen und diese Haare konnte es nur einmal geben. Und sie hatte ihn doch auch wiedererkannt. Da gab es keinen Zweifel. War nicht ein Lächeln auf ihren vollen Lippen erschienen? Und hatte sie nicht sogar eine Bemerkung zu ihrer Mutter gemacht, worauf diese schon auf ihn zuschritt und ihn offenbar begrüßen wollte? Dann aber der barsche Ton des Vaters und sein Schritt, der die Familie energisch in eine andere Richtung lenkte.

Luigi Savi kompensierte seine Verschlafenheit und seine Wurstigkeit mit einer Visitenkarte, die er ihm zum Abschied in die Hand drückte, ein Zeichen seiner Sympathie für diesen merkwürdigen Tedesco, ein Zeichen seiner Würde und vielleicht die geheime Hoffnung, dass ihn dieser Fremde einmal ganz groß herausbringen würde. Dabei hatte der noch nie in seinem Leben eine Visitenkarte in der Hand gehalten. War in seinen bescheidenen Verhältnissen nicht üblich. Es war sogar die Frage, ob sein Vater, der als Arbeiter in einer großen Chemiefirma arbeitete, das Wort Visitenkarte jemals gehört oder eine genauere Vorstellung davon hatte. Über das Wort Monti Peloritani schüttelte Luigi nicht den Kopf, obwohl er wohl noch nie dort gewesen war, wenn er überhaupt jemals sein Haus verlassen hatte. Er wies lediglich mit einer vagen Gebärde zum westlichen Stadtrand und hielt es wohl für selbstverständlich, dass der Tedesco den Weg dorthin finden würde, wenn er schon so seltsame Pläne hatte. Dort zu wandern! Das Wort Wandern war für ihn wahrscheinlich so fremd wie für den Vater des Tedescos das Wort Visitenkarte.

Frisches Weißbrot hatte der junge Mann noch in der nächsten Bäckerei gekauft. Seine filzgefütterte Feldflasche enthielt noch genügend Rotwein, dass sie nach seiner Meinung für den Tag ausreichen musste, den er in den Bergen zu verbringen gedachte. Die Feldflasche stammte wie der blau verwaschene Brotbeutel aus amerikanischen Armeebeständen, die in den 50er Jahren für ein paar Pfennige in einem Laden seiner Stadt verkauft wurden, so dass er mit seiner Ausrüstung und dem Fahrtenmesser am Gürtel einen Anblick bot, der eine merkwürdige Mischung aus Halbmilitärischem und Landstreicherhaftem darstellte, aber in diesem Land niemand zu stören schien, anders als später in Spanien, wo vor allem sein Rucksack und sein Bart dem geschniegelten und parfümierten Bürgertum in der Francozeit als höchst verdächtig erschienen. Italien war eben Italien. Wenn es sein musste, schwärmte man auch einmal aus purer Menschenfreundlichkeit von den Zeiten von Hitler und Mussolini, einfach, um die gemeinsame Vergangenheit zu betonen und damit die heutige Gemeinsamkeit. Und seine geduldigen Versuche, das Deutschland von heute gegen das von damals abzugrenzen, wurden mit einer Handbewegung als falsche Bescheidenheit weggewischt.

***

Sehr früh war er nicht aufgestanden. Der Abschied von Luigi Savi hatte auch seine Zeit gekostet. Und die Gespräche, die ihm den Weg aus der Stadt zu den Bergen weisen sollten, hatten ebenfalls ihren eigenen Ritus. So war der Mittag schon vorbei, als der Weg sich endlich nach oben schlängelte, und die heißeste Zeit begann. Der Weg dehnte sich mühsam, das mitgenommene Brot schrumpfte zusammen, und der Rotwein brannte heiß in seiner Kehle. Aber was brachte nicht ein unerklärlicher Wunsch und Wille alles zustande!

Was er insgeheim befürchtet hatte, als er die Karte anschaute, wurde Wirklichkeit: keine landschaftlichen Sensationen, nur dieser eine, stets in einer Richtung und auf einer Höhe verlaufende Weg, von dem es auch keine Möglichkeit der Abzweigung gab. Dann endlich der Ausblick auf das in der Sonne brütende Meer auf zwei Seiten, aber ebenfalls ohne Sensationen. Und neben dem sich langsam meldenden Hunger zunehmende Müdigkeit.

Als die Sonne ohne spektakuläre Blicke untergegangen war, wurde es schnell spürbar frischer und schließlich richtig kalt. Auch die letzten Schlucke Rotwein aus seiner Feldflasche konnten ihn nicht mehr erwärmen. So zog er alle verfügbaren Kleidungsstücke aus seinem Rucksack heraus, streifte sie über, breitete das gummierte Tuch in den Staub und wickelte sich eng in seine Decke.

Wahrscheinlich hatte er schon mehrere Stunden geschlafen, als ihn die eisige Kälte weckte. Merkwürdig hell schien der Himmel zu sein. Er tastete nach der Brille, die er nachts immer in einem seiner Wanderschuhe verstaute, setzte sie auf, und – er konnte es nicht fassen. Solch eine unermessliche Fülle an leuchtenden Sternen hatte er in seinem Leben noch nie gesehen. Wie zum Greifen nahe. Den Großen Wagen kannte er, den Polarstern und den Orion. Auch die Milchstraße hatte er in den Nächten der Zeltlager schon gesehen, die er mit seiner Jugendgruppe mitgemacht hatte. Aber das hier! Eine verwirrende Fülle, eine gleißende Helle. Das konnte doch nicht wahr! sein. Und da: eine Sternschnuppe. Man durfte sich etwas wünschen, hatte er in seiner Kindheit gelernt. Das ginge dann in Erfüllung, wenn man seinen Wunsch keinem verriet.

Er hatte ein Gefühl, als wenn seine Seele sich ins Unendliche ausweitete. Seine Brust dehnte sich, als sei er mit maßlosen Kräften gesegnet. Und gleichzeitig kam er sich klein vor, winzig klein, ein Sandkorn in diesem Ozean. Doch diese Kleinheit beunruhigte ihn nicht. Er gehörte trotz allem dazu, zu diesem riesigen unabsehbaren Räderwerk, wo alles seinen Platz, seine Ordnung hatte. Er wusste nicht, wie lange er so gestanden und geschaut hatte. Die Kälte spürte er nicht mehr, auch nicht, als er sich schließlich wieder in seine Decke wickelte und auf den harten Boden legte.

Beim Aufwachen sah er, dass die Sonne schon ziemlich hoch stand. Sie wärmte schon nach einer langen kalten Nacht, obwohl es erst 9 war, wie ihn ein Blick auf seine Uhr belehrte. Dann aber begann wieder die langweilige Wanderung auf dem sich ewig auf gleicher Höhe hinwindenden Schotterweg. Ohne Getränk, ohne einen Bissen Brot, so dass er bald eine gewisse Schwäche in seinen Beinen spürte und diese Enttäuschung und Hoffnungslosigkeit, weil er sich insgeheim hier oben irgendwelche Wunder erwartet hatte. Oder war die Nacht mit dem Sternenhimmel das Wunder gewesen? Nun gut! Aber nun wurde es heißer und heißer. Und Hunger und Durst meldeten sich immer unnachgiebiger. Wenn nur die Blicke interessanter gewesen wären. Dann hätte er das alles wohl in Kauf genommen.

Nein, er musste diesen Weg verlassen. Aber wo? Aber wie? Der Hang zu seiner Linken fiel steil ab und war mit einem undurchdringlichen dornigen Gestrüpp übersät, von kleinen und größeren Stein- und Felsbrocken durchsetzt. Er würde sich seine Hose zerreißen und seine Beine zerkratzen. Oder stolpern und mit dem Gesicht in diese unwirtliche Vegetation stürzen. Und weit und breit kein Weg und keine menschliche Ansiedlung. Nur in der Ferne die wabernde Luft über dem undeutlich schimmernden Meer. Seine einzige Chance bestand darin, einen Weg zu entdecken, der von der Militärschneise weg und nach unten führte. Aber es kam und kam kein Weg.

Bis er plötzlich am linken Rand seiner Route Kotspuren entdeckte, wohl von einem Esel. Kotspuren, die tatsächlich nach unten führten, nicht auf einem richtigen Weg, aber auf einem Pfad, der es möglich machte, ihm nach unten zu folgen, gewunden, manchmal wie eine höchst unregelmäßige Treppe, dann auf kurzen Stücken wirklich wie ein gangbarer Trampelpfad. Das war die einzige Möglichkeit. Obwohl ihm hier das Gehen noch schwerer fiel. Zu Hitze, Langeweile, Hunger und Durst kam nun noch der Schmerz in seinen Knien und Beinmuskeln, wenn er an manchen Stellen springen musste, um eine zu hohe Treppenstufe von einem Felsstück zum anderen zu überwinden. Wie schafften das die Esel? Sie mussten wahrscheinlich einfach, von ihren Herren getrieben. Und er musste nun auch, weil ihm nichts anderes übrig blieb. Und wieder das Gefühl von Endlosigkeit. Endlose Windungen, endlose Macchia und endlose Felstrümmer und Geröll.

Doch halt! War das nicht das Blöken eines Schafs gewesen? Und wenn schon. Was nützte es ihm? Eine menschliche Ansiedlung konnte dann trotzdem noch Stunden entfernt

sein. Aber vielleicht Hirten. Die ihm den Weg zu ihrem Dorf weisen konnten.
Nun sah er sie tatsächlich. Schafe, verteilt in dem dornigen Gestrüpp, einige Ziegen dazwischen, braun-weiß. Und lichtete sich dort nicht das Gestrüpp zu einer Art Wiese? Hinter einem größeren Felsblock tauchte ein Baum auf, noch einer. Das Wort Hain schoss ihm durch den Sinn. Zwei Männer. Der eine lehnte an einen der knorrigen Bäume, der andere stand da inmitten der Schafe und Ziegen und schaute ihm entgegen.

Als er verschwitzt und verlegen grinsend vor ihnen stand, machte der Ältere von beiden mit der linken Hand und Schulter die Bewegung, die so aussah, als wollte er einen unsichtbaren Gegenstand auf sein Gewicht überprüfen, und die auf mitteleuropäische Betrachter wirkte, als wolle er sagen: „Was soll das jetzt hier? Hast du nichts anderes zu tun, als ungefragt in unser Leben einzudringen und unseren gewohnten Rhythmus zu stören?" Instinktiv, und weil seine Kraft am Ende angelangt war, brachte er nur das Wort „Tedesco" heraus. Eigentlich völlig unsinnig, da es ja überhaupt nicht erklärte, wieso er plötzlich und unerwartet in dieser Einöde auftauchte. Im Gegenteil: Musste nicht die Tatsache, dass er Deutscher war, die Ungewöhnlichkeit seiner Anwesenheit in den Augen der beiden noch verstärken? Die Reaktion des Alten mit seiner Ziegennase und den eng beieinander stehenden Augen geriet aber zu etwas ebenso Unerwartetem. Die eine Irrationalität gegen die andere? Unterhielt sich hier zwischen ihnen etwas miteinander, was in Unterhaltungen, die er von zu Hause gewohnt war, unterdrückt wurde, oder was als abartig galt?

„Deutscher? Deutsche sind stark und tapfer. Wie in der Zeit von Federico Secundo. Damals ging es Sizilien gut. Und viele Blonde gibt es heute noch in Sizilien. Alles Kinder von Federico Secundo. Schau, ich habe auch blonde Haare." Dabei deutete er auf sein schütteres Haar, unter dem erste Anzeichen einer Glatze hervorglänzten. „Und Antonio auch. Komm mal her, Antonio!"

Etwas widerwillig rappelte sich Antonio von seinem Platz im spärlichen Schatten eines Olivenbaums auf und stellte sich neben sie, intensiv auf einem Grashalm herumkauend, als wolle er betonen, dass er damit wahrhaftig Wichtigeres zu tun habe, als einen abgerissenen merkwürdigen Fremden zu begrüßen. „Schau mal, ein Deutscher! Antonio, ein Deutscher. Auch ein Verwandter von Federico Secundo. Siehst du, Antonio hat auch blonde Haare, obwohl Marias Haare pechschwarz sind. Fast alle Frauen in unserem Dorf haben ja pechschwarze Haare. Aber du siehst, das Blonde setzt sich bei den Männern durch."
„Haben Sie nicht einen Schluck zu trinken für mich?" gelang es Kaspar, so hieß der junge

Deutsche, in einer kurzen Pause den Alten zu unterbrechen.

„Trinken? Ja, natürlich. Das beste Wasser der Welt. Es stammt aus der kleinen Quelle gleich da drüben. Antonio, hol mal den Krug!"

Während Antonio, dessen Gesicht den gleichen ziegenhaften Charakter aufwies, mit ungerührt mürrischem Ausdruck zu seinem Baum zurückging, um einen Krug aus hellem Ton zu holen, redete der Alte ununterbrochen weiter. Kaspar merkte, dass ihn eine bleierne Müdigkeit überfiel. Und nur der Gedanke an einen Schluck Wasser hielt ihn noch wach. Als er den schweren Krug in beide Hände nahm, wunderte er sich über dessen Gewicht und seine feuchte Kühle. Bevor der Strahl seinen Mund traf, verteilte sich das Wasser auf verschiedene Partien seines Gesichts und seinen Hals. Die beiden Hirten schienen seine Ungeschicklichkeit aber nicht wahrzunehmen. Wahrscheinlich dachten sie, er habe sich absichtlich mit dem kühlen Nass übergossen, um sich abzukühlen.

„Hast du schon zu Mittag gegessen?" fragte ihn der Alte plötzlich. Als er bescheiden verneinend den Kopf schüttelte, zog ihn der Alte unter den Baum, wo sein Sohn gesessen hatte, und packte Brot, ein paar kleine Fische und einen Kanten Käse aus einem Beutel. Das Essen und noch etliche weitere Schlucke des köstlich kühlen Wassers hatten kurzfristig seine Lebensgeister erwachen lassen. Und endlich im Schatten sitzen!

Aber nun brachte der Alte schon wieder die Rede auf seine rassistischen Überlegungen. Die Überlegenheit der Menschen mit blonden Haaren. „Aber du hast ja als Deutscher gar keine richtig blonden Haare. Bist du wirklich ein Deutscher?" Plötzlich kniff er seine Augen misstrauisch zusammen. „Und was machst du hier? Du sprichst ja fast wie einer von uns!"

„Ich zeig euch mal meinen Pass. Moment!" Nun warteten sie gespannt, bis er von irgendwo in den Tiefen seines Affen seinen grünen Pass hervorgekramt hatte. Die Amtlichkeit des grünen Passes und die Fremdartigkeit seiner Sprache riefen bei den beiden Hirten einen tiefen Eindruck hervor. Nun spielten die Verrücktheiten seiner Wanderung und seiner ganzen Reise für sie keine Rolle mehr. Das Interesse für die Architektur Siziliens wurde sogleich wieder auf die Begeisterung für Friedrich den Zweiten reduziert und alles andere auf die Bewunderung für Deutsches oder sogar Germanisches. Es musste ja mit Heroischem und geheimnisvollen bedeutsamen Absichten zu tun haben, die sie selber nicht durchschauen konnten.

„Ich hätte ja auch fast eine Deutsche geheiratet", meinte der Alte.
„Eine Deutsche?"

Zum letzten Mal flackerte ein wenig Lebendigkeit in Kaspars müdem Sinn auf, während er sein Gähnen kaum noch verhehlen konnte. Nun, da er seine müden Knochen an einen Felsbrocken neben der Olive strecken konnte, nachdem er seinen brennenden Durst gestillt und seinen Magen beschwichtigt hatte, überfiel ihn ein unwiderstehlicher Drang nach Schlaf. Das gleichförmige Sirren der Zikaden mischte sich mit der Stimme des Alten, in die ab und an einmal der leichte Protest des Jüngeren eindrang, mehr wie eine Variation einer endlosen Melodie, einem müden Dahinplätschern vergleichbar.

Der Klang einer Geige übernahm nun die Oberstimme in dieser Musik. Ein sehnsüchtiger virtuoser Bogen strich über den dunklen Leib des Instruments, von einem jungen Mann mit japanischen Augen gestrichen, während eine Gruppe von Zuhörern verträumt und voller Bewunderung an dem Holzaun einer Veranda lehnte. Dahinter schwarze Vulkanbrocken im dunklen glucksenden Wasser des Meers, und über allem ein reiner Vollmond, der streng herabzuschauen schien, als wolle er die Zuhörer mahnen, keine Note dieses kostbaren Spiels zu verpassen.

Im Hintergrund war diese Musik noch zu hören, als er sich vor den Männern befand, die angestrengt lange Seile in den Steinbrüchen in Syrakus drehten, und auch an den Teichen mit den orientalisch wirkenden Papyrusstauden, in dem flirrenden Licht, das ihm Reisen mit einer dunkelhäutigen Prinzessin auf dem Nil versprach.

Fast erstorben war die Musik aber in einer dunklen Kneipe mit mittelalterlichem Gewölbe, in der drei bärtige Männer dasaßen, als wenn sie nur darauf warteten, ihn auszurauben, so dass er froh war, als er in einem offenen Sportwagen mit halsbrecherischer Geschwindigkeit die Küstenstraße entlangfuhr, wieder mit drei Männern, aber dieses Mal ordentlich gekleideten, die aber seltsamerweise raue Stimmen hatten, die gar nicht zu ihnen passten. Und dabei war er doch so müde. Sie aber redeten immer weiter, ließen ihm keine Ruhe. Besonders der Ältere.

„Und Antonio hat einfach seine Mutter geheiratet, verstehst du, seine Mutter." Wieder der leichte Protest des Jüngeren, der ihm aber nicht viel nützte. „Du müsstest sie sehen. Sie ist seine Mutter!"
Nun weckte ihn ein heftiges Lachen endgültig aus seinem Schlummer. Er fühlte sich verpflichtet, mit noch schwerer Zunge zu lallen: „Seine Mutter?" Seine Reaktion riss den Alten nun zu weiteren Kaskaden der Begeisterung hin. Darüber, dass Antonio, sein Sohn, so einen guten Geschmack bewiesen habe, indem er sich Maria ausgesucht habe, eine Frau, die genauso aussah wie seine Mutter.

Und er habe sich ja auch entschlossen, mit ihm zusammen die Sorge um ihre Schafe und Ziegen zu übernehmen. Im Gegensatz zu den anderen, die nun in alle Welt versprengt seien. Nach Palermo, nach Rom und einer sogar nach Amerika, man stelle sich vor, nach Amerika.

***

War er hier nicht am Ziel seiner Wünsche? Die zierliche rosa Kuppel auf dem Turm mit den normannischen Fensternischen, davor diese Pflanze mit den stachlig wirkenden Blättern, aus denen sich die weiße unwirkliche Süße der Blütentrauben reckte. Und die seltsame Ruhe inmitten der tobenden Unrast dieser Stadt. Mit ihren tausend Hinterhöfen, die eine quirlige Welt von Menschen und Unrat boten. Wäscheleinen, die die Ausdünstungen von verlockenden jungen Mädchenfiguren und stinkenden Alten in grellen Farben anboten. Und auf den Hinterhöfen noch mal verkleinerte Ansichten von notdürftig getünchten Hütten und Verschlägen, im grellen Sonnenlicht die dunklen Öffnungen von Türen und kleinen Fenstern, die ins Unabsehbare führten, in dunkles Verbrechen und zarte Liebespflanzen auf schmierigen Polstern oder auf nacktem Boden, in helles Gezeter, das unversehens in anbiederndes Lachen übergehen konnte, gereckte Arme und Hände, die ihn einluden, in dieses Chaos einzutauchen, von dem er fürchtete, dass er ihm nie wieder entfliehen würde. Deshalb meist nicht mehr als ein freundliches Winken von seiner Seite, ein munterer Gruß.

Die Porphyrsärge von Federico Secundo und seinen Verwandten hatte er gestern im Dom von Palermo schon bewundert, und gerade kam er aus der Palastkapelle des Normannenpalasts, dem Schönsten, was er bisher in seinem Leben gesehen hatte. Wie der Schmuck der winzigen Mosaiksteinchen die edelschlanke Architektur bedeckte, dass sie jegliche Kantenschärfe verlor und trotzdem die Formen ihrer gotischen Bögen angenehm ins Auge treten ließ. Wie das dunkle Blau der fließenden Gewänder in das reiche Gold der Flächen eingebettet war, von gelegentlichen roten Linien überhöht. Und hier und da ein Glanz von Licht. So schön, dass er fast froh war, als er den Raum verlassen musste, weil der Palast geschlossen wurde. Hier im Freien, ohne den überirdischen Mosaikglanz hätte er dagegen Tage verbringen können. San Giovanni degli Eremiti. Er setzte sich auf einen Stein und betrachtete den Bau mit seinen rosa Kuppeln. Bis er plötzlich seinen Magen spürte. Trotz alledem. Der Gedanke an Spaghetti mit Tomatensoße ließ ihm den Saft im Munde zusammenlaufen.

Als er ein paar Straßen weiter in ein kleines Restaurant eintrat, wunderte er sich. Dieser dunkle Raum. Auf der grauen Wand hatte uralte Feuchtigkeit Landkarten aus dunkelgrauem Schimmelpilz gemalt. Nur die gelborange Farbe der getünchten Gewölbe schien etwas Licht in die Dämmerung zu bringen. Diesen Raum hatte er doch schon einmal gesehen! Und als er die drei schmierigen Gestalten im hinteren Winkel an ihrem dunkelbraunen Tisch sitzen sah, wusste er es auf einmal. Der Jüngere mit seinem helmartigen schwarzen Schopf in seinem karierten Hemd, daneben der mit der weißlichen Kappe und ganz links der mit der flachen Stirn, die über eine Delle in die Glatze mit dem struppigen Haarkranz überging, diese Gesichter hatten ihn doch schon in seinem Traum erschreckt, als er bei den Ziegenhirten in seinen erschöpften Schlaf gefallen war. Hätte er nicht so einen Bärenhunger gehabt, und wäre der Wirt nicht schon auf ihn zugetreten, hätte er noch kehrtgemacht, um ein anderes, sympathischeres Lokal zu suchen. Als er seine Spaghetti bestellt hatte, stellte ihm der Wirt mit aufgekrempelten Ärmeln ein Wasserglas und einen großen Krug mit Rotwein auf den Tisch, obwohl er ihn nicht bestellt hatte. Ein Glas hätte er schon getrunken, aber einen halben oder ganzen Liter? Am frühen Nachmittag! Während er sich den Wein in sein Glas goss, starrten ihn die drei schnurrbärtigen Männer am Nebentisch unverwandt an. Aus Verlegenheit oder aus Höflichkeit oder wer weiß warum sah er sich ihnen plötzlich zuprosten. Im gleichen Moment stellte er fest, dass ihre Gläser leer waren.

Unwillkürlich hob er seinen Krug und machte die Gebärde des Einschenkens. Die Wirkung war verblüffend. Die Mienen hellten sich auf und sie begannen zu reden. Und hörten nicht mehr auf. Und er verstand kein Wort. Wenn er bis dahin gedacht hatte, er könne sich einigermaßen auf Italienisch verständigen, so hatte er sich hier offensichtlich getäuscht. Zwar bekam er mit, dass es sich um Italienisch handelte, doch musste es sich um einen extremen Dialekt oder Slang handeln. Auf jeden Fall klang alles freundlich, aber gleichzeitig auch so, als würden sie ihn verspotten. Gleich nach seiner Einladung kamen sie an seinen Tisch, um sich einschenken zu lassen, und auch danach trat immer mal wieder einer oder auch alle drei im Eifer des Gefechts an seinen Tisch, um ihm etwas mitzuteilen oder ihn etwas zu fragen. Und um sich einschenken zu lassen. Ob er antwortete oder überhaupt etwas verstand, schien sie dabei nicht sonderlich zu interessieren. Als der Krug leer war, hatten sie es plötzlich eilig und verschwanden mit tausend Grüßen.

Erst danach knallte ihm auf einmal der Wirt seinen Teller mit Spaghetti auf den Tisch. Gott sei Dank groß und randvoll. Dann bestellte Kaspar ausdrücklich noch ein Glas Wein („bitte wirklich nur ein Glas!") und ein Glas Wasser, was der Wirt mit einem Grinsen quittierte, und schaufelte das Essen hungrig in sich hinein.

Der gefüllte Magen und die zwei Gläser Wein ließen ihn sich zufrieden zurücklehnen. Wohlig streckte er die Beine aus. Wie wenn er den Wirt mit seiner Zufriedenheit angesteckt hätte, fing der nun mit ihm den üblichen Smalltalk an. Als Kaspar schließlich die Rechnung verlangte, nannte ihm der Wirt einen überraschend niedrigen Betrag, trotz des Weins. Kaspar lobte den Wirt, lobte Italien, seine ganze Reise. „Stellen Sie sich vor, in ganzen vier Wochen habe ich bisher erst 150 DM ausgegeben." Er rechnete ihm den Betrag in Lire aus, wusste aber danach nicht, ob der Wirt das auch als wenig ansah. Sein Gesicht schien eher ratlos zu sein, vor allem, als Kaspar hinzufügte: „In Deutschland könnte man so lange Zeit nicht mit so wenig Geld auskommen." In seiner Naivität teilte er ihm dann auch noch mit, dass er mit 200 DM mehr gerechnet hatte. Die hätte er jetzt gespart. Und um besonders witzig zu sein, schob er noch die Bemerkung hinterher: „Aber mal sehen, ob mir die gesparten 200 DM nicht mittlerweile gestohlen wurden." Damit öffnete er das Fach in seinem Portemonnaie, wo er die beiden Hundertmarkscheine aufbewahrte. Aufbewahrt hatte. Denn sie waren nicht mehr da.

„Jetzt bin ich tatsächlich bestohlen worden. Stellen Sie sich das vor! Die 200 DM sind weg." Der Wirt lachte. Einen Moment musste Kaspar in das Lachen mit einstimmen. Glaubte der etwa, er habe geflunkert? Vielleicht, weil er die Rechnung nicht bezahlen wollte – oder konnte. Sofort griff er eilfertig in das Fach mit dem Kleingeld und bezahlte den verlangten Betrag. Dazu reichte das Kleingeld aus, zu viel mehr aber nicht mehr. Er hatte auf jeden Fall nicht genügend Geld für die sieben Tage, die er für die Rückreise rechnen musste. Nun kam ihm plötzlich ein fürchterlicher Verdacht. Die drei dunklen Gestalten am Nebentisch. Sollten sie …? Aber wie? Immerhin waren sie mehrmals an seinen Tisch getreten. Aber er hätte doch irgendetwas merken müssen. Und das Portemonnaie herausziehen, das Geld herausnehmen und dann die Börse wieder in seine Tasche hineinbugsieren? Auf der anderen Seite hatte man schon von den raffiniertesten Taschendiebtricks gehört. Italiener sollten da von besonderer Geschicklichkeit sein. Aber gemein wäre es schon. Als er dem Wirt vorsichtig seinen Verdacht andeutete, erlebte er eine empörte Reaktion. Liebevoll sprach er den Namen jedes einzelnen der drei aus, nannte ihn einen ehrenhaften Nachbarn und redete sich schließlich so in Rage, dass Kaspar Mühe hatte, ihn zu beschwichtigen und sich bald verschämt verabschiedete.

***

Das Wort sciopero kannte er nicht. Die Leute an der Bushaltestelle nannten es ihm immer wieder, bis er begriff, dass es wohl Streik bedeutete. Die Busfahrer streikten. Und deshalb standen regelrechte Menschenmassen an den Haltestellen. Aber wieso? Wenn die Fahrer streikten, hatte es doch keinen Sinn, weiter zu warten. Nun war von Lastwagen die Rede. Lastwagen, die kommen würden. Welche Lastwagen? Da erblickte er schon den ersten. Alle Leute winkten, doch er fuhr vorbei. Ein Buh tönte ihm hinterher. Nun sah er aber, dass die Ladefläche gerammelt voll gewesen war. Noch ein- oder zweimal dasselbe Schauspiel. Dann hielt ein LKW unter dem Jubel der Leute, und man stieg, von oben gezogen und von unten geschoben, auf die Ladefläche. Kaspar sah, dass es sich um Militärfahrzeuge handelte. Die mit ziemlichem Tempo durch die Straßen rauschten, so dass die Menge auf der Ladefläche schimpfend, lachend und schreiend hin und her schwankte, sich an den Rändern oder am Nachbarn festhielt, insgesamt aber ein zufriedenes italienisches Universum, in dem auch er sich wohlfühlte, als habe er endlich eine lange vermisste Heimat erreicht. Die Gesprächsfetzen, die Gerüche nach Schweiß, Parfüm und Knoblauch und das Aneinander und Gegeneinander der Körper tauchten ihn in eine Woge, in der er schwamm, als sei er in ihr geboren. Ein merkwürdiger Kontrast zu seinen sonstigen Gepflogenheiten, nach denen er eher ein Einzelgänger war. Er liebte jedoch trotzdem ein solches Untertauchen in der Menge, für eine Zeitlang.

Bis er wieder alleine sein musste, vor allem, um die empfangenen Eindrücke zu verdauen.

Die Jugendherberge befand sich in dem Vorort Sferracavallo, etwas außerhalb des Stadtzentrums, an einem langen Strand, der von steilen Bergen gesäumt war. Das Hauptgebäude war so voll von jungen Menschen, die Sizilien bereisten, dass Kaspar nur in einem Nebengebäude, einer alten Villa mit abblätterndem Charme, Platz gefunden hatte. Für ihn die bessere Lösung, da sie sehr ruhig lag und nur wenigen Jugendlichen Raum gab. Sein Zimmer in der ersten Etage teilte er allerdings mit drei anderen jungen Deutschen, zwei Bahnangestellten, die Sizilien mit ihren spottbilligen Fahrkarten erreicht hatten, und einem weiteren, den er immer nur kurz gesprochen hatte, und den er nicht weiter kannte.

Er näherte sich der Villa, um auf sein Zimmer zu gelangen, als ihm auf dem Weg zwei junge Männer in weißen Hemden und Krawatten entgegenkamen, die beiden Bahnangestellten. „Stellt euch vor, ich bin doch tatsächlich bestohlen worden!" rief er ihnen entgegen. „Wie es eigentlich zu Italien dazugehört", fügte er lachend hinzu. Die beiden lachten aber überhaupt nicht. Sie waren auch nicht erstaunt oder entsetzt. Vielmehr schauten sie ihn misstrauisch an, sagten zunächst gar

nichts, dann, fast tadelnd: „Wo warst du denn den ganzen Tag?"
„In der Stadt. Und wahrscheinlich bin ich da auch bestohlen worden."
Die beiden schwiegen wieder einen Moment, dann sagte der eine stockend: „Wir sind auch bestohlen worden."
„Nein!" rief Kaspar. „Auch in der Stadt?"
„Nein, wir waren den ganzen Tag hier. Und wir sind schon in der Nacht bestohlen worden. Am Morgen haben wir es bemerkt."
„In der Nacht? Das heißt doch..."
„In unserem Zimmer, so ist es. Also kannst nur du der Dieb sein oder der andere."

Es tat ihm weh, als der andere ihn so offen verdächtigte. Erst im anschließenden Gespräch kamen sie dann alle drei zu der Meinung, dass der Vierte der Dieb gewesen sein müsse. Die beiden hatten sowohl ihn als auch Kaspar im Verdacht gehabt, da beide am Morgen, als sie aufstanden, nicht mehr da waren, allerdings Kaspars Gepäck. Das einzige, was zu seinen Gunsten gesprochen hatte. Nun kehrte auch wieder ihre alte Freundlichkeit ihm gegenüber zurück, und sie begaben sich alle drei zum Herbergsvater, um die Adresse des vierten Deutschen zu erfahren, nachdem sie dem Herbergsvater alles geschildert hatten. Ein junger Mann aus Marburg. Immerhin könnten sie nach ihrer Rückkehr nach Deutschland versuchen, ihn bei der Polizei anzuzeigen. Der Herbergsvater empfahl ihnen aber, den Fall auch bei der hiesigen Polizei zu melden, damit sie später überhaupt etwas in der Hand hätten.

An der Rezeption hatten sich mittlerweile mehrere Deutsche versammelt, die sich den Fall interessiert anhörten und ihre Kommentare abgaben. Als sie hörten, dass Kaspar sein Portemonnaie in der Hosentasche gelassen hatte und die Hose auf den Stuhl neben seinem Bett gehängt hatte, fielen sie geradezu über ihn her. Wie man so dumm und leichtsinnig sein könnte! Das hatte er – auch zu Hause- schon öfter gehört, vor allem von seinem Vater. Zu bekehren war er schlecht. „Sie säen nicht, sie ernten nicht." Das gehörte zu seinem Lebensgefühl. Es würde sich schon alles finden. Hatte sich nicht bisher in seinem Leben alles irgendwie gefunden? Schließlich war er auch mit wenig Geld bis Sizilien gelangt. Plötzlich hörte er auf, die Ermahnungen und Vorhaltungen mit flapsigen Antworten zu bedenken, als er hinter den Jungen, die vor ihm standen, drei Mädchen erblickte. Sie hatten ebenfalls das Gespräch mitverfolgt. Es verschlug ihm fast den Atem. Da war sie ja wieder. Dunkle schattige Augen, dunkle Haare, von einem Kupferschimmer überzogen. Volle Lippen. Ihre Begleiterinnen redeten Deutsch mit ihr. Berliner Akzent. Wie konnte das sein?

***

Die Boote lagen wie zum Malen am Strand. Boote von Van Gogh fielen ihm ein. Blaue, dunkelrote, weiße Streifen und Wellenlinien mit Punkten verzierten sie. Der Bug wie eine verkümmerte Ausgabe eines Wikinger-Drachenbootes ein wenig hochgezogen .Im Hintergrund waren weiße und gelbe Fassaden in unterschiedlichen Größen wie Kulissen vor die schroffen Felsen im Abendlicht gestellt, deren scharfe Schatten in dunklem Violett kontrastierten. Kaspar schlenderte über den Sand, der an vielen Stellen mit trocknem Seegras bedeckt war, und gelangte zum anderen Ende der Bucht, wo sich die Sonne gerade anschickte, hinter einem dünnen Wolkenstreifen zu verschwinden. Er setzte sich auf einen alten morschen Kahn, der hier lag, und schaute sich das Schauspiel an. Nun leuchtete die Sonne in zarten Strahlen hinter der Wolkenbank her, warf einen gleißenden Goldglanz aufs grauviolette Meer und tauchte den Himmel in ein seidiges mattes Gelb. Das Ende der Bucht lag im Schatten und dort beugte sich filigranhaft eine riesige Agavenblüte übers Wasser.

Kaspar zog das kleine Vokabelheft aus der Tasche, das er immer bei sich trug, um, wenn er in der Stimmung war, ein Gedicht darin einzutragen. Gestern war er bei Mondschein noch einmal an den Strand gegangen und hatte im Schein einer Laterne diese Verse hineingeschrieben:

Endlos neue Wogen branden,
rennen wachsend, stürzen klatschend
ans Gestade sich und sterben jählings,
ohne dass sie Ruhe fanden.

Einmal weicht der Wolkenschleier,
Mondessilber gießt sich über
Romeo und sein heißes Lied,
Wellen spielen ihm die Leier.

Doch ein Windstoß löscht das Licht,
fahl steht nur ein längst gebeugter
Einzelbaum, schaut auf die Flut,
und es scheint, als ob er zähle,
warte auf die letzte Welle,
schaut und zählt und find't sie nicht.

Er las die Verse noch einmal und legte das offene Heft dann neben sich auf den Rand des Boots. Heute fand er sie sehr melancholisch. Würde er heute etwas reimen, fiele das sicher anders aus, obwohl er das Erlebnis mit den gestohlenen 200 DM hinter sich hatte. Merkwürdigerweise hatte das aber seine Stimmung überhaupt nicht beeinträchtigt. Seine Reise war sowieso zu Ende. Morgen wollte er sich lediglich noch das Normannenkloster von Monreale ansehen, ach ja, und zur Polizei wegen der Anzeige. Da würde er also einen Zimmergenossen anzeigen. Diesen zurückhaltenden jungen Zeitgenossen, an dessen Aussehen er sich kaum erinnern konnte, obwohl er ihn gestern noch gesehen hatte. Es war allerdings schon dunkel gewesen, als Kaspar von seinem Zimmer aus den geräumigen Balkon betreten hatte, von dem aus man in die blaue Nacht hinaussah, die erfüllt war von Blumenduft und Zikadengesang. So waren auch die Nächte, die Eichendorff in „Aus dem Leben eines Taugenichts" beschrieb. Die Lektüre dieser romantischen Erzählung hatte ihn die ganze Reise über begleitet. Sie erfüllte ihn mit Freude und auch mit einem Gefühl, das er als Sehnsucht bezeichnen würde, hätte ihn jemand gefragt, dem er darauf zu antworten gewagt hätte. Doch diesen Jemand gab es bisher nicht in seinem Leben.

„Jetzt liegen sie alle da am Strand und machen Liebe." Erschrocken hatte er sich von der Brüstung des Balkons abgewandt, als er diesen Satz hörte, gesprochen von einer Stimme, die ihm unsympathisch in den Ohren klang, genauso unsympathisch wie der Satz selber. Wie konnte man von Liebe „machen" reden, als handelte es sich bei dem, was in seinen Gedanken das höchste Vorstellbare war, um einen Gegenstand, um etwas Technisches, das man nach Gebrauchsanweisung ausführte, um es dann wieder in den Schrank zu stellen! Als er sich umdrehte, stand der vor ihm, den er bei sich immer den Vierten nannte, weil der die vierte Person in ihrem Zimmer war, den er aber immer nur kurze Augenblicke zu Gesicht bekommen hatte, und mit dem er sich auch noch nie bekannt gemacht hatte, wie mit den beiden anderen, den Eisenbahnangestellten aus Niedersachsen. So wechselten sie auch jetzt weiter keine Worte miteinander. Während er, Kaspar, weiter in die Nacht schaute und horchte, zog sich der andere kurz danach ins Zimmer zurück und legte sich ins Bett. In Kaspars romantische Stimmung hatte sich ein Gefühl der Bitterkeit gemischt und noch etwas anderes, das er nicht zu bestimmen gewusst hätte. War es Einsamkeit? Ein Gefühl der Verlassenheit, wie es ihn manchmal überfiel? Er verließ den Balkon und das Zimmer und machte noch einen Spaziergang zum Beginn des Strands, wo er im Schein einer Laterne, mit dem Blick aufs Wasser, das Gedicht verfasste, das ihm nun, einen Tag später, so melancholisch vorkam.

Irgendwie war es ihm recht, dass diese unsympathische Stimme sich als diejenige entpuppt hatte, die dem Dieb angehörte. Fast eine Art Genugtuung, nicht als sei ihm ein Schaden geschehen, sondern dem Dieb selber. Als Strafe für den Satz, der ihn so gestört hatte. Den er nicht glauben konnte. Und von dem er gleichzeitig dunkel ahnte, dass er der Wahrheit entsprach. Einer Wahrheit, die ihn an Würmer erinnerte, schamlose Würmer, die sich scharenweise im Dunkeln am Strand paarten. War es vielleicht diese dunkle Ahnung gewesen, die ihn gestern in der Nacht an den Strand getrieben hatte, und auch heute, weil er durch den romantischen Schleier vor seinem inneren Auge hindurch die Wirklichkeit sehen wollte, eine Wirklichkeit, die einem Teil seines Selbst entsprach, das er fühlte, aber nicht wahrhaben wollte?

Er hörte Stimmen in seiner Nähe. Mädchenstimmen. Lachende Stimmen. Als er sich umdrehte, stand die Dunkelhaarige aus der Jugendherberge vor ihm.
„Hier versucht also der junge Herr Geschädigte, seinen Kummer zu vergessen", klang es mit Berlinerischer Ironie aus diesem Mund mit den vollen Lippen. Wie konnte dieser Akzent, den er nie so richtig mochte, weil er ihm so ironisch, fast überheblich klang, aus diesem betörenden Mund ertönen?
„So schlimm ist das Ganze ja nun auch nicht", hörte er sich beschwichtigend antworten.
„Nun hör mal, 200 DM sind schließlich kein Pappenstiel. Ich wäre auf jeden Fall ganz schön sauer, wenn mir so was passiert wäre. Ich weiß natürlich nicht, wie dicke du es hast. Vielleicht macht sich das ja im Konto des jungen Herrn oder seines Herrn Papa kaum bemerkbar."
Sie strich sich ihr bunt gemustertes Sommerkleid unter die Kniekehlen und hockte sich neben ihn auf den Bootsrand. Ihre beiden Begleiterinnen riefen ihr noch etwas zu und entfernten sich kichernd. Was sie sagten, nahm Kaspar gar nicht in sich auf, weil ihn Verwirrung ergriff von dem Moment an, in dem sie

so dicht neben ihm saß. Sie hatte das offene Vokabelheft im gleichen Moment genommen und einen Blick hineingeworfen. Dann schaute sie ihn schalkhaft an und meinte, das Heft hoch haltend: „Aha, der junge Mann ist Dichter. Mal sehen. Oh, das klingt ja sehr romantisch. Aber auch ein wenig traurig, oder? Die verlorenen 200 DM machten dir also doch etwas aus."
Dass sie ihn einfach duzte, erschreckte ihn ebenso wie ihre direkte und ironische Art. Sie kannten sich doch gar nicht. Damals war es nicht ohne Weiteres üblich sich zu duzen, auch nicht unter jungen Leuten.
„Die Zeilen habe ich schon gestern geschrieben. Da hatte ich mein Geld noch." Während er das sagte, griff er zu dem Heft und nahm es ihr aus der Hand. Sonst hätte sie womöglich noch weitere Gedichte zu Gesicht bekommen. Und die Röte, die nun sein Gesicht bedeckte, wäre gar nicht mehr von ihm gewichen. Aber seine finanzielle Situation schien sie sowieso mehr zu interessieren als sein Innenleben.
„Hast du denn noch genügend Geld, um deine Reise fortsetzen zu können?" wollte sie nun ohne jede Ironie wissen.
„Fast nichts mehr. Aber meine Reise ist sowieso zu Ende. Übermorgen fahre ich nach Hause."
„Mit der Eisenbahn?"
„Per Anhalter."

„Per Anhalter? Wie lange braucht man da bis nach Hause?"
„Sieben Tage."
„Sieben Tage! Reicht denn dein Geld noch für eine ganze Woche?"
„Irgendwie werde ich schon über die Runden kommen."
„Also reicht es nicht. Ha ick mir doch jedacht. Ich kann dir was leihen, wenn du willst."
„Ach, nein, lass mal!"
„Doch, wirklich. Meine Freundinnen und ich haben genügend Reserven mitgenommen. Wie viel brauchst du?"

Obwohl er sich noch längere Zeit sträubte, zog sie sich schließlich ihre Umhängetasche über den Kopf, entnahm ihr ein zierliches rotes Portemonnaie und fingerte einen Zwanzigmarkschein heraus, während er gebannt die Bewegungen ihrer schlanken Hände beobachtete. Sie musste noch einmal energisch mit der ausgestreckten Hand rucken, bevor er den Schein mit zwei Fingern ergriff und ihn achtlos in die Hosentasche steckte.
„Und denk' bloß nicht, dass es ein Geschenk ist! Hast du was zum Schreiben? Dann schreib ich dir meine Adresse auf, damit du weißt, wo du das Geld hinschicken kannst, wenn du wieder zu Hause bist. Und wenn du mehr brauchst, sag' es mir in der Herberge!"
„Nein, nein. Das ist genug." Er schämte sich und vergaß sich zu bedanken. Die Anwesenheit des Mädchens beschäftigte ihn viel mehr

als die Geldangelegenheit. Durch das leichte Sommerkleid hindurch meinte er verwirrt ihre Wärme wahrzunehmen. Fieberhaft überlegte er, worüber er mit ihr reden könnte. Sie fragen, ob sie in Messina mit einer italienischen Familie die Oper angehört hatte. Ob sie ein paar Tage davor neben ihm in einem Fiat gesessen habe und noch ein paar Tage davor mit einem Krug auf dem Kopf an ihm vorbeigegangen sei, als er im Straßengraben lag? Unsinn! Das konnte doch alles nicht sein. Und doch. Sie war es doch. Die gleichen schattigen Augen, die gleichen Haare, der gleiche Mund mit den vollen Lippen. Auf die schlanken Finger, die zu den Nägeln hin spitz zuliefen, hatte er damals nicht geachtet. Nun ruhten sie auf dem Rand des Bootes, wo die Zeigefinger einen unregelmäßigen Rhythmus klopften. Fasziniert verfolgte er den Tanz dieser Rehe. Dann brauchte er ihr auch nicht in die Augen zu schauen. Die ihm so nah waren. In Berlin-Spandau wohnte sie, stellte er fest, als er ihr die letzte Seite in seinem Vokabelheft aufgeschlagen hatte und sie mit einer merkwürdig schrägen Schrift ihre Adresse eingetragen hatte. Dann schwiegen beide. Sie auch. Erwartete sie nun, dass er ihr seine Adresse aufschrieb? Einen Moment lang dachte er das. Tat es aber nicht. Als das Schweigen schon fast nicht mehr zu ertragen war, ertönte wieder das Lachen ihrer Freundinnen, die sich schnell näherten.
„Renate, Schluss machen! Ins Bettchen!"

„Nervensägen!" stöhnte sie und ließ sich mit einem leichten Hopser von der Bootskante hinunter gleiten.

„Wir sehen uns sicher beim Frühstück, oder?" rief sie, während sie sich bei ihren Freundinnen einhakte, was die wieder mit einem Gackern registrierten.

„Ja, wahrscheinlich", antwortete er, obwohl er wusste, dass er wieder auf seinem Zimmer das obligate Brötchen und einen Pfirsich essen würde. Frühstück war in seinem Etat nicht vorgesehen.

***

Der Dicke stand an einem langen massiven Küchentisch und hackte in einer Geschwindigkeit, die man seiner Körperfülle nicht zugetraut hätte, mit einem Riesenmesser auf einer Zwiebel herum. Obwohl es noch früh am Morgen war und er nur ein wollenes Unterhemd mit kurzen Ärmeln unter den braunen Hosenträgern trug, lief ihm der Schweiß von der Stirn.

„Der Maresciallo wird gleich kommen", war es aus seinem wulstigen Mund ertönt, nachdem er Kaspar in die Küche der Kaserne geführt hatte. Doch der Maresciallo kam nicht. Stattdessen konnte Kaspar beobachten, wie sich die Zwiebel allmählich in winzige Stückchen verwandelte. Als der Dicke mit seinen verschwitzten Armen gegen Kaspar stieß, weil er zu einem Klumpen Teig griff, der vor Kaspar

auf einem dünnen Mehlpolster auf dem Tisch aufgebaut war, schien er sich erst wieder an den jungen Deutschen zu erinnern, der eben an die Tür der Carabinieri-Kaserne geklopft und ihm eröffnet hatte, er wolle eine Anzeige wegen Diebstahls machen.
In diesem Augenblick ertönte von der oberen Etage eine schneidige junge Stimme. Sofort ließ der Dicke den Teig liegen, wischte sich seine Hände kurz an einem rotweißkarierten Küchentuch ab, das zerknautscht neben der Zwiebel lag, und stapfte stöhnend die Stufen der Treppe nach oben. Nach einem kurzen Palaver, das in Kaspars Ohren aggressiv klang, aber vielleicht nicht so war, wie er mittlerweile nach vielen Gesprächen in Italien wusste, kam der Dicke wieder die Treppe herunter und wies mit dem rechten Daumen nach oben.
„Der Maresciallo erwartet Sie", fügte er hinzu und machte sich gleich wieder an den Teig.

„Sie sind also Deutscher. Darf ich mal Ihren Pass sehen?"
Oh, daran hatte er nicht gedacht. Der lag ja noch in der Rezeption der Jugendherberge. Ein schlechter Start. Der Maresciallo lehnte sich in seiner Uniform mit der Kappe mit dem blitzenden schwarzen Schirm zurück, als sei der Fall aufs Erste erledigt.
„Der Herbergsvater meinte, Sie könnten mir vielleicht eine Bescheinigung schreiben, für

die Polizei in Deutschland", machte er dann doch noch einen schüchternen Versuch.
Nun rückte die khakifarbene Uniform mit dem weißen Gurt, der schräg über die Brust gezogen war, und den Eindruck von Amtlichkeit und Militärhaftem betonte, auf ihn zu:
„In Deutschland? Wieso in Deutschland? Ist der Diebstahl nicht hier geschehen?"
„Doch. Aber der Dieb ist ja ein Deutscher."
„Der Dieb ist ein Deutscher? Sie kennen ihn?"
Der gleichgültige bis ablehnende Ausdruck in dem forschen Gesicht des Polizeibeamten, der sich offensichtlich für ihn so in Pose an seinen Schreibtisch gesetzt hatte, änderte sich schlagartig und wich einem Interesse, in das sich schon das Lauern des Jägers mischte.
„Wissen Sie was, Sie fahren jetzt zurück zur Jugendherberge, lassen sich Ihren Pass geben, und in einer halben Stunde kommen wir, um uns das Zimmer anzusehen, in dem Sie bestohlen wurden."
Was sie da vorhatten, leuchtete Kaspar überhaupt nicht ein. Doch was sollte er machen? Wahrscheinlich konnte er froh sein, dass sie ihn überhaupt ernst nahmen.

***

Der Herbergsvater wollte ihm den Pass nicht herausgeben, solange er noch in der Herberge wohnte. Die Polizei könne ihn ja gleich bei ihm einsehen. Kurz danach hörte man auch schon das Fahrzeug vorfahren und scharf bremsen. Zwei Carabinieri sprangen hinten aus dem Jeep und redeten mit dem Herbergsvater, der ihnen nun doch den Pass aushändigte. Als Kaspar zu dem Wagen kam, stieg auf der Beifahrerseite der Maresciallo aus und nun gingen sie zu dritt mit Kaspar zu seinem Zimmer in der Villa, wo sie jeden Winkel zu durchsuchen begannen. Kaspar zeigte ihnen das Bett, in dem der Dieb geschlafen hatte, seine Fächer im gemeinsamen Schrank. Plötzlich bückte sich einer der Carabinieri und hielt dem Maresciallo triumphierend einen Fund unter die Nase. Der stieß einen Laut aus, den Kaspar im ersten Moment nicht recht deuten konnte. Später meinte er bei sich selber: Triumph, Erfahrung der eigenen Wichtigkeit und Befriedigung über eine erbrachte Leistung.

„Was ist das?" fragte Kaspar.

„Was das ist?" Der Maresciallo schnaubte vor Eifer. „Eine Pistolenschachtel. Darin war die Pistole, die dieses Subjekt bei sich trug."

„Pistole? Von einer Pistole weiß ich nichts", meinte Kaspar verwirrt.

„Nein, natürlich. Solche Typen sind schlau. Und gefährlich. Kommen Sie! Sie werden uns helfen, ihn zu finden."

Helfen, ihn zu finden? Wie sollte er dabei helfen? Nun gut, wenn er ihn sähe, würde er ihn vielleicht wiedererkennen. Aber wie wollten sie ihn finden?

Er wurde in den geschlossenen Jeep hineinkomplimentiert, wo er auf einer der beiden Bänke Platz nahm, die dort in Längsrichtung angeordnet waren. Ihm gegenüber saßen die beiden Carabinieri, der Maresciallo vorne neben dem Fahrer.
Und dann begann eine Fahrt, die er nie im Leben vergessen würde, und bei der ihm fast Hören und Sehen verging.

Schon als der Fahrer startete, wäre er beinahe von seinem Sitz gefallen. Danach hielt er sich mit beiden Händen an den Kunstlederpolstern fest, während ihn die beiden mit Fragen bestürmten, die er kaum verstand, weil der Motor einen infernalischen Lärm veranstaltete. Sie waren aber, wie er es so oft auf dieser Reise erlebt hatte, zufrieden, wenn sie ab und zu ein Lebenszeichen von ihm hörten oder sahen, und redeten dann ununterbrochen weiter. Die Kommunikation war für sie das Wichtigste, nicht der Inhalt, sondern einfach die Tatsache, dass Menschen sich mitteilten, vor allem sie selber, und das Gefühl haben konnten, dass ihre Mitteilungen von anderen aufgenommen wurden oder zumindest irgendeine Art von Wirkung auslösten. Und wenn das sogar bei einem Ausländer funktionierte, umso schöner. Die eigene Welt erfuhr damit sozusagen eine Ausweitung und Aufwertung.

So rasten sie den ganzen Morgen mit ihm durch Palermo, über breite Alleen, durch enge Gassen, sprangen ab und zu aus dem Wagen, redeten mit Leuten, deren Bedeutung Kaspar völlig unklar blieb, stellten ihn ab und zu einmal Leuten vor, wobei es ihm manchmal so vorkam, als seien sie gewissermaßen stolz auf ihn, holten dann und wann einmal einen Mann zu ihrem Wagen und führten Gespräche, von denen Kaspar kaum etwas verstand. Das Resümee mancher Dialoge fasste der Maresciallo gelegentlich zusammen in dem einen Wort, das er schon in der Herberge von sich gegeben hatte: „Gefährlich. Sehr gefährlich." Was auch immer das bedeutete.

An der caserma, wie sie ihr Domizil nannten, riss der Dicke die Tür auf, als sie geklingelt hatten, und sie eilten, wie nach einer geschlagenen Schlacht, ins Haus.
Der Maresciallo bedeutete Kaspar, er solle mit nach oben kommen und wieder ihm gegenüber Platz nehmen. Dort griff er nun nach einer vorsintflutlichen riesigen Schreibmaschine, fingerte Kaspars Pass aus der Brusttasche seiner Uniformjacke und beschrieb einen Bogen gelblichen Papiers, zuerst mit Kaspars Namen und Daten, wozu er ab und zu Kaspars Hilfe in Anspruch nahm, dann einen Bericht, der mit den Worten „Si certifica", „Man bestätigt" begann. Er endete mit dem Satz „Die Ermittlungen laufen." Spätestens da dämmerte es Kaspar, was das ganze Theater be-

deutet haben konnte. Mit diesem Dokument wurde ein offizieller Verwaltungsakt angelegt. Und dazu war der Nachweis nötig, dass zuvor gehandelt worden war. Wie hätte man vor allem einer ausländischen Behörde gegenüber dagestanden, wenn der Eindruck entstand, man habe überhaupt nichts unternommen!

Als Kaspar sich für das Papier bedankte, das ihm der Marescallo überreichte, lehnte der sich zufrieden zurück und lächelte. Nun legte er sogar die Dienstmütze mit dem martialischen flammenden Symbol auf den Tisch und fragte Kaspar nach seinen weiteren Plänen. Ob er denn genügend Geld für seine Rückreise habe. Sonst müsse er sich an das deutsche Konsulat wenden. Kaspar erklärte ihm, dass ihm eine Deutsche in der Herberge schon Geld geliehen habe. Dann –nach einer kurzen Bedenkzeit, in der er vielleicht über die nationale Ehre grübelte- , zog der Maresciallo plötzlich seine Brieftasche aus dem Inneren seiner Jacke und hangelte einen Geldschein im Wert von 5 DM heraus. „Dann können Sie wenigstens morgen noch frühstücken, bevor Sie sich auf die Heimreise begeben. Ich wünsche Ihnen viel Glück."

***

Er schaffte es noch gerade, rechtzeitig vor der Mittagspause die Bank im Zentrum von Sferracavallo zu betreten. Am Schalter legte er die

20 DM vor den Angestellten, die er in italienische Lire umtauschen wollte. Direkt gegenüber der Bank befand sich ein Restaurant, vor dem auf einer Tafel bistecca angepriesen wurden. Die bessere Werbung bestand aber eigentlich in dem verführerischen Duft, der von der Küche bis auf die Straße drang. Wie lange hatte er schon kein Fleisch mehr gegessen. Spaghetti schmeckten ihm zwar immer wieder gut. Aber irgendwann ein Stück Fleisch ..... Der Gedanke ließ ihm das Wasser im Munde zusammenlaufen.

Nun zählte ihm der Angestellte mit seinen fleischigen Hängebacken das Geld auf den Tresen und legte ihm die Abrechnung dazu. Seine Augen mit den schweren Lidern schienen sich schon halb in der Siesta zu befinden. Auf den ersten Blick war die Menge der Scheine Kaspar als zu groß erschienen. Aber es gab ja sehr unterschiedliche italienische Scheine. Doch als er auf dem Weg zur Tür noch mal einen Blick darauf warf, war er fast sicher: Der Angestellte musste sich geirrt haben – zu seinen, Kaspars, Gunsten. Draußen schaute er auf die Abrechnung und stellte fest, dass da nicht 20 DM, sondern 50 DM stand.

Scylla und Charybdis hießen die beiden Seeungeheuer vor Sizilien, zwischen denen Odysseus auf seiner Irrfahrt hindurchschiffen musste. Sie erhoben sich als große Gefahr in der Meerenge von Messina und die Schiffer mussten tunlichst vermeiden, einem der beiden zu nahe zu kommen. Der Betrug an der Bank erschien Kaspar als die eine Klippe, der schmerzliche Verzicht auf ein anständiges Stück Fleisch die andere. Aber in Wirklichkeit war die Sache komplizierter. Es ging ja nicht darum, die Bank zu vermeiden. Er hatte sie ja schon besucht. Und der Besuch in dem Restaurant an sich bedeutete ja auch keinerlei Verderben. Nur: Wenn er schnell in die Bank zurückkehrte und dem Angestellten erklärte, dass der sich vertan hatte. könnte er sich den Genuss des bistecca, dessen Geruch ihm so verführerisch in die Nase gestiegen war, einfach nicht leisten. Eine Woche würde er dann mit dem restlichen Geld auf keinen Fall überleben können. Scylla, das wusste er, war eine schöne junge Frau, deren Unterleib von der eifersüchtigen Zauberin Kirke in sechs gefräßige Hunde verwandelt worden war. Er entschied sich für Scylla. In dem Bewusstsein, dass ihn später die Hunde in Form von Gewissensbissen anfallen würden. Aber der betörende Duft nach Fleisch und Gewürzen stieg durch seine Nase in die Zone seines Gehirns, wo das moralische Empfinden sitzen musste und machte dort jegliche Bedenken zunichte.

Als er sich satt und zufrieden auf den Weg nach Monreale machte, wunderte er sich, dass die unterseeischen Hunde seines Gewissens sich überhaupt nicht meldeten. Auch in dem paradiesischen Kreuzgang mit seinen schlanken Doppelsäulen ging von den biblischen Szenen in den Kapitellen kein Schuldbewusstsein auf ihn über. Was ihn berührte, war lediglich die Schönheit der figürlichen Darstellungen, die Kostbarkeit des golden schimmernden Mosaikschmucks sowie der Adel der Steinintarsien in den gegliederten Spitzbögen, die die Säulen verbanden.

Ein italienischer Lehrer, mit dem er vor der Fassade der Kathedrale ins Gespräch kam, lud ihn nach einer Unterhaltung über die Schönheiten Siziliens zu einem Glas Marsala all uovo ein, welcher ihm ein angenehmes Feuer in seinen Eingeweiden verursachte. Und als er danach noch einmal in die Mosaikenwelt im Inneren der Kathedrale eintauchte, war es keine heilige Welt, die ihn in fromme Gedanken versetzt hätte. Die Mosaiken waren nun eine kostbare lebendige Oberfläche, die tausend Überraschungen barg, die architektonischen Flächen und Linien hatten die Proportionen der Dunkeläugigen, die ihm begegnet waren, und die Anmut ihrer Gliedmaßen und des Körperbaus, der durch ihre Seidenhaut hindurch schien. Mit einem neuartigen Gefühl von Lebendigkeit schlug er am Spätnachmittag den Rückweg nach Sferracavallo, zur Jugendherberge, ein.

***

Der Herbergsvater hörte nur mit einem Ohr hin, als Kaspar sich abmeldete, weil er am nächsten Tag schon früh aufbrechen wollte. Er hing mit einem Ohr am Radio, wo die neusten Nachrichten über die Ergebnisse der gerade in Rom stattfindenden Olympiade erklangen.
„Goldmedaille für Italien!" rief er begeistert aus, gerade als Kaspar angesetzt hatte, ihm über die Nachforschungen der Carabinieri zu berichten. Und als er vergeblich versuchte, Kaspars Pass in der Ablage zu finden, musste Kaspar ihm erst in Erinnerung rufen, dass er den schon den Polizisten gegeben hatte. Er war offensichtlich froh, Kaspar mit der Bemerkung „Gute Reise!" endlich loszuwerden.

Das Hauptgebäude der Jugendherberge lag in einem üppigen Garten mit blühenden Oleanderbüschen, niedrigen Fächerpalmen und Feigenkakteen, die ihre gelblichen stachligen Früchte zeigten. Jugendliche verschiedener Nationalitäten schlenderten über die schmalen Wege, saßen auf den gusseisernen Bänken, die sich an verschiedenen Stellen befanden, oder spielten im dämmrigen Licht der untergehenden Sonne Tischtennis auf der Platte, die auf einem betonierten Rondell aufgebaut war. Als Kaspar auf einen Pfad abbog, der sich in Richtung Strand wand, erblickte er ein rundes Marmortischchen mit Metallbeinen, an dem ein Mädchen in einer rotweiß gestreiften Bluse saß. Ihre dunkelbraunen Haare waren über den Tisch gebeugt, auf dem sie kleine weiße und schwarze Steine zu sortieren schien. Als seine Schritte auf dem Kies erklangen, drehte sie sich um, und Kaspar sah, dass es seine Berlinerin war.

Er staunte über sich selber, als er aus seinem Mund hörte: „Ach, du hast hier auf mich gewartet."
„Gewartet? Ich bin doch kein Einzelbaum!" kam es prompt von ihren Lippen, die ihm heute merkwürdigerweise nicht mehr so voll erschienen wie gestern.
„Kein Einzelbaum?" Verwirrt schaute er in ihr Gesicht, das nun ein verschmitztes Lächeln in den Mundwinkeln verbarg.

„Fahl steht nur ein längst gebeugter
Einzelbaum, schaut auf die Flut,
und es scheint, als ob er zähle,
warte auf die letzte Welle,
schaut und zählt und find't sie nicht" deklamierte sie mit übertriebenem romantischem Pathos.
Er war sprachlos.
„Du kannst mein Gedicht auswendig?" Er ließ sich nun auf einem der verschnörkelten gusseisernen Stühle nieder, die den Tisch umgaben. Da er die untergehende Sonne im Rücken hatte, konnte er ihr Gesicht nun besser als vorher erkennen. Es war wieder voller Ironie und strahlte eine fröhliche Kälte aus.

„Warum nicht? Berliner sind helle." Und nach einer kurzen Pause: „Die merken auch, dass du der Einzelbaum selber bist. Und der Romeo."
Gestern noch wäre er nach dieser Äußerung vor Scham im Boden versunken. Doch heute war alles anders.
„Das sind doch zwei ganz verschiedene Sachen."
„Dasselbe in unterschiedlichen Erscheinungen." Nun klang sie fast wie eine Philosophin.
„Hast du auch schon mal das Umgekehrte erlebt? Dieselbe Erscheinung in verschiedenen Personen?"
„Versteh' ick nich."
Wenn nicht jetzt, dann nie! sagte er sich.
„Wart ihr auch in Messina?"
„Natürlich. Da kommt man ja an."
„Und habt ihr da auch eine Opernaufführung erlebt?"
„Ja, ich zumindest."
„Zusammen mit Italienern?"
„Ja, mit italienischen Freunden. Aber woher weißt du ....?"
Nun war er wieder vollkommen verwirrt. Hatte er also doch richtig gesehen? Und die anderen Male? Im Straßengraben und in dem Auto mit den drei Italienern?

„Renate, kommst du? Du bist ja noch nicht mit Packen fertig", ertönte in diesem Moment die Stimme einer anderen Berlinerin, die um die Ecke lugte, wo sie gleich wieder verschwand.

„Ja, ja, gleich", rief ihr Renate hinterher.

Einen Augenblick sagten nun beide nichts, während sie aus einem Haufen Steine, den sie aus einer Plastiktüte auf den Tisch geschüttet hatte, links eine Gruppe schwarzer und rechts weiße aussortierte. Daneben lag ein roter Lederbeutel. Die Aussortierten sollten offensichtlich alle ungefähr die gleiche Größe und ein möglichst reines Schwarz oder Weiß aufweisen.
„Zwölf brauche ich von jeder Sorte." Er sah in diesem Moment zum ersten Mal, dass sie an ihrem Kinn ein Grübchen hatte, das einen gewissen Widerspruch zu dem strengen Ernst bildete, den sie manchmal in ihren Ton legte.
„Hast du sie am Strand gefunden?" Die Frage kam ihm schon dumm vor, als er sie noch nicht ganz ausgesprochen hatte.
„Wo sonst?" Und nach einer Pause: "Dich findet man ja dort gar nicht. An welchen Strand gehst du eigentlich immer?"
„Strand? Ich war an keinem Strand." Auf die Idee wäre er gar nicht gekommen. Er war nicht nach Sizilien gereist, um seine Tage an Stränden zu verbringen. Sein ganzes Leben hatte er noch nie einen Tag an einem Strand verbracht. Er wusste gar nicht, wie das ging. Für ihn gehörte das zu der Kategorie Badezimmer, Körperpflege, Handtuch, Seife, überflüssiges, langweiliges Zeug also, vielleicht von einer gewissen gelegentlichen Notwen-

digkeit. Aber Tage am Strand zu verbringen. Abartig! Nicht für ihn!

„Was hast du denn in Sizilien gesucht? Nur romantische Sonnenuntergänge?" Nun überwog in ihren Mundwinkeln wieder der Spott und in ihrer Stimme die Schroffheit, die ihm Angst machte.

„Was war für dich das Schönste in Sizilien?" fügte sie dann in einem etwas versöhnlicheren Ton hinzu, als bereue sie ein wenig ihre angriffslustige Ironie.

„Die Cappella Palatina und gestern Monreale. Diese wunderbare Architektur mit ihren Mosaiken. Die habt ihr doch wohl auch angeschaut, oder?" Er hatte regelrecht Angst, sie würde seine Frage verneinen. Jetzt, wo ihr Haar einen goldenen Schimmer im Abendlicht aufwies. Und waren ihre Augen nicht dunkelbraun, gar nicht schwarz, wie er zuerst gemeint hatte?

„Natürlich. Hältst du uns für Kulturbanausen? Aber mein größtes Erlebnis war das Theater in Taormina mit Blick auf den Ätna und die einsamen Strände an der Südwestküste."

Er hatte mittlerweile begonnen, Steine aus dem Haufen auf ihre Tauglichkeit für ihre Kollektion zu untersuchen. Als er gerade einen makellosen schwarzen zu der ausgesonderten Reihe legte, berührten ihre Finger seine Hand. Weich und schlank. Sein erster erschrockener Impuls war, sie zurückzuziehen. Zu seiner eigenen Verwunderung ließ er die Berührung geschehen. Doch musste nun zu-

mindest sein Geist auf andere Wege geschickt werden.
„Ihr kommt aus Spandau? Ist das nicht eine Festungsstadt?" Schon während er die Frage formulierte, war es ihm so vorgekommen, als habe er ein Rascheln in den Büschen hinter ihnen gehört.
Dann standen ihre beiden Freundinnen vor ihnen. Die kleinere stemmte die Arme in die Hüften und rief: „Klar is det eene Festungsstadt. Un manchmal dauert det lange, bis so eene Festung erobert ist. Dann kann et vorkommen, det alle verhungern, die Anjreifer un vor allem die Vateidijer."
Renate steckte die aussortierten Steine in den roten Lederbeutel, gab Kaspar ihre leichte weiche Hand, drehte sich um und rief ihm noch zu: „Ick warte denn auf den Brief mit dem Jeld."

Am Rand des Gartens hatte Kaspar einen Blick auf die Villen mit den roten Ziegeldächern, deren Fuß in üppiges dunkles Grün vor den heroischen Felswänden versank, die nun in ein purpurviolettes Farbenspiel getaucht waren. Er stand unter dem breiten Schirm einer Pinie und sah neben sich den steil aufragenden Stamm einer Agave, die sich anschickte, ihre Blütenpracht zu entfalten. Noch aber war das Stammende eine einzige riesige verschlossene Knospe. Seine Gedanken waren bei Renate. Ob er sie wirklich in Messina bei der Opernaufführung gesehen hatte? Eigentlich kam ihr Aussehen ihm jetzt anders vor. Aber sie hatte doch selber gesagt, sie sei mit italienischen Freunden dort gewesen. Nur – wie konnten diese Freunde sie so behandeln, als sei sie ihre eigene behütete und bewachte Tochter?

***

Einsam und gedämpft schallten seine Schritte durch die Nacht, als er auf dem Weg zu der Jugendherberge mitten in den Alpen war. Hoffentlich war sie noch geöffnet! Seit Sonnenuntergang hatte er sich zum ersten Mal nach vier Wochen wieder seinen Pullover überziehen müssen. Er vermisste das warme Klima Italiens. Auch die Eindrücke der Rückreise gehörten nun schon der Vergangenheit an. Ein Lachen schnaubte durch seine Nase, als er an den riesigen Fahrer des Essotankwagens dachte, der ihn über die Achterbahn der kalabrischen Straßen gesteuert hatte, wie er beim Reden zu ihm herüberschaute, dass es Kaspar schwindelte, und beim Drehen und Drehen des schweren Lenkrads dieses manchmal losließ, um sich in der Kurve zu bekreuzigen, weil er ein Wegkreuz gesehen hatte, oder weil er einen Heiligen oder die Madonna bat, ihn bei der Überquerung einer tiefen Schlucht zu beschützen.

Die griechischen Tempel von Paestum erblickte er dieses Mal nur aus der Ferne.

Bei der Hinreise hatte er lange vor den mächtigen kannelierten Säulen des Poseidontempels gesessen, war sich klein vorgekommen und befremdet vor dieser klaren Architektur, die gewaltig in den klaren blauen Himmel ragte. Das war nicht das, was er suchte. Der Charme und die Geheimnisse des Mischstils aus normannischen, gotischen und arabischen Elementen, das zog ihn unwiderstehlich weiter nach Sizilien. „Das und die klassische Schönheit der Renaissance in Rom, das ist vielleicht etwas für später. Wenn ich ein ganz anderer geworden bin", tönte eine leise Stimme irgendwo in seinem Inneren.

Und die Gefahr, in die er in Neapel geraten war? Gehörte die mehr zu ihm? Noch einmal bestohlen oder sogar ausgeraubt zu werden? Unsinn! Das eine Mal hatte doch nun gereicht. Es hatte sich einfach so ergeben. Er hatte an einer Straßenecke mitten in der Altstadt von Neapel wie immer einfach seinen Daumen in die gewünschte Fahrtrichtung gehalten, als ein offener Wagen, von einem Esel gezogen, auf ihn zugerumpelt kam. Auf der Ladefläche hockten drei oder vier verschlagen aussehende Jungen oder junge Männer, neben ihnen leere Körbe. Vielleicht kehrten sie gerade vom Markt zurück. Er hatte nicht damit gerechnet, dass der Wagen halten würde. Als der Alte, der vorne saß, die Zügel anzog, der Wagen stockend fast zum Stillstand kam, entschied sich Kaspar blitzschnell aufzusteigen.

Warum nicht? Ein Stück kam er auf jeden Fall voran, vielleicht zu einem günstigeren Standort als hier mitten im Gewühle der Stadt, wo ihn der der Fahrer des letzten Wagens ungünstigerweise abgesetzt hatte. Seinen Rucksack hatte er schon hinaufgehievt, der Wagen fuhr schon wieder an, so dass ihm die Jungen lachend hinauf helfen mussten. Dann wieder die übliche Fragerei nach dem Woher und Wohin. Ach, Deutscher. Ob er denn auch deutsches Geld dabei habe. Das war er noch nie gefragt worden. Er zeigte ihnen ein Pfennigstück, das sie herumreichten. Ob er auch noch andere Geldstücke habe. Er fingerte ihnen einen Groschen aus dem Münzteil seines Portemonnaies heraus, während das Geschaukele und Geruckele des Gefährts immer heftiger wurde, weil der Stadtteil von Neapel, in den sie nun gerieten, holprig gepflastert war und die Straßen immer enger wurden. Der Blick nach oben wurde immer mehr durch kreuz und quer gespannte Wäsche versperrt, und die Gestalten, an denen sie vorüberzogen, wurden immer ärmlicher und abgerissener. Nun wollten die Jungen unbedingt einen deutschen Geldschein sehen. Den er gar nicht hatte. Aber dieses Gedränge wurde ihm langsam ungemütlich und verdächtig. Wenn sie ihn nun plötzlich zwangen, seine Habe zu öffnen, um ihn um sein letztes verbliebenes Geld zu erleichtern? Unter einem Vorwand setzte er seinen Rucksack auf und sprang von dem

Wagen ab, begleitet von dem enttäuschten Johlen der Burschen.

In Rom fand er wegen der Olympiade keinen Platz in der Jugendherberge. So blieb ihm wieder nur eine blitzlichtartige Erinnerung an eine Barockstadt mit hohen gelbwarmen Palastmauern. Wie froh er war, dass er am späten Nachmittag von Signore Contini, dem geschniegelten Geschäftsmann in seinem schnellen BMW, aufgegabelt wurde, der ihn noch etliche Kilometer weiter nach Norden beförderte, mit ihm zusammen in ein kleines, aber feines Hotel zog, wo er ihm gleich andeutete, dass er sein Zimmer bezahlen würde. Und er solle sich gründlich duschen, weil er danach mit ihm zu einer Gesellschaft von Freunden wollte, wo sie sich den Bauch an einem köstlichen Buffet vollschlagen könnten. Die Gesellschaft von Freunden entpuppte sich dann als Geschäftsessen mit Partyatmosphäre, wo ihn der Italiener manchem Freund und mehreren schönen Frauen vorstellte, die Kaspar erstaunt und misstrauisch beäugten. Zwar war er wohl unter der Dusche den unvermeidlichen Geruch losgeworden, der sich mit Sicherheit nach so langer Zeit ohne regelmäßige Dusche und bei ständigem Schwitzen an ihn geheftet hatte, doch stach seine simple Kleidung auffällig von den feinen Anzügen der Herren und den eleganten Kleidern der Damen ab. Warum machte Signore Contini das? Kaspar war das Ganze höchst unangenehm, meinte es aber aus Höflichkeit und Dankbarkeit gegenüber seinem Gönner nicht ablehnen zu können. Und sich noch einmal satt essen war schließlich auch etwas wert. Wenn er auch aus Schüchternheit beim Buffet lange nicht so zuschlug, wie er es gekonnt hätte. Aber welche Rechnung würde ihm Signore Contini schließlich präsentieren? An Geld dachte Kaspar bei dem Wort nicht. Da sich der Italiener aber manchen Frauen gegenüber betont kühl und ironisch verhielt, rechnete er insgeheim mit etwas anderem. Was sich Gott sei Dank und erstaunlicherweise nicht bewahrheitete, als sie in der Nacht zum Hotel zurückkehrten und sich Signore Contini brav von ihm verabschiedete, bevor jeder sich auf sein Zimmer zurückzog. Einfach ein Menschenfreund? Warum eigentlich nicht?

Am anderen Morgen saßen sie beim Frühstück zusammen an einem Tisch mit blütenweißer Decke. Sonst hatte Kaspar sein Frühstück auf seinem Bett in der Jugendherberge, irgendwo am Straßenrand oder auf einer Parkbank eingenommen. Seine anfängliche Schüchternheit verlor sich aber schnell, als er merkte, dass Signore Conini überhaupt keine Notiz davon nahm, sich im Gegenteil angeregt mit ihm unterhielt, an seiner Reise und ihren Motiven sehr interessiert erschien. Im Gegenzug erfuhr er, dass Signore Contini aus geschäftlichen Gründen häufig solche Reisen unternehmen musste, sehr zum Leidwesen seiner Frau, die er sehr liebte, und sich dabei immer gegen verschiedene Frauen wehren musste, die versuchten, seine Geschäftsabschlüsse mit „sachfremden Argumenten" zu beeinflussen. „Verstehst du, was ich meine?" fragte er Kaspar augenzwinkernd. „Und ich muss dir gestehen, dass das auch ein Grund war, dich hierhin mitzunehmen. Du hast mir diese Frauen sozusagen vom Leib gehalten. Sie waren erstmal ausreichend damit beschäftigt, sich über deine ungewohnte Anwesenheit Gedanken zu machen. Bis sie da zu einem Ergebnis kommen, bin ich wieder über alle Berge." Er lachte fröhlich und triumphierend, während Kaspar über den Ausdruck „ungewohnte Anwesenheit" nachdachte. Hatte er ihm als Maskottchen oder Fabelwesen gedient? Oder sollte er suggerieren, dass Signore Contini sich mehr für junge Männer als für Frauen interessierte? Sie wussten ja auch, dass er im selben Hotel wie der Italiener übernachtete. Einen Augenblick lang fühlte er sich sozusagen missbraucht. Mittel zum Zweck, das seine Bedeutung verliert in dem Moment, wo man es nicht mehr benötigt. Aber säße er dann noch mit ihm am Frühstückstisch? Nein, er entschied sich, Signore Contini einfach als netten Menschen anzusehen. War es nicht auch sympathisch, wie er über seine Frau sprach? Zu seinen Überlegungen passte auch, dass der Abschied nach dem Frühstück kurz und freundschaftlich war.

***

Und nun war er wieder zurück im kühlen Norden. Zuerst fühlte er sich fremd in der ungewohnten Kühle. Aber immerhin war er da irgendwo zu Hause. Doch jetzt brauchte er eine Unterkunft für die Nacht. Da lag das Gebäude der Jugendherberge vor ihm. Kein Licht mehr zu sehen. Das Tor verschlossen. Im Licht seiner Taschenlampe las er die Öffnungszeiten. Vorbei. Also wieder umdrehen und einen der zahlreichen Heuschober in der Umgebung ansteuern. Ein schmaler Mond ließ ihn am dritten Heuschober, den er passierte, eine Leiter erkennen, die nach oben führte, auf den riesigen Heustapel hinauf, der sich im Inneren türmte.

Gar nicht so leicht, auf dem Heu, das einen schwankenden weichen Boden ergab, so viel Halt zu finden, dass er sich umziehen, sein Gummituch und seine graue Wolldecke ausbreiten konnte, alles beim schwachen Licht seiner Taschenlampe. Vorsichtig die Brille in einen seiner Schuhe gesteckt. Nicht auszudenken, wenn sie in die Tiefen des Heuhaufens rutschen sollte! Wie hätte er tastend nach unten und bis nach Hause finden sollen! Er war praktisch dazu verurteilt, vorsichtig zu schlafen. Ob das bis zum Morgen gelingen würde?

Als er trotz mancher Halme, die ihn an verschiedenen Seiten durch den mitgenommenen Schlafanzug piekten, einzudämmern begann, in Gedanken an den letzten Abend, als er die leichten weichen Finger Renates auf den seinen spürte, die auf dem Marmortisch die kleinen weißen und schwarzen Steine sortierten, hörte er plötzlich Schritte. Die sich näherten, an dem Heuschober vorbeiliefen. Ein Leidensgenosse? Auch jemand, der sich zu spät der Herberge näherte? Wieder fast eingeschlafen, hörte er die Schritte tatsächlich nun von der linken Seite, sich wieder auf ihn zu bewegend. Er war auf einmal hellwach, als er feststellte, dass der Klang der Schritte aufhörte. Sie waren schon nicht mehr auf dem Weg, sondern unmittelbar vor der Leiter, die zu ihm nach oben führte. Warum hatte er die Leiter nicht nach oben gezogen, nachdem er sie erklommen hatte? Dann wäre er sicher gewesen. Sein Herz begann zu klopfen, als es unverkennbar wurde, dass jemand die Leiter erkletterte.

„Heh, mach die Lampe aus! Was soll das?" Eine selbstbewusste, unwirsche Stimme fuhr ihn an, als er instinktiv den Strahl seiner Taschenlampe auf den Neuankömmling gerichtet hatte, in dem Moment, als dieser auf den letzten Stufen der Leiter stand und im Begriff war, den Heuhaufen zu betreten.

Lange dunkelblonde Locken, die bis auf die Schultern herunterhingen, die Augen zusammengekniffen wegen des blendenden Lichtstrahls, Schnurrbart und Bart, ein offenes Hemd, ein Rucksack, der mit seinen Aufbauten bis über den Kopf hinausragte. Die Rechte hielt er mit der Handfläche nach vorne, um sich gegen Kaspars Lampe zu schützen. In der Linken trug er einen Gegenstand, der wie ein Ball mit Hals aussah. Der Fremde war Kaspar auf Anhieb sympathisch, so dass er die Lampe zur Seite richtete: „Ich leuchte dir nur, bis du ganz oben bist", beruhigte er ihn. Dem anderen schien das alles selbstverständlich zu sein. Dass ihm von Kaspars Seite kein weiteres Misstrauen entgegenschlug, dass er nichts dagegen hatte, sich gleich neben ihm auf dem Heu niederzulassen, dass Kaspar wie er die gleiche Scheune aufsuchte, nachdem er die Jugendherberge verschlossen gefunden hatte.

Er zog seinen schweren Rucksack von den Schultern, schnallte das kleine Zelt und die Matte ab und legte beides als Unterlage auf das Heu, entkleidete sich ungeniert und entnahm den Tiefen seines Rucksacks ein T-Shirt und eine kurze Hose, die offensichtlich seine Nachtkleidung darstellten.

„Ich habe noch leckeren Käse und Chianti aus der Toscana. Willst du auch einen Schluck?"

Kaspar schraubte den Deckel von seiner Feldflasche und wollte sich eingießen lassen.
„Hast du keine Tasse oder ein Glas dabei? Aus dem Aludeckel schmeckt der Wein doch nicht", erklang seine sonore Stimme, bei der Kaspar gleich registrierte, das sie keinerlei Angeberei enthielt. Als er die Frage verneinte, bot ihm der andere ein kleines festes Glas an, das er zusammen mit seinem eigenen aus dem Rucksack zog.
„Diesen Luxus erlaube ich mir immer, sonst ist der Wein nicht mal die Hälfte wert," meinte er lächelnd, und prostete Kaspar zu, um ihm dann ein Stück von dem enormen Käsekanten auf seine Decke zu legen.

Es stellte sich heraus, dass er von einer zweimonatigen Sizilienreise zurückkehrte, den Namen Eberhard trug und als Schreinergeselle in der Pfalz arbeitete. Einen solchen Wein, wie er ihn hier zu kosten bekam, hatte Kaspar auf seiner ganzen Reise nicht kennengelernt. Als er Kaspar zum zweiten Mal aus der Korbflasche mit Chianti eingoss, wollte der wissen, wieso er eigentlich zwei Gläser mit sich führte.
„Man ist doch froh um jedes Teil, was man sich in seinem Rucksack sparen kann."
„Stimmt. Aber ich rechnete damit, dass die Mädchen kein Glas dabei hatten." Er grinste über sein braungebranntes Gesicht. „Und so war es dann ja auch."
„Die Mädchen?" Kaspar war verblüfft.

„Ja, die Mädchen, mit denen ich die wunderbare Zeit am Strand verbrachte. Denise und die Italienerin und die Deutsche."
„Du warst mit drei Mädchen zusammen?"
Eberhard lachte ein dunkles wohlwollendes Lachen. „Nicht gleichzeitig. Nacheinander." Und nach einer Pause: „Wo warst du eigentlich am Meer?"
Wieder die Frage nach dem Meer. Wie bei Renate. Das Meer war bei ihm auf dieser Reise nicht eingeplant gewesen. War es noch nie. Er hatte nie daran gedacht. Jetzt schämte er sich fast, das Eberhard einzugestehen. Umso mehr schwärmte er ihm nun von seinen architektonischen Erlebnissen vor. Ein Gefühl der Verwunderung malte sich auf dem ebenmäßigen männlichen Gesicht seines Gegenübers ab. „Du bist nur wegen der Architektur nach Sizilien gereist?" Nun erzählte ihm Kaspar, um wenigstens mit etwas anderem aufwarten zu können, von dem Diebstahl in Palermo. Anerkennend, aber zugleich ein wenig mitleidig antwortete Eberhard: „Dann hast du ja doch noch etwas anderes erlebt. Aber dass du keinen Strand besucht hast." Er schüttelte seine lockigen Haare.
„Du hättest Denise sehen müssen, wie ihr gertenschlanker nackter Körper durch den warmen Wind den endlosen Strand entlanglief. Und ich mit klopfendem Herzen hinter ihr her, bis ich sie im flachen Wasser erreichte. Und dann. Mein Gott! Hast du so was nicht kennengelernt?"

Kaspar war froh, dass Eberhard nicht weiter in ihn drang. Er war offensichtlich auch viel zu sehr mit seinen Erinnerungen beschäftigt.
„Und die Höhlen in den weißen Felsen bei Agrigent. Warst du auch in Agrigent?"
„Ja, die Tempel sind wunderschön, das ganze Tal der Tempel."
„Ach ja, die Tempel, habe ich auch gesehen. Aber die wunderbare Felsenküste. Hast die auch gesehen?"
„Nein."
„Da hast du was verpasst. Blendend weiße geschichtete Felsen, und davor ein rosa Strand, stell dir vor, ein rosa Strand. Dazu Sand, der sanft ins klare Wasser führt. Und dazu die langen dunklen Lockenhaare von Anna, die immer ihr schwarzes Samtband um den Hals trug, mit dem kleinen silbernen Anhänger. Und wenn es uns zu heiß wurde, zogen wir uns in eine Höhle zurück. Wo meine Weinflasche lag. Manchmal brauchten wir nicht einmal Gläser, weil sie mir den Wein so in den Mund oder ins Gesicht schüttete und ich ihr die Schlucke in den Mund spuckte. Dann lachte sie jedes Mal wie verrückt. Dieses Lachen werde ich nie vergessen."

Kaspar war perplex und fasziniert. Was erzählte der da? Waren das nicht alles Spinnereien? Er machte aber überhaupt nicht den Eindruck eines Angebers. Obwohl: „Eine Italienerin? Womöglich aus Sizilien? Wie kann das sein?"

„Du hast Recht. Sonst waren es fast immer Französinnen, Engländerinnen, Deutsche, eine Österreicherin."
„Wie, alle in diesem Urlaub?"
„Nein, voriges Jahr war ich auch in Sizilien. Dieses Jahr waren es drei. Ich sagte doch schon, Denise, Anna und dann noch eine Deutsche. Und Anna ist wirklich eine Ausnahme. Sie studiert Germanistik in Rom. Deshalb konnten wir uns auch gut verständigen. Und sie reiste alleine durch Sizilien. Sie war sehr selbstbewusst. Wohnte auch nicht mehr bei ihren Eltern."
„Wo hast du sie kennengelernt?"
„Am Strand. Stell dir vor! Als wenn sie an diesem Strand auf mich gewartet hätte. Denise lernte ich ja in der Jugendherberge in Syrakus kennen. Als wir uns sahen, waren wir uns gleich einig, dass wir zusammen an die langen Strände im Süden fahren würden. Sie suchte das Abenteuer, das ich auch suchte. Bei Anna bin ich mir nicht ganz sicher. Vielleicht war ich der einzige, mit dem sie ein paar Tage in den Höhlen bei Agrigent verbrachte. Vielleicht wirklich ein Zufall. Sie konnte nämlich auch ganz gut alleine sein. Sie schrieb Gedichte. Italienische. Die sie mir übersetzte. Noch in der Übersetzung klangen sie wunderbar. Sie handelten von dem, was um uns herum war, die Felsen, das Wasser, der Wind."
Wieder machte er eine Pause und schlürfte dabei nachdenklich seinen Wein. Seine braunen Augen leuchteten.

Dunkel kamen Kaspar ein weißer Rücken und zwei runde Beine in den Sinn. Und dieses Gefühl, dieses Gefühl, das dann plötzlich abbrach. Abgebrochen wurde. Im gleichen Moment verscheuchte er diese vage Erinnerung.

„Auch die Deutsche hatte ja dunkle, träumerische Augen. Und dunkle Haare. Aber trotzdem war alles anders. Schon der Strand. Voller Steine. Auch im Wasser Steine und nichts als Steine. Aber Steine sind auch etwas Schönes. Vor allem im Wasser. Wenn sie ihren besonderen Glanz haben. Den sie außerhalb leicht verlieren. Die Steine im Wasser hatten tatsächlich die Farbe von reinem Türkis. Wir schwammen oft hinaus und legten uns dabei auf die Seite, um diese herrliche Wasserfarbe zu betrachten und dabei unsere Körper."
„Wie hieß diese Deutsche?" unterbrach ihn Kaspar auf einmal, von einer düsteren Ahnung beschlichen.
„Warum?" Eberhard schien ungewohnt verwirrt bei dieser Frage. Vielleicht aber nur, weil Kaspar ihn in seinen Gedanken unterbrochen hatte, oder weil dieser bisher mehr geschwiegen hatte bei seinen Erzählungen.
„Warum? Ach, nur so", erwiderte er, als fühle er sich bei etwas Ungehörigem ertappt.
„Sie hieß….Willst du noch etwas Käse? Ist doch gut, oder?" unterbrach er sich selber und schnitt Kaspar noch ein ordentliches Stück ab, ohne seine Antwort abzuwarten.

„Sie waren übrigens zu dritt."

„Zu dritt?" Nun war Kaspar regelrecht erschrocken.

„Ja, zu dritt. Keine Angst! Du schaust so erschrocken. Für Gruppensex bin ich auch nicht. Sie waren zu dritt an diesem Strand. Und als die beiden Freundinnen merkten, dass wir lieber alleine waren, zogen sie sich zurück."

„Kamen sie aus Berlin?" konnte sich Kaspar nun doch nicht zurückhalten.

Eberhard lachte wieder sein wohlwollendes Lachen. „Nein, sie kamen aus Norddeutschland, aus Hamburg oder so, glaube ich. Ich weiß es gar nicht mehr genau."

„Hast du denn nachher keinen Kontakt mehr zu ihnen?"

„Nein, im beiderseitigen Einverständnis sozusagen." Er lachte wieder. „Nein, wir sind uns da völlig einig. Schon nach kurzer Zeit.'"

Dass es so etwas gibt, wäre es Kaspar beinahe herausgerutscht. Es faszinierte ihn. Obwohl es nicht das war, was er suchte. Was er sich in seinen Träumen vorstellte.

„Und weißt du etwa auch nicht mehr, wie die Deutsche hieß?"

„Sag' mal. Hast du wirklich keine Bekanntschaften auf der Reise gemacht?" Als Kaspar verneinend den Kopf schüttelte: „Du hast zu Hause eine Freundin, der du treu bleiben willst. Habe ich Recht?"

Wieder schüttelte Kaspar den Kopf. Seine eigene Antwort wurde ihm in diesem Moment so peinlich, dass er anfing, von den Erscheinungen der Dunkeläugigen auf der Reise zu reden, und er gestand sogar, dass er der Meinung sei, es müsse sich immer um dieselbe Person gehandelt haben.
„Hör' mal, das ist ja fast schon ein Krimi. Oder vielmehr eine Geistergeschichte." Eberhard zog in Skepsis seinen Kopf zurück. „Bist du dir wirklich sicher, dass du dich nicht getäuscht hast?"
„Nein, ganz sicher bin ich mir ja nicht." Kaspar machte nun eine Bewegung mit seiner Linken, da er in der Rechten das Weinglas hielt. Dabei fegte er seine Hose von seinem Affen, so dass sein Portemonnaie herausflog und in den Höhlungen des Heuhaufens verschwand.
„Oh, schon wieder mein Portemonnaie!" Er lachte dabei. Sollte ihm nun schon wieder etwas mit seiner Geldbörse geschehen, wie damals in Palermo? Irgendwie war er wohl doch etwas zu leichtsinnig mit seinen Sachen. Als er vorsichtig und dann doch vergeblich in der Tiefe angelte, meinte Eberhard zu ihm: „Halt mal mein Glas! Ich glaube, ich habe etwas längere Arme. Ich versuche es noch mal."
Er schaffte es tatsächlich mit vorsichtigem Herumtasten in der Tiefe, zog seinen Fund mit einem kleinen Triumphschrei heraus und hielt ihn in die Höhe. Dabei flog etwas aus einem Fach heraus und landete neben ihm auf dem Heu.

„Leuchte mal hierhin! Da fiel etwas heraus", bedeutete er Kaspar. Im vollen Lampenschein hielt er ein Foto in der Hand.
„Was ist das denn? Ich dachte, du hättest keine Freundin. Dann wurde sein Gesicht etwas ernster: „Stimmt, ist eigentlich etwas zu alt für dich. Aber eine schöne Frau."
„Das ist meine Mutter." Hastig griff Kaspar nach dem Bild, nahm es Eberhard aus der Hand und steckte es sorgfältig ins Innere des Portemonnaies.

Danach kam das Gespräch nicht mehr so richtig in Gang, so dass sie beide sich bald hinlegten, um zu schlafen. Kaspar sah im Dunkeln die Strände, die Eberhard beschrieben hatte. Er hatte auf einmal das Gefühl, als habe er bei seiner Reise etwas vergessen. Etwas nagte in seinem Inneren. Als bereue er etwas. Als habe er etwas falsch gemacht. Aber was, wusste er nicht. Er lag schon im Halbschlaf, als er die Stimme des anderen hörte: „Schläfst du schon?"
„Noch nicht ganz."
„Hör mal, wie alt ist deine Mutter?"
„Sie ist schon lange tot."
„Ach, das tut mir leid."
Dann schwiegen beide wieder.
Nach einer Weile: „Hör mal, mir kommt da eine komische Idee."
„Mmh?"

„Kann es sein, dass du in diesen italienischen Mädchen, diesen dunkeläugigen, immer nur deine Mutter gesucht hast?"
„Quatsch!"
„Entschuldige! Ich wollte dich nicht beleidigen."
„Ist schon gut."

Vor dem endgültigen Einschlafen sah er wieder die runden nackten Beine vor sich und den schlanken weißen Rücken. Auf einem harten Sofa. Er hatte ein sehr schlechtes Gewissen dabei. Und die Höhlendecke lag wie eine Riesenlast auf ihm. Sie war zwar fest und seit Millionen von Jahren in ihrer Zusammensetzung so, wie sich jetzt zeigte, aber konnte sie sich nicht jederzeit auflösen und mit ihren Tonnen auf seinen Leib hinunterstürzen, der sich hier wie ein Insekt ausmachte, ein winziges, mit Wasser gefülltes Gewebe? Und noch viel schlimmer: Auch ihr schöner Leib, ihre dunklen Augen mit den traurigen Schatten, das Samtband um ihren schlanken Hals würde zerquetscht werden, zu einem unansehnlichen kleinen Matsch. Die Tränen traten ihm in die Augen. Ein tiefes Gefühl des Mitleids erfasste ihn. Aber warum nicht einfach nach draußen fliehen? Schien da nicht schon ein Strahl ins Dunkel herein? Er fasste ihre weiche Hand und zog sie auf den Strand. Der voller Steine lag, voller matt schimmernder Steine ohne Glanz. Beide warfen sie nun einen kleinen Stein nach dem anderen ins türkisfarbene Wasser, sprangen hinterher und sahen, wie sie dort anfingen zu glänzen. Aber es war nur ein Glanz im Dunkel, der noch auf seine helle Sonne wartete.

Sie schauten nun beide in den Himmel. Sie wussten, dass sie gleich erscheinen würde. Hell und strahlend. Immer heller, gleißend, so dass sie auf den Strand sprangen, der nun lang, endlos lang sich erstreckte. Er sah, dass ihre Haare nun dunkelblond hinter ihr herwehten. Und sie lief, vor ihm fort, und er hinterher, in der Gewissheit, dass sie nur darauf wartete, dass er sie einhole.

Das Licht wurde nun so grell, dass er die Augen öffnete. Der Mond schien durch einen Spalt zwischen zwei Brettern des Schobers. Er sah plötzlich das Foto mit dem Gesicht seiner Mutter deutlich vor sich, obwohl es nach wie vor in seiner Hose auf seinem Rucksack lag. Er sah auf einmal eine ungewohnte Strenge in ihren Augen. Eine Strenge, die ihn unnachsichtig tadelte. „Weißt du denn nicht, wohin du kommst, wenn du so etwas machst?"
Schuldbewusst senkte er bejahend den Kopf. Obwohl er es eigentlich nicht wusste. Vielmehr schwankte er zwischen Hölle und Gefängnis. Aber das war ja ungefähr dasselbe. Beides fiel der Verdammnis durch seine Mutter anheim, seine liebe Mutter, die fromm, aber nie bigott erschien. Liebevoll um ihn besorgt, ihren einzigen Sohn, aber ängstlich in

ihrer Rolle einer jungen Ehefrau, deren Mann sie nach der Hochzeit sieben Jahre nicht gesehen hatte, sieben Jahre Krieg und zwei Jahre Gefangenschaft, um dann einen Fremden in Empfang zu nehmen, den sie pflegte, obwohl sie ihn kaum erkannte. Der seinen Sohn nicht erkannte, sich nicht an ihn erinnern konnte.
„Wenn du so etwas machst." So etwas. Diese erregenden Spiele mit den beiden Mädchen aus ihrem Haus. In denen sie begannen, die Geheimnisse ihrer Körper zu entdecken. Entdecken. Welch ein Fieber beim Entblößen des Eigentlichen! Und beim gegenseitigen Berühren. Wenn nur die Jüngere nicht alles ihrer eigenen Mutter erzählt hätte!
Nach dem erneuten Einschlafen träumte er wieder von dem türkisfarbenen Wasser. Beruhigt und nicht alleine. Zu zweit. Wie sie sich anschauten.

***

Am nächsten Morgen wurden sie schon früh durch die ungewohnte Kälte geweckt.
Und durch die Stimme der Amsel. Sie musste auf einem Baum ganz in ihrer Nähe sitzen. Wenn er den Jubel und das Aufschwingen in ihrem Gesang hörte, musste Kaspar seltsamerweise an das Fleisch denken, das er mit großem Appetit gegessen hatte, nachdem er den „Bankirrtum zu seinen Gunsten" erlebt

hatte. Und ihn nicht rückgängig gemacht hatte.

Beim Packen fragte Kaspar: „Du hast mir gestern nicht gesagt, wie die Deutsche hieß, die mit ihren beiden Freundinnen reiste."

Eberhard schaute ihn erstaunt an. „Das lässt dir wohl keine Ruhe. Ist aber kein Geheimnis. Sie hieß Gisela."

Zunächst war Kaspar beruhigt. Später, nachdem sie sich verabschiedet und sich schon getrennt hatten, kamen ihm Zweifel, ob er ihm die Wahrheit gesagt hatte. Aber warum eigentlich? fragte er sich. Warum sollte er ihm nicht den richtigen Namen nennen? Er verurteilte sich selber wegen seines unsinnigen Misstrauens. In der frischen Morgenkühle, in dem leichten Wind, der nun wehte, und unter einem strahlend blauen Himmel schritt er mit neuem Mut seiner Zukunft entgegen, durch die prächtige saubere Gebirgslandschaft der Alpen.

***

Die letzte Etappe von den Alpen bis ins Rheinland schaffte er in einem Rutsch. Weil der Juwelier ihn mitnahm, dieser streng ausschauende Geschäftsmann, der ihm als erstes eröffnete, er würde eigentlich keine Anhalter mitnehmen. Der ihn mit hochgezogenen Brauen von seinen architektonischen Erlebnissen erzählen ließ, ihn dann fragte, ob er nicht bereit sei, seiner Tochter Nachhilfeunterricht zu erteilen. Ihm dann den strengen Rat gab, nie eine dumme Frau zu heiraten, und dann mit düsterem Gesicht von der Schönheit der italienischen Frauen zu erzählen begann. Kaspar hatte dabei das Gefühl, als rede er von Schmuckstücken in einer Schaufensterauslage, kostbar und teuer, austauschbar und käuflich, aber unvermeidlich, wenn man seiner sozialen Stellung und seinem Selbstbewusstsein gerecht werden wollte. Es stieß ihn ab. Aber die Stelle als Nachhilfelehrer nahm er dankbar an. Das Geld, das er dort verdiente, stellte ein willkommenes Zubrot zum Unterhalt seines Studiums dar. Und die Frau des Juweliers nahm er auch in Kauf, diese Frau, die während der Nachhilfestunden immer mal wieder erschien, sich über ihre Tochter beugte, so dass die Rundungen in ihrem exzentrischen Ausschnitt Kaspar regelrecht überfielen. Hatte der Juwelier auch damit gerechnet?

Auf jeden Fall hatte Kaspar bald so viel gespart, dass er das geliehene Geld nach Spandau schicken konnte. Die Antwort ließ nicht lange auf sich warten. Sie habe gar nicht damit gerechnet, das Geld überhaupt zurückzuerhalten. Meinte sie das im Ernst? Aber dann lag noch etwas in diesem Brief. Ein Gedicht.

Kiesel

Sie sind, von einer Welle aufgewühlt,
vom Spiegel klaren Wassers überspült,
wie edler Porphyr und Smaragde,
als wenn in unser Blickfeld ragte,
was wie vom Juwelier erscheint,
von feiner Hand dezent designt.

Beim Übergang jedoch der Grenzen
vom Feuchten hin zum Trocknenmüssen,
ureignem Element entrissen,
verliern sie leider jedes Glänzen.

Davon hatte sie ihm nichts gesagt. Dass sie auch Gedichte schrieb. Oder stammte es gar nicht aus ihrer Feder? Er beschloss, sie zu besuchen. In ihrer Festung Spandau.

Die Urkunde

1

Kaspar nahm die Waren aus dem roten Plastikkorb und sortierte sie hintereinander auf dem schwarzen Band an der Kasse. Die einheimische Butter, das Glas Waldbeermarmelade, die Trauben, die vier Vollkornbrötchen, die Flasche Weißwein und die Gallone mit Trinkwasser. Als er den Korb in den Stapel neben dem Ständer mit Ansichtskarten zurückgesteckt hatte und sich wieder der Kasse zuwandte, hatte ihm die neue Kassiererin einen Plastikbeutel zu den Waren gelegt und nannte ihm den Betrag auf Deutsch.

An den vorhergehenden Tagen war die Kassiererin viel jünger gewesen. Sie hatte eine Brille getragen, hinter der sie schüchtern hervorschaute. Er hatte sie als Lehrling eingeschätzt oder als die Tochter der Besitzerin oder sogar als deren Enkelin, hatte diese aber nie danach gefragt. Wenn er vor der Theke mit Brot und Brötchen stand, hatte er wie immer seine „cuatro integrales" bestellt und sich auf Begrüßung und Dank beschränkt. Er genoss es, von der alten Dame mit „señor" angesprochen zu werden und führte es teilweise auf den hellen Sommerhut aus Stroh zurück, den er zu den Frühstückseinkäufen immer aufsetzte. Hinzu kam eine gewisse Achtung, die sie ihm entgegenzubringen schien, entweder weil er mehr Spanisch als normale Touristen sprach oder weil sie an ihm etwas fand, was sich vielleicht in dem Strohhut verdichtete. Auf jeden Fall gefiel es ihm. Und ihm gefiel auch, dass die junge dunkelhaarige Bebrillte wie selbstverständlich die wenigen Waren, die er kaufte, in einem oder zwei Plastikbeuteln verstaute, nachdem er bezahlt hatte. Sie nannte den Preis auf Spanisch. Auch das schätzte er, weil er sich so als dazugehörig empfand.

Umso unsympathischer war ihm die heutige Kassiererin, eine Blondine, die ihn mit ihrer Art im Nu aus dem sonnigen Süden ins deutsche Alltagsleben versetzte. Sie redete in erstaunlich gutem Deutsch mit einem anderen Kunden, so dass Kaspar sofort seinen Status als Ausnahme in diesem Laden verlor.

Rasch verließ er den Supermarkt mit seinem Plastikbeutel und der Wassergallone in der linken Hand und fischte mit der Rechten den Autoschlüssel aus seiner Hosentasche. Er hielt ihn in Richtung auf die andere Straßenseite, wo sein silberfarbener Mietwagen stand, und nach dem Drücken blinkten die Lichter an dem Wagen auf, so dass er die Heckklappe öffnen und die Lebensmittel in den Kofferraum legen konnte.

Immer noch war er erstaunt, dass es keinerlei Schwierigkeiten mit dem Mietwagen gegeben hatte und er die Annehmlichkeiten des neuen Modells genießen konnte, das Fensteröffnen auf Knopfdruck, die Zentralverriegelung, den Sitzkomfort, den leisen Motor und die schnelle Beschleunigung, alles Dinge, die er in seinem alten Golf zu Hause nicht hatte.

Durch die stillen Straßen, auf denen um diese Stunde noch kein Verkehr herrschte, gelangte er in ein paar Minuten in den Garten ihrer Pension, der gleichzeitig als Parkplatz diente. Die Einfahrt empfand er so, als müsse er sich zu einer höllischen Aufmerksamkeit zwingen, um zwischen den Pinien und den anderen sechs oder sieben Fahrzeugen wieder auf die freie Stelle zu gelangen, an der sein Wagen schon vorher gestanden hatte. Veränderungen wären ihm unangenehm gewesen, im Gegensatz zu früher. So entnahm er dem Kofferraum die Lebensmittel und registrierte mit Befriedigung das gewohnte Geräusch der Heckklappe, als er sie schloss, und das Aufblinken der roten Rückleuchten. Sie schienen zu signalisieren: Die Welt ist in Ordnung.

Vorbei an dem türkisfarbenen Swimmingpool erreichte er über zwei Treppenstufen die kleine Terrasse vor dem Wohnzimmer ihres Apartments und ließ an den Klappläden mit seinen Fingern einen kleinen Trommelwirbel ertönen. Von drinnen ertönte die Stimme der jungen Frau, die kurz darauf Tür und Klappladen öffnete, um ihn einzulassen.

2

Sie schaute von ihrem weißen Plastikstuhl über den Swimmingpool durch die Pinien des Gartens auf die Straße und konnte die selten vorbeifahrenden Autos oder Mopeds sehen. Wenn sie ein Fahrgeräusch hörte, blickte sie jedes Mal in diese Richtung, als erwarte sie etwas Besonderes. Den weißen Tisch hatte sie schon gedeckt, ehe Kaspar mit Duschen, Rasieren und Zähneputzen fertig war. Er hatte sich angewöhnt, ungewaschen zum Einkaufen zu fahren. Das Aufsetzen des Strohhuts schien ihm die Morgentoilette zu ersetzen, die er dann vor dem Frühstück nachholte. Wenn er einmal vom Tisch aufschaute, was selten geschah, fiel sein Blick auf die großen Blätter des Magnolienbaums am Fuß ihrer Terrasse und von dort auf den Hinterhof, auf dem eine Ansammlung von verschieden großen Blumentöpfen stand. Er war jedoch mehr mit dem Frühstück und seinen Gedanken beschäftigt.

„Die Katze ist heute noch gar nicht erschienen," meinte die junge Frau, während sie mit ihrem Messer eins der Vollkornbrötchen aufschnitt, so dass einzelne Körner herunterfielen und das Tuch bedeckten, das sie als Tischdecke auf den weißen Plastiktisch gebreitet hatten. Manche fielen auf den Boden der Terras-

se, wo sich die ersten Ameisen zu einem Zug formiert hatten.
„Vielleicht hat sie ja woanders etwas Besseres gefunden. Soll ich dir noch Tee einschütten?"
„Mein Glas ist ja noch nicht leer. Die hatte es doch gut bei uns, meinst du nicht? Aber du hast Recht. Vielleicht hat sie auch einen Liebhaber gefunden."
„Wir wissen gar nicht, welches Geschlecht sie hatte."
„Auf jeden Fall sah sie süß aus, findest du nicht?"
Kaspar nickte mit dem Kopf und bestrich sein Brötchen mit Butter und Waldbeermarmelade.
„Wie findest du denn den Wagen mittlerweile? Hast du immer noch Bedenken?"
Nach dieser Frage bildete sich eine leichte Falte auf Kaspars Stirn.
„Wie meinst du das?"
Er blickte kurz hoch und sein Gesicht drückte Erstaunen und fast ein wenig Misstrauen aus. Dann vertiefte er sich wieder in die einfache Tischlandschaft mit ihren Tassen und Tellern, der gläsernen Teekanne, dem Tellerchen mit Käse und Schinken und dem anderen Tellerchen mit den Weintrauben, auf denen noch Tropfen sichtbar waren, weil Felicia sie gerade gewaschen hatte.
„Na, du warst doch sehr skeptisch, als wir den Wagen übernahmen."
„Wir haben ihn noch nicht zurückgegeben. Wer weiß, was uns noch erwartet!"

„Aber Kaspar, was soll denn passieren? In Chile ist auch alles glatt gegangen."
„Das ist lange her."
„So lange nun auch wieder nicht. Und außerdem sind wir hier in Europa, fast zu Hause."
„Betrug gibt es überall."
„Du hast doch früher alles leichter genommen. Was ist denn los mit dir?"

Kaspar hatte die beiden Hälften seines Brötchens mit Waldbeermarmelade noch nicht verzehrt, als er schon begann, ein zweites Brötchen zu zerschneiden und die eine Hälfte mit Schinken, die andere mit Käse zu belegen.
„Sollen wir nicht doch lieber wieder zum S'Amarador fahren statt die Wanderung am Kap zu machen?"
„Da waren wir doch schon dreimal. Und er ist immer so voller Menschen. Willst du nicht mal etwas Neues kennenlernen?"
„Am S'Amarador wissen wir, was wir haben."

***

Nun schwieg Felicia. Fast hatten sich ihre Rollen vertauscht, dachte sie. Trotz seines Alters war er immer der Unternehmungslustigere gewesen. Und Unternehmungslust war nun einmal auf natürliche Art und Weise gepaart mit einer gewissen Unbedenklichkeit. Sie hatte es manchmal sogar Leichtsinn genannt. Besonders auf ihren Reisen. Und bei der Planung davor beziehungsweise bei der fehlenden Planung und den spontanen Begeisterungsausbrüchen, die sie immer mitgerissen hatten. Davon spürte sie nun bei ihm überhaupt nichts mehr. Bis ins Detail hatte er dieses Mal alles geplant. Obwohl es bei diesem Reiseziel gar nicht nötig gewesen wäre. Regelrecht perplex war sie aber über sein Verhalten bei der Übernahme des Mietwagens gewesen. Ja, peinlich war es ihr gewesen. Sie konnte es kaum ertragen, wie er dadurch in ihren Augen an Größe und sogar an Menschlichkeit verlor. Wenn ihre Liebe zu ihm nicht so groß gewesen wäre, hätte zwischen ihnen bei dieser Gelegenheit etwas zerbrechen können.

Sie spürte schon seine Nervosität, als sie den Flughafen verließen.
Am Schalter der Mietwagengesellschaft hatte die Angestellte zu ihnen gesagt: „Ich gebe Ihnen einen Wagen der nächsthöheren Klasse. Er ist zu einem Viertel betankt. So geben Sie ihn zum Schluss auch wieder ab. Mit diesem Papier holen Sie den Wagen im Parkhaus ab."

Kaspar studierte das Papier noch mit misstrauischer Miene, während sie das Parkhaus betraten. Statt sich über die Vergünstigung zu freuen, redete er von dem Gesicht der Angestellten, die es ihnen überreicht hatte: „Es gefällt mir nicht. Sie schien mir überfreundlich und hatte so eine oberschlaue Miene."

„Aber eine Klasse besser! Überleg doch mal!" Felicia ging mit beschwingtem Schritt neben ihm her.
„Ich habe noch nie erlebt, dass der Tank nicht voll war. Und hier in der Reihe der Autovermieter ist diese Firma auch nicht zu finden. Das scheint mir ein apokrypher Verein zu sein."
Als sie dann schließlich den Kiosk ihres Vermieters ganz hinten in der Halle gefunden hatten, passte Kaspar auch die forsche Art des Angestellten nicht, als er ihnen kurz angebunden den Schlüssel mit den Worten „In diesem Gang auf der rechten Seite" überreichte.
Dass sie daraufhin den Wagen suchen mussten und mit ihren Rollenkoffern den ganzen Gang hin und zurück vergeblich Ausschau hielten, brachte Kaspar in Rage. Und nachdem er noch einmal ohne Koffer alle Nummernschilder mit der Nummer auf dem Schlüsselanhänger verglichen hatte und den Wagen schließlich fast unmittelbar vor dem Kiosk fand, kochte er vor Wut.
„Wieso zeigte dieser Idiot nicht einfach auf den Wagen, wenn er uns schon nicht hinführte?"
Felicia wunderte sich zwar auch, ließ sich aber nicht aus ihrer heiteren Urlaubsstimmung herausreißen.
„Schau mal, der Wagen hat ja gar keine Radkappen! Nachher müssen wir die fehlenden Radkappen ersetzen, wenn wir den Wagen abgeben."

„Meinst du?" Nun wurde Felicia doch unsicher.
„Das können wir nicht einfach hinnehmen. Das müssen wir reklamieren."

Wieder gerieten sie an den forschen Schnellen, der Kaspar von Anfang an unangenehm aufgestoßen war.
„Der Wagen hat keine Radkappen." Kaspars Stimme war voll schlecht verhehlter Wut.
„Alle unsere Wagen haben keine Radkappen, keine Antenne und keinen Zigarettenanzünder."
Was sollte diese Antwort? Werden Antennen und Zigarettenanzünder etwa gestohlen? Aber die Radkappen. In Chile hatte man ihnen schon einmal alle vier Radkappen entwendet.
Trotzdem war es Felicia ein wenig peinlich, als Kaspar nun darauf bestand, dass der junge Mann das Fehlen der Radkappen auf dem Formular notierte und quittierte, auf dem eventuelle Mängel in einer Zeichnung festgehalten werden konnten.
Und noch peinlicher war ihr der nun folgende Dialog.
Der blasierte junge Mann dachte natürlich nicht daran, Kaspars Wünschen entgegenzukommen.
„Warum haben Sie kein Vertrauen zu mir?"
Diese Frage war allerdings eine Zumutung.
„Wieso sollte ich Vertrauen zu Ihnen haben?" entgegnete Kaspar. „Ich kenne Sie doch gar nicht."

Felicia hatte plötzlich das Gefühl, zwei Hähne ständen sich mit vorgereckten Hälsen gegenüber.
„Wir vertrauen Ihnen ja auch unsere Fahrzeuge an, ohne Sie zu kennen."
„Ja, aber dafür kassieren Sie auch Geld. Das hat mit Vertrauen nichts zu tun."
Kaspar notierte nun selber auf dem Formular: „Keine Radkappen, keine Antenne". Den Zigarettenanzünder hatte er in der Aufregung vergessen.
„Was sagten Sie noch einmal, was noch fehlt?"
„Gehen Sie doch um den Wagen herum, und notieren Sie alles, was fehlt!"
Das war nun eine richtige Unverschämtheit. Kaspar hielt ihm das Formular hin und forderte: „Unterschreiben Sie mir das bitte!"
Was für den anderen wohl wie eine tödliche Beleidigung gewirkt haben musste. Er griff sich mit einer brüsken Bewegung einen Stempel und knallte ihn auf das Papier.

Als sie wieder an dem Wagen anlangten, schaute Kaspar mit großen Augen auf das Auto daneben.
„Was ist denn?" fragte Felicia.
„Es ist doch nicht zu glauben. Nun schau dir das an!"
„Was denn?"
„Siehst du denn nicht? Dieser Wagen hat Radkappen. Der gleiche Vermieter."

„Tatsächlich. Aber lass es doch gut sein. Lass uns fahren!"
„Ich denke nicht daran. Das werde ich diesem aufgeblasenen Schnösel zeigen."
Er kam gleich darauf mit dem jungen Mann zurück, worauf dieser ihn aufforderte, die Radkappen abzunehmen.
„Nein, warum sollte ich?" weigerte sich Kaspar patzig.
Felicia war dabei, in den Boden zu versinken. Und tat es endgültig, als der Angestellte triumphierend versetzte: „Das können Sie auch gar nicht. Der Wagen hat nämlich keine Radkappen, weil er Alufelgen besitzt."
Kaspar war der Blamierte. So hatte Felicia ihn selten erlebt, aber in der letzten Zeit leider immer öfter. Er war unsicher geworden, weniger großzügig, rechthaberisch, manchmal dann wieder in sich gekehrt und schweigsam.

Nach dem Frühstück räumte Felicia den Tisch ab, während Kaspar sich den Besen aus dem Bad holte und die Terrasse zu fegen begann. Mit dem Handfeger fegte er säuberlich die Krümel und einzelne Ameisen von den Fliesen auf das Kehrblech. Dann leerte er dieses in den Mülleimer, der um die Ecke stand.
Als Felicia es sah, staunte sie.
„Warum fegst du nicht alles einfach von der Terrasse herunter? Soviel Mühe brauchst du dir doch nicht zu machen."
„So ist es besser."

„Das hättest du bis vor kurzem noch anders gesehen."

Mittlerweile hatten die jungen Nachbarn auf ihrer Terrasse Platz genommen und begannen ebenfalls zu frühstücken. Felicia begrüßte sie freundlich, Kaspar kurz.
Als sie im Zimmer ihre Sachen für den Strand packten, meinte Felicia: „Eine hübsche Frau, die Nachbarin, findest du nicht?"
„Kann sein", war seine lakonische Antwort. Auch diese Bemerkung erstaunte Felicia, ja sie beunruhigte sie, hatte er sonst doch so häufig nach anderen Frauen geschaut, dass sie öfter eifersüchtig reagiert hatte.
Aber diese Gleichgültigkeit neuerdings. Und hatte sich nicht sein Verhalten ihr gegenüber auch geändert?

„Ach, lass uns doch einmal zu dem Strand in der Nähe des Kaps fahren. Da sehen wir doch einmal etwas Neues. Und du mochtest doch sonst immer einsame Strände."
„Wenn du unbedingt willst."
Eigentlich hatte sie ja nach Bali reisen wollen. Aber Kaspar war einfach nicht dazu zu bewegen. Gut, nun war sie auch mit Mallorca zufrieden. Aber jeden Tag an denselben Strand? Das musste ja nun nicht sein.

3

Die Strände in der Nähe des Kaps lagen einsam und waren nicht auf einer Straße zu er-

reichen. Das hing damit zusammen, dass ein riesiges Areal hier in Privatbesitz war. An drei Stellen führten zwar Straßen oder Fahrwege in das Gelände hinein, doch waren sie für die Öffentlichkeit gesperrt. Nur an einer Stelle zeigte ihre Karte eine Straße, über die man nahe an die Strände am Kap gelangen konnte. Sie hatten aber Schwierigkeiten, diese Stelle zu finden. Nur mit Hilfe eines Motorradfahrers, den sie im nächsten größeren Ort an der Tankstelle fragten, gelangten sie zu der Schranke, wo die Privatstraße begann.
„Wenn Sie Glück haben, öffnet man Ihnen die Schranke", hatte der Motorradfahrer noch gesagt. Was sollte das heißen?

Kaum hielten sie auf einem kleinen Platz vor der Schranke, als sie schon aus einer Sprechanlage angeredet wurden: „Wo möchten Sie hin?"
Felicia sah, dass es Kaspar Überwindung kostete, zu antworten.
„Zur Platja des Caragol."
Kurze Pause.
„Wo wohnen Sie denn?"
„In Cala Figueras."
„Dann können wir Sie nicht einlassen. Wir öffnen nur für Bewohner von Ses Salines."
Als sie sich daraufhin auf der Karte anschauten, wie sie fahren müssten, um zum Kap zu gelangen, stand plötzlich jemand vor ihnen, der ihnen bedeutete, sie könnten hier nicht stehen, weil sie den Verkehr behinderten.

„Sie lassen uns ja nicht ein. Da müssen wir uns wenigstens orientieren, wie wir weiterfahren müssen. Außerdem ist hier ja gar kein Verkehr, den wir behindern könnten."
Felicia legte schon beruhigend ihre Hand auf Kaspars Arm, weil sie spürte, dass er gleich zu platzen drohte.

Dann fuhren sie weiter zum Kap, stellten dort das Auto ab und wanderten die Küste entlang zu dem einsamen Strand, den sie eigentlich bequemer auf der gesperrten Straße erreichen wollten. Zur Rechten hatten sie in den Dünen den Zaun, der das riesige Privatgelände der Familie March vor der Öffentlichkeit schützte. Sie erfuhren später, dass die Strände davor bis vor wenigen Jahren auch nicht öffentlich zugänglich gewesen waren, bis ein Gesetz dazu zwang, einen schmalen Streifen am Wasser freizugeben.

Kaspar säuberte den Sand im Schatten der Tamariske sorgfältig von Steinen, als sie den langen einsamen Strand erreicht hatten. Felicia stieß einen Jauchzer aus, streifte sich Bluse, Hosenrock und Unterwäsche vom Leib und stürzte sich sofort in das sanft plätschernde Wasser, das sich ein paar Meter vor ihnen ins Unendliche dehnte. Während Kaspar ihre Badetücher dem Rucksack und Felicias Strandtasche entnahm und ordentlich ausbreitete, sah er in der Ferne ein Motorboot, das seine Gischt wie eine Sahnespur auf die blaugraue Fläche spritzte. Wahrscheinlich wurde es durch das flachere Wasser im Vordergrund auf Abstand gehalten. Nachdem er seine kurze helle Hose und das blaue T-Shirt sowie die Unterhose zu einem Kopfkissen zusammengelegt hatte, schaute er in die Baumkrone über sich und spürte einen sanften Lufthauch auf seinem nackten Körper. Er merkte, dass sich seine Gedanken einzig auf seine Umgebung zu richten schienen, und Ruhe begann in ihn einzuströmen.

Der Wind erhob sich in Intervallen und erstarb dann wieder. Am Horizont verschoben sich gemächlich Segel. Er dachte an eine Schnecke, die die Zeit vermisst. Im Vordergrund ergossen sich kleine Wellen träge an den Strand, unablässig. Doch schien es manchmal, als hätten sie ihre Aufgabe vergessen. Das beruhigte ihn am meisten. Trotzdem erwartete er auf einmal Felicias Rückkehr. Sorgen brauchte er sich um sie nicht zu machen, wenn er sie nun auch nicht mehr sah, da sie links um ein niedriges felsiges Kap herumgeschwommen war. Sie war eine gute und ausdauernde Schwimmerin, wie er selber auch. Nur trieb es ihn heute nicht ins Wasser. Als er am Horizont winzig und ohne Laut einen Dampfer verschwinden sah, bemerkte er in seinem Inneren eine kleine Unruhe aufsteigen. Er erwartete nun doch zunehmend Felicias Rückkehr.

„Hab ich dir nicht gesagt, dass uns ein anderer Strand gut tun würde? Das ist doch wunderbar hier, oder?"
Felicia war über den heißen Sand zu Kaspar in den Schatten gelaufen und trocknete sich ab. Einzelne Wassertropfen fielen auf Kaspars Körper. Er wischte sie unwillig ab. Auf der einen Seite war er froh, dass Felicia wieder zurück war, auf der anderen Seite fühlte er sich in der Ruhe, die nach langer Zeit wieder in ihm aufgestiegen war, gestört.
„Hallo, hast du nicht gehört, was ich gesagt habe?" Sie beugte sich zu ihm hinunter und gab ihm einen Kuss auf den Mund.
„Was?"
„Das ist doch ein herrlicher Strand, findest du nicht? Warum gehst du nicht ins Wasser?"
„Ach, lass mich noch ein bisschen hier sitzen."
Vor ein paar Jahren noch hätte es ihn hier keine zehn Minuten gehalten, ohne dass er mit ihr zusammen ins Wasser gestürzt wäre und er sie wie ein liebestoller Hahn bedrängt hätte.
„Wenn nicht dieser blöde Betonbunker da drüben wäre, müsstest du doch auch sagen, dass du selten einen so schönen Strand gesehen hast, oder?"
Im gleichen Moment bereute sie, was sie gesagt hatte. Seine Stirn legte sich in Falten und er dachte offensichtlich wieder an diesen Waffenhändler und Faschisten, der hier seine Strandvilla gebaut hatte, dem die größte Bankenkette der Insel gehörte und der es sich er-

lauben konnte, die ganze Südspitze der Insel zu sperren.

„Die dienten wahrscheinlich zur Abwehr von Angreifern, die in der Francozeit seine Waffenlieferungen gefährden konnten. Aber dass sich so etwas bis in unsere Tage halten kann!"

Felicia, die sich auf ihrem Badetuch mit tropischen Motiven in Blau- und Grüntönen niedergelassen und eine Hand leicht auf Kaspars Arm gelegt hatte, versuchte ihn vergeblich zu beruhigen:

„Schön finde ich sie wahrhaftig nicht. Aber was stören sie uns weiter! Wenn wir schwimmen oder hier liegen und in den Himmel schauen, sehen wir sie gar nicht."

Sie erreichte mit ihrer Bemerkung das genaue Gegenteil von dem, was sie beabsichtigte. Als stecke sie mit diesem Waffenhändler unter einer Decke und habe gerade in seinem Auftrag eine Verneblungsaktion unternommen, stützte er sich mit dem rechten Arm auf und schaute sie mit bösen Augen an. Dabei bildeten die freundlichen blonden und braunhaarigen Schönen, die auf seinem Badetuch in freizügigen Bikinis abgebildet waren, einen eigenartigen Gegensatz zu seiner Ernsthaftigkeit. Vor Jahren hatte ihm eine Kollegin dieses farbige Tuch geschenkt, in Anspielung auf seine Neigung, seinen Blicken keine Schönheit entgehen zu lassen.

„Diese Sorte von Leuten zerstört unsere Gesellschaft. Diese Verbrecher bestimmen, wie alles läuft, und korrumpieren unsere Politiker."
Als er sich aufstützte, war ihre Hand von seinem Arm heruntergerutscht.
Zaghaft schaute sie ihn nun von der Seite an.
„Aber dieser Waffenhändler aus der Francozeit ist doch wahrscheinlich längst tot, oder?"
„Aber seine Erben arbeiten mit seinem Geld, das er illegal angehäuft hat. Und wahrscheinlich vermehren sie es heute auf jede ihnen mögliche Art, legal und illegal."

Obwohl sie nun schwieg, ereiferte er sich immer mehr, redete von dem Geld, welches der Öffentlichen Hand fehlte, von dem Schließen von Schwimmbädern, Bibliotheken, der zunehmenden Arbeitslosigkeit, der Kürzung von sozialen Leistungen und den Mängeln im Gesundheits- und Bildungssystem.
Nach einer Pause klang es fast feindselig, als er sie anschaute und meinte: „Aber davon merkst du sicher in deinem Laden nichts."
Felicia war damit beschäftigt, sich Gesicht und Arme mit Sonnencreme einzureiben. Sie reichte Kaspar die Tube und drehte ihm den Rücken zu.
„Du hast Recht. Er läuft gut. Machst du mir das zum Vorwurf?"
„Es gibt viele Leute, die sich deine Kleider nicht leisten können."
„Ohne meine Einkünfte könnten wir uns zwei oder drei Reisen im Jahr nicht leisten."

„Ja, ja, ist ja gut", lenkte er ein. „Die High Society ist es nicht, die zu deinen Kunden zählt."
„Und wenn es sie wäre. Es kann nicht jeder seinen Beruf mit so einem Idealismus versehen, wie du es getan hast. Dafür hast du ja auch die Quittung bekommen."
„Die Quittung? Was meinst du damit?"
„Deine diversen Magengeschwüre und deine Herzprobleme waren doch eine Quittung für deine Tätigkeit, oder?"
„Das ist ja jetzt vorbei", erwiderte er und widmete sich dem Einreiben mit zunehmender Hingabe.
Als sie wieder neben ihm lag und eine Hand auf sein Bein legte, rührte er sich nicht.
„Ist es wirklich vorbei?"
„Ich weiß nicht."

Kaspar schaute nun wieder in die Krone des Baums, unter dem sie lagen. Er sah einzelne Sonnenstrahlen durch die Zweige blinzeln. Als er es nicht erwartete, erhob die Luft ihre Hand wie die regellosen Zeiger einer Uhr, die nicht der Mensch beherrscht. Wie zwanghaft, fast rhythmisch, drang der Wellenschlag an sein Ohr, erstarb und erklang aufs Neue, nach einer kurzen Pause des Gedenkens. In dieser Stille erschreckte ihn fast der Flügelschlag einer Taube, der ihm von einer gewissen Hast schien. Doch gleich versank er wieder in der Weite des Himmels und des Strandes. Nur einmal spürte er das Bedürfnis, sich als Individuum zu behaupten. Blieb hier auch nur ein Hauch von seiner Einzigartigkeit?

4

Bei diesem Gesicht fühlte er sich irgendwie zu Hause. Zuerst war er verblüfft, wie sehr es seinem eigenen ähnelte. Der gleiche kahlgefegte Kopf, der gleiche weiße Bartkranz. Nur die Brille fehlte. Und dann dieser Ernst. Trug er selber denn auch einen solchen Ernst zur Schau? Er hatte sein Spiegelbild noch nie darauf überprüft. Aber eigentlich wäre es nicht verwunderlich. Wenn er seine Stimmung vor sich Revue passieren ließ, dann konnte die kaum ein Anlass für ein Lachen, vielleicht nicht einmal für ein Lächeln sein. Die Zeit, in der er als Witzbold und Sunnyboy gegolten hatte, schien ihm Lichtjahre entfernt zu sein. Wie also sollte sein Gesicht weniger Ernsthaftigkeit ausstrahlen als das des Mannes, der vor ihm auf Deck stand und mit einem schwarzen Schlauch sorgfältig Netz und Boden abspritzte, um auch die letzten Reste von Tang und kleinen Lebewesen von Bord zu spülen. Obwohl er der Kapitän des Schiffes zu sein schien, übte er diese Tätigkeit mit der größten Selbstverständlichkeit aus. Als Kaspar die Routine in seinen Bewegungen bemerkte und den Respekt, der ihm aus Miene und Haltung der anderen Besatzungsmitglieder entgegenschlug, fühlte er in sich einen leichten Neid aufsteigen. Er hatte jeden Tag neu seine Position überdenken müssen, sein Verhalten minutiös auf Stimmungen und Charakter von 30 Menschen einstellen müssen. Und Respekt? Ja, es hatte lange Zeiten gegeben, in denen ihm Respekt und sogar Dankbarkeit und Liebe seine Arbeit als lohnenswert erscheinen ließen.

Welche Freude war ihm Norberts Überraschung gewesen, damals auf der Treppe zu dem Saal, in dem sie ihr Klassentreffen gefeiert hatten, seine Überraschung, dass er ihn, Norbert, der sich selber offensichtlich als völlig unwürdig einschätzte, nach 30 Jahren wiedererkannte und ihn mit Namen anredete. Da war Hartwig klar geworden wie selten, welch eine besondere Begabung er besaß, eine Begabung, die in jedem Gesicht seiner Schüler das Besondere und seine Einzigartigkeit sehen konnte. Viele von ihnen hatten das gespürt, manche bewusst, die anderen mehr unbewusst. Und die große Zahl von Klassentreffen, zu denen er immer eingeladen war, hatte es ihm bestätigt. Manchmal gab es ja sogar einen, der –zumindest bei vorgerückter Stunde- fast wie eine Liebeserklärung verkündete, er, Kaspar, sei als Lehrer immer etwas Besonderes gewesen. Kaspar freute sich dann so, dass es ihm schon wieder peinlich wurde und er in seiner Antwort verschämt die Gefühle herunterzuspielen versuchte.

Doch das war nun schon länger her. Die Klassentreffen seiner beiden letzten Klassen, besonders der allerletzten, fanden äußerst selten statt. Lag das an ihm? Wenn er sich die Gründe und Möglichkeiten vor Augen führte, kam er zwar immer auf Dinge, die nichts mit ihm persönlich zu tun hatten, und doch wurde er ein Gefühl der Schuld und des Versagens nie ganz los. Dass Felicia ihn im Augenblick einmal allein gelassen hatte, empfand er fast ein wenig als Erleichterung. Sie hatte sich nur gewundert, dass er dieses Mal nicht für ein Eis zu haben war und ihn hier, wo sie ihn zuerst hingeschleppt hatte, allein zurücklassen sollte.

Er konnte so ungehindert sein Spiegelbild auf dem Schiff beobachten, wie er unbekümmert mit seinen hässlichen, aber bequemen Badeschlappen auf dem Deck arbeitete, seinen rundlichen Bauch über die riesige schwarze Turnhose schwappen ließ. Die rötliche Haut seines nackten Oberkörpers und seine kräftigen Arme und Hände, die schon vom Alter gezeichnet waren, kontrastierten auf eine fast lächerliche Weise mit seinen kurzen dünnen Beinen. Doch wurde die ganze Gestalt von etwas beherrscht, um das sie Kaspar beneidete. Was war es wohl? Nach einigem Nachdenken kam ihm das Wort Würde in den Sinn. Da beendete ein alter Mann in Würde die Arbeit seines Lebens, ohne Überheblichkeit, ohne sich um äußere Zwänge zu kümmern, mit Selbstverständlichkeit von seiner Umgebung anerkannt.

„Interessant, nicht? Wussten Sie, dass so ein Netz 40 bis 50 m lang ist?"
Ein rundlicher Mund, der vor Wichtigkeit das Sabbern kaum verhindern konnte, schob sich unter einem weißen Schnurrbart vor und bedrängte Kaspar in seiner Ruhe.
„Was schätzen Sie, wie viele Arten sie insgesamt gefangen haben?"
Ehe Kaspar überhaupt mit Überlegungen beginnen konnte, gab er schon selbst die stolze Antwort:
„An die 30! Stellen Sie sich vor! Und darunter auch Haie. Aber das haben Sie sicher selbst gesehen. Der größte ist ein sogenannter Dento. Auf Deutsch ein Zahnbarsch."
Nun lachte er, als wolle er sich selber verulken.
„Das habe ich gerade im Internet nachgeschaut. Auf meinem Handy, wissen Sie. Translator. Eine Übersetzungsseite, die gar nicht schlecht ist. Besser als Babelfish. Natürlich nützen einem alle diese Übersetzungsmaschinen nichts, wenn man die Sprache nicht schon einigermaßen beherrscht."
Stolz klang aus seinen Worten.
„Aber dann können sie eine große Hilfe sein."

Kaspar überlegte die ganze Zeit, wie er ihn loswerden könnte. Den übernächsten Nachbarn aus ihrer Pension, der ihn schon mehrere Tage mit seinen Berichten von Restaurants und billigem Essen genervt hatte. Es war eine regelrechte Jagd, auf der er sich befand. Dabei ging es wie auch jetzt im Wesentlichen darum, zu zeigen, wie ihn seine Spanischkenntnisse, auf die er mächtig stolz war, stets an Ziel brachten.

So musste er auch jetzt jedes Detail, welches er in seinen Gesprächen am Hafen mitbekommen hatte, als Siegestrophäe herumzeigen:

„Auf jedem Schiff befinden sich vier bis fünf Mann Besatzung. Eine Kooperative haben sie nicht. Sie sortieren die Fische hier drüben in der kleinen Markthalle, wo sie auch alles notieren und dann zum Hafen von Palma transportieren. Insgesamt kommen etwa 60 Kästen zusammen. Morgens um fünf fahren sie raus, und am Nachmittag um fünf kommen sie zurück. Im Moment haben sie Probleme, weil der Sprit so teuer ist. Ein Streik hat ihnen aber nichts gebracht."

Er spulte das alles ab, als habe er Angst, er könne es gleich wieder vergessen. Dabei mussten diese wichtigen Details doch der Welt mitgeteilt werden. Und gleichzeitig musste sie erfahren, wie sehr er mit seinen Fähigkeiten in der Lage war, in das Leben dieser Fischer einzutauchen. Welches ihn eigentlich gar nicht interessierte. Hatte er denn schon mal einen Blick auf Augen und Hände dieser Männer geworfen? Die Augen, die sich Lichtjahre entfernt befanden von den Augen der

Touristen, die sie neugierig betrachteten, ohne sie wirklich zu sehen. Die Hände, die von harter täglicher Routinearbeit zeugten, die sie fraglos erledigten und mit denen sie abends die Köpfe ihrer Kinder und nachts die Brüste ihrer Frauen streichelten.

Plötzlich wusste Kaspar, warum ihm dieser Mann mit seiner schlaffen Haltung und dem nie stillstehenden Mundwerk so unsympathisch war. Er erinnerte ihn an den Vater einer Schülerin, die von diesem auf den Strich geschickt wurde, und an das Bild von Nicole mit ihrem Blick, der ihm, als sie in der neunten Klasse war, immer einen Stich versetzte, weil sich dieser Blick gewandelt hatte von lieb bis süßlich zu schmierig und verachtungsvoll. Die Verachtung in ihrem Blick hatte er immer auf sich bezogen, weil er sich nicht in der Lage gesehen hatte, sie aus ihrer schrecklichen Gefangenschaft zu befreien. Und er empfand ihn umso schlimmer, als er darin noch Spuren von dem lieben zutraulichen Mädchen sah, das sie in der 5. Klasse gewesen war. Sie schien ihn aber auch zu verachten, weil er ihre Welt nicht kannte. Wie konnte er sich anmaßen, sie im Unterricht mit dem Leben und der Welt bekanntzumachen, wenn er nicht einmal wusste, wie ihre Welt aussah?
Ganz zu schweigen von seinen missglückten Befreiungsversuchen. Er war ja nicht einmal in der Lage, das Lügengeflecht, das Vater und Tochter um ihn gesponnen hatten, zu durch-

dringen. So dass er auch dem Jugendamt gegenüber zu wenig in der Hand hatte, dass es sich genötigt gesehen hätte, sich mit dieser Familie, die keine mehr war, zu beschäftigen.

Kaspars Blick hing nun wieder wie gebannt an dem bärtigen Kapitän, der mit seinem schweißglänzenden Oberkörper hinter dem Riesenhaufen des weißen und blauen Netzwerks stand, den mächtigen barhäuptigen Kopf zur Seite gedreht, so dass das Relief seiner buschigen Brauen fast drohend in die Welt starrte, ein Odysseus, der die Widrigkeiten seines Schicksals kennt und ihnen unablässig trotzt, selbstbewusst seinen stolzen Weg geht. Er wartete auf den Arm des Krans, den sein Gefährte zu ihm drehen würde, damit ein Teil des Netzes nach dem anderen hochgezogen und in der Luft gesäubert werden könnte.

„Du kannst dich wohl gar nicht mehr vom Anblick des Hafens lösen."
Felicia stand plötzlich hinter ihm und schlang ihre Arme um seine Schultern. Ihre Stimme klang zärtlich. Und froh. Als bange sie um jeden Zipfel von Interesse, das Kaspar der Welt entgegenbringen könnte. Und hätte ihn nun endlich dabei erwischt, dass sein Blick wieder nach außen statt nach innen gerichtet war, wie so oft in der letzten Zeit.
„Hat das Eis geschmeckt?"
„Wunderbar. Die hatten ein Mandeleis, so gut, wie ich es noch nie gegessen habe. Und von

da oben hat man auch einen schönen Blick auf den Hafen."
„Ja, wussten Sie das nicht? Und der Preis!" Der eifrige rundliche Mund unter dem weißen Schnurrbart schob sich unaufhaltsam den beiden zu.
„Ach, Herr Lange!"
Felicia wollte ihn noch fragen, wo er seine Frau gelassen habe. Doch verkniff sie es sich, da sie wusste, dass Kaspar den übernächsten Nachbarn aus ihrer Pension überhaupt nicht leiden konnte. Bewusst wandte sie sich wieder ihrem Mann zu, legte ihre Wange an seine, so dass der rundliche Mund unter dem weißen Schnurrbart sich bemüßigt sah, sich ein anderes Opfer seiner Redseligkeit zu suchen. Kaspar hörte noch undeutlich, wie er seinen Informationssermon über die Fischer und ihre Arbeit ein paar Meter weiter erneut an den Mann zu bringen versuchte.

„Die haben jeden Tag eine Bestätigung für den Erfolg ihrer Arbeit." Kaspar schaute wieder auf die Fischer auf dem Schiff. Felicia folgte seinen Blicken und stand nun neben ihm.
„Ist aber ganz schön hart und mühselig, diese Arbeit, findest du nicht?"
„Meine Arbeit war auch hart und mühselig."
„Das weiß ich doch, Schatz. Aber jetzt ist sie ja vorbei."
Sie gab ihm einen Kuss auf den Mund.

„Wenn sie ihre Arbeit beenden, sind ihre Kisten voll. Sie wissen genau, was sie zu tun haben, um am nächsten Tag weitermachen zu können."

„Das wusstest du doch auch. Du hattest doch große Routine in deiner Vorbereitung zu Hause."

Er schaute sie unsicher von der Seite an.

„Ich wusste aber nie, ob und wann ich die Ernte einbringen könnte. Der Tagesfang war immer ungewiss. Und zerrissene Netze –wann konnte ich denn je eines zusammenflicken?"

Sie hängte sich in seinen Arm ein, als er ein paar Schritte näher ans Ufer ging, um den Fischer genauer beobachten zu können, der dort hockte und mit einer Garnspindel geschickt über und unter den Maschen durchtauchte, um das Ende dann hinter der zerrissenen Stelle anzuknüpfen.

„Ich wusste nicht einmal genau, wo das Netz gerissen war. Dazu hätten sie die Wahrheit sagen müssen. Aber sie fürchteten sich zu sehr. Und schämten sich. Und ob ich in der Lage gewesen wäre, den Knoten richtig zu knüpfen, das ist auch die Frage. Wenn ich überhaupt die Zeit dazu gefunden hätte."

Felicia wusste, dass sie nun besser schwieg. Während ihm Andreas in den Sinn kam, der zum Schluss dann doch im Heim landete, weil seine Mutter nicht mehr ein noch aus wusste. Und er selber hatte sich um ihn gekümmert, bis er sein erstes Magengeschwür bekam.

Weil ja alles nichts fruchtete. Nur so lange, wie er wie ein Vater um Andreas war. Ihn zu Hause abholte, um mit ihm zur Schule zu gehen. Holte er ihn nicht ab, kam er nicht. Mit ihm zum Therapeuten ging, den er dringend benötigte, weil er miterlebt hatte, wie sich sein Vater zu Tode gesoffen hatte. Begleitete Hartwig ihn nicht zum Therapeuten, ging er auch dort nicht hin. Fand er in der Schule Zeit, sich eine Stunde mit ihm zu unterhalten, brachte er am nächsten Tag sogar Hausaufgaben mit. Aber das alles konnte er doch nicht lange durchhalten, weil es ja auch keine nachhaltigen Erfolge brachte. Und dann dieses Gefühl von Verrat, als er damit aufhören musste. Und das Gefühl, dass das Aufhören auch von Andreas als Verrat aufgefasst wurde.

Dabei war er mit großer Energie aus Chile zurückgekehrt. Endlich wieder mit Unterprivilegierten arbeiten, die seine Anstrengungen auch verdient hatten! Und die Zeichen standen auf Sieg und Erfolg, als er die netten Jungen und Mädchen in der 5. Klasse übernahm. Bis sich die Schwierigkeiten bei einigen mehrten und sich immer mehr als unüberwindbar erwiesen. Vor allem aber das Schulschwänzen. Und der prügelnde Vater von Hasiba. Er konnte ihr leidendes Antlitz nicht mehr ertragen. Hausbesuche hatten nichts gebracht, außer freundlich serviertem Tee und höflichen Worten. Klartext konnte er ja nicht reden, weil

Hasiba sich eher umgebracht hätte, als ihm ein deutliches Wort zu erlauben.

„Du musst es dir abschminken, dass du alle in die Scheune bringen kannst, wie du immer sagst, wie eine komplette Ernte. Wer nicht will, will eben nicht. Du bist dafür nicht verantwortlich. Und wenn du nicht vorzeitig kaputtgehen willst, musst du dich distanzieren."
So hatte sein Freund Helmut zu ihm gesprochen. Und allmählich hatte er auf ihn gehört. Aber wieder mit diesem Gefühl des Verrats und des Versagens. Wenn es auch zeitweise in den Hintergrund getreten war. Wenn einmal wieder längere Zeit alles normal war und auf Erfolgskurs zu laufen schien.

Aber dann wieder so ein Schock wie auf dem Klassentreffen einer alten Klasse. Wolfgang hatte sich den Goldenen Schuss gegeben. Tot. Und er hatte es damals geahnt, gewusst, dass so etwas bevorstand. Schon damals. Immer das gleiche Muster. Der Schüler log ihm mit blanken unschuldigen Augen ins Gesicht. Die Mutter wies seinen Verdacht als Unverschämtheit zurück. Die Schulleitung zuckte mit den Schultern. Ohne Beweise? Da konnte man nichts machen.

„Sollen wir nicht noch einen Blick in den Kühlraum werfen? Das ist doch der Kühlraum da drüben, oder ist es eine Markthalle?"

Felicia zog ihn nun ein paar Schritte vom Hafen weg. Durch einen Rundbogen kamen sie an dem großen Holzkarren mit Speichenrädern vorbei, auf dem die Fischkästen transportiert worden waren.
„Nun schau dir mal diesen herrlichen Karren an! Der wurde wahrscheinlich schon vor Jahrzehnten benutzt und scheint immer noch seine Funktion zu haben", rief Felicia begeistert aus.
War er nicht auch so etwas wie ein alter Holzkarren gewesen? Aber wurde er wirklich noch wie früher gebraucht?

Als sie die kleine weiße Halle betraten, erblickten sie auf der rechten Seite einen Mann in einem blauen T-Shirt und einer roten Baseballkappe, der den Inhalt der einzelnen Kästen sorgfältig notierte, nachdem sie gewogen worden waren.
„Jetzt kommt nach dem Fang die bürokratische Auswertung." Felicia lachte. „Aber das muss ja wohl sein."
Anders als bei ihm und seinen Kollegen, dachte Kaspar. Wie viele unnütze bürokratische Arbeiten hatten sie zu erledigen, die sie oft in ihrer Arbeit behinderten, und in den letzten Jahren immer häufiger!

„Das ist ja hier alles blitzsauber! Schau dir mal den Kühlraum mit dem Eis an!"
Felicia wies nach links, wo ein Fischer mit einer Holzschaufel Eisstücke aus einem abge-

trennten Raum auf die einzelnen Kästen mit Fischen der unterschiedlichsten Sorten und Größen füllte.

Als Kaspar nur die Bemerkung „Fast so perfekt und sauber wie mein alter Arbeitsplatz" von sich gab, wurde ihr Gesicht wieder ernst, weil sie daran erinnert wurde, dass er sich mit seinen Gedanken ganz woanders befand.

Er sah die abgerissenen Räume vor sich, die jahrelang nicht renoviert worden waren, es sei denn von ihnen selber, weil Eltern und Öffentlichkeit das von ihnen erwarteten, oder weil sie wussten, dass es sich positiv auf die Lernsituation auswirken würde und es ihnen damit letztlich selber zugute kommen würde. Viele von ihnen taten das allerdings mit einer Faust in der Tasche. Sie fühlten sich hilflos, von der Gesellschaft als Geiseln genommen. Wenn er überlegte, dass er nicht mal einen eigenen Schreibtisch im Lehrerzimmer hatte, fühlte er wieder ein hässliches Gefühl in sich emporsteigen. Irgendwie schien ihm dieses Gefühl den Augen des kleinen Hais ähnlich zu sein, der da vor ihm in einem Kasten lag, gekrümmt, voll Anspannung, als lebte er noch und stellte sich nur hinterhältig tot. Und nun würde er zum Markt gefahren, in die Mechanismen von Angebot und Nachfrage, die dazugehörten. Und waren nicht diese ineinander verknäulten Tintenfische so glitschig, wie ihm manchmal seine Schüler vorkamen. Nein, das stimmte ja nicht. Nicht die Schüler kamen ihm so vor, sondern die Situationen, in denen er manches nicht durchschaute, oder wenn er es durchschaute, nicht eindeutig nachweisen konnte, oder die Unmöglichkeit, Konkretes und Wirksames zu unternehmen, wenn Gefahr zu drohen schien. Auch sie nun hilflos Angebot und Nachfrage ausgesetzt, wie alle die, die nach der Schule keinen Arbeitsplatz bekamen. Weil die Situation so war, oder weil sie sich gar nicht erst ausreichend bemühten.

„Das geht nun alles auf den Markt von Palma. Dieser verdammte Markt! Dieser verdammte angeblich freie Markt! Ich finde Handel ja so etwas von widerlich."
Felicia schaute ihn wieder sorgenvoll von der Seite an. In solchen Augenblicken fühlte sie sich immer ein wenig angegriffen wegen ihrer Tätigkeit. Aber wie oft hatte sie ihm schon klargemacht, dass es ihr Freude machte, von ihrer Ware umgeben zu sein, die sie selber sorgfältig ausgesucht hatte, diesen Kleidern, von denen sie sich selber jedes einzelne hätte zulegen können. Und dass es ihr ebensolche Freude machte, ihre Kundinnen zufriedenzustellen. Sie konnte sich kein Geschäft vorstellen, bei dem nicht beide Seiten, Käufer und Verkäufer, zufrieden waren. Und das Drum und Dran bestimmte sie bei ihrer Selbstständigkeit auch selber. Natürlich war ihr klar, dass es dabei nie um ein ganzes Menschenschicksal ging. Aber dass das nicht in jedem Beruf so sein musste und nicht so sein konn-

te, das hatte er immer wieder verstanden, wenn sie darüber geredet hatten. Ach, sie würde das mit ihm auch noch hinkriegen. Aber es dauerte. Ja, es dauerte.

„Willst du dir nicht doch noch so ein leckeres Mandeleis gönnen?" Sie lehnte ihre Wange an seine. „Wenn du dich nicht hinsetzen willst, kannst du dir ja wenigstens eins auf die Faust nehmen."

Nach dem Eiskauf gingen sie schweigend, aber mit eingehakten Armen zurück zu ihrer Pension.

***

Der Besitzer der Pension fegte schwitzend, aber geduldig die Piniennadeln von der Umrandung des Swimmingpools, als Kaspar mit seinem Handtuch an ihm vorbeiging und ein paar Worte mit ihm über das Wetter und seine Arbeit redete, wie er es immer tat, wenn sie sich begegneten. Dabei horchte er auf die kollernde, singende Sprache des mallorquinischen Akzents, der ihm trotz seiner Spanischkenntnisse ein wenig Mühe bereitete, aber gleichzeitig eine eigenartige Faszination auf ihn ausübte. Ein paar Meter entfernt sah er Herrn Lange vor seiner Terrassentür stehen. Das Zentrum seines Gesichts schien sich auf einmal von dem spitzen begierigen Mund auf seine Ohren verlegt zu haben. Bevor sich

Kaspar nun auf den kleinteiligen Mosaikboden unter der Dusche stellte, warf er schnell das Handtuch auf eine der blauen Liegen, die rings um den Pool standen. Als das warme, leicht salzige Wasser über seinen Kopf und seinen Körper strömte, ruhte sein Blick auf den großen geschlitzten Blättern der Bananenstauden, die die Dusche umstanden, und den Kronen der Pinien im Garten. Die Pflanzen übten eine beruhigende Wirkung auf ihn aus. Er drehte den Hahn nach einigen Minuten zu und stieg dann langsam rückwärts die Aluminiumtreppe hinunter in das türkisgrüne Wasser, wobei er die Sicherheit genoss, mit der seine Hände das glatte dicke Geländer hinabglitten.

Kaspar schwamm die wenigen Meter bis ans Ende des Beckens mit ausgreifenden Zügen, wobei er sich bemühte, beim Zurücknehmen der Arme seine Brust zu dehnen und dabei tief einzuatmen. Während seine Rechte leicht den Rand berührte, stieß er sich mit den Füßen geschmeidig von der gekachelten Wand ab und warf seine Arme nach hinten, um nun auf dem Rücken zurückzuschwimmen. Auf dem Gang zwischen Wasser und Haus war die Gestalt mit dem spitzen Mund näher an das Becken herangetreten, als wolle sie einen neuen Angriff auf ihn starten. Kaspar zwang sich, nicht hinzuschauen und in Ruhe seine Bahnen weiter zu ziehen. Aus den Augenwinkeln stellte er bei der nächsten Runde fest, dass ihm seine Absicht gelungen war. Er sah niemanden mehr, weder auf einer der drei Terrassen noch sonst in der Nähe des Pools. Nur ganz hinten in der Ecke des Gartens verstaute der Pensionsbesitzer gerade Besen und Schaufel in einem kleinen Verschlag. Dann war auch er verschwunden. Um seine Züge noch ruhiger und ausgreifender zu machen, steckte Kaspar nun seine Brille in die Badehose, so dass er beim Brustschwimmen mit dem Kopf immer ein wenig ins Wasser eintauchte, um danach auf dem Rücken die unscharfen kleinen Wölkchen an einem unscharfen Himmelsblau zu betrachten, bis er sich eins mit ihnen fühlte.

Er wusste nicht, wie lange er so hin- und hergeschwommen war. Auf einmal schien es ihm, als habe er eine Zeitlang an nichts gedacht. Konnte das sein? War das überhaupt möglich? Da er wusste, dass Felicia mit ihren Haaren beschäftigt war, meinte er plötzlich, er höre gedämpft das Geräusch ihres Föhns aus dem letzten Apartment des Hauses herüberdringen, in dem sie wohnten. Am frühen Abend wollten sie in einem der Restaurants oberhalb des Hafens zum Essen gehen, von wo man diesen schönen Blick auf die fjordartige Bucht und auf die gegenüberliegenden Felspartien hatte. Deshalb schwamm er nun zu der Alutreppe, zog sich hinauf und begann sich mit dem großen weißen Badetuch zu trocknen, das zur Ausstattung ihrer Wohnung gehörte. Als er die Brille aus seiner Badehose nahm, erschrak er fast, als dicht vor ihm die schlaksige Gestalt mit den eifrigen runden Lippen stand. Als hätte sie sich die ganze Zeit nur versteckt, um ihm aufzulauern. Auch ein nochmaliges ausdauerndes Duschen und ein umständliches Abtrocknen waren nicht in der Lage, die Kommunikationsgier und Ausdauer dieses lästigen Nachbarn zu erschüttern. Er musste deshalb gleich zur Sache kommen, als Kaspar sich schließlich, mit dem Handtuch über der Schulter, an der Terrasse der Familie Lange vorbeischleichen wollte. Tatsächlich stand in diesem Moment auch Frau Lange deutlich in der Abendsonne, die die Terrasse beschien. Bisher hatte Kaspar sie nur als undeutlichen Schatten von unglaublicher Länge ins Zimmer huschen sehen. Nun stand sie als lebendes Denkmal ihres gemeinsamen Namens da, den ihr Mann wahrhaftig nicht verdient hatte. Ebenso unglaublich wie ihre Länge erschien Kaspar die weißgraue Blässe ihrer Haut. Vielleicht sollte sie ja nun vorsichtig den milden späten Strahlen ausgesetzt werden.

„Ich habe eben gehört, wie sie mit dem Pensionsbesitzer Spanisch gesprochen haben. Und fließend, als wäre es Ihre Muttersprache. Wieso können Sie denn so gut Spanisch?"
Neugier und Neid waren das Gemisch, in dem sich diese Frage gebildet hatte. Nun stand er, um der eigenen Aufregung Herr zu werden,

mit tief in den Taschen vergrabenen Händen da, neben seiner Frau, während sein Schnurrbart sich wie in leichter Missbilligung seinen runden Lippen entgegenbog.
„Wir haben ein paar Jahre in Chile gelebt", war Kaspars lakonische Antwort. Gleichzeitig merkte er selber, dass es bei dieser kurzen Auskunft nicht bleiben würde, da sich hier ein Teil seines Lebens öffnete, der seine Erinnerung mit weiten Horizonten und einer unerschöpflichen Menge von Begegnungen füllte, wenn es beruflich auch so etwas wie eine Pause war, fast eine Erholungspause, in der sein sonstiger Eifer auf Sparflamme lief. Sein pädagogischer Eifer, nicht sein Einsatz als Lehrender.

„In Chile. Da wollte ich auch immer mal gerne hin." Dann wollte er wissen, mit welcher Reisegesellschaft Kaspar dorthin gereist sei. Dass er dort ein paar Jahre verbracht hatte, hatte er überhört. Als er von Kaspar darauf aufmerksam gemacht wurde, weiteten sich seine Augen vor Schreck und Bewunderung. Er habe dort gearbeitet? Als was denn? Als Lehrer?
„Ah, Sie sind Lehrer? Waren Lehrer?"
Nun schrumpfte sein Interesse merklich zusammen. Als es sich nicht mehr vermeiden ließ, seinen eigenen Beruf zu nennen, beschränkte er sich auf ein vages „Ich bin im kaufmännischen Bereich tätig." Seine Frau sei

aber beim städtischen Jugendamt und habe da auch viel mit Lehrern zu tun.

Das Gesicht von Frau Lange hatte in diesen Minuten einen fast verächtlichen Ausdruck angenommen, und Kaspar beeilte sich, zu betonen, dass nach seinen Erfahrungen Lehrer und Jugendamtsmitarbeiter sich viel zu wenig kennen würden, und dass da eine intensivere Zusammenarbeit beiden Bereichen sehr gut tun würde.
Er hatte das sozusagen als Vermittlungsangebot geäußert, da seine Erfahrungen mit Ämtern und speziell dem Jugendamt sehr deprimierend gewesen waren, wobei ihm klar war, dass Personalmangel mit Sicherheit eine große Rolle spielte. Die letzteren Gedanken hütete er sich aber in Worte zu fassen.

Als habe Frau Lange seine Gedanken gelesen, ging sie sofort zum Angriff über. Nahezu beleidigt und voller Verachtung meinte sie, als sei Kaspar überhaupt nicht in der Lage, ihre Arbeit zu würdigen:
„Wir hatten genügend Zusammenkünfte und Zusammenarbeit. Aber die Lehrer setzen sich nicht genug ein. Obwohl sie genug Zeit hätten. Die denken ja nur an ihre Ferien und an ihr hohes Gehalt."
Kaspar musste sich nun sehr zusammennehmen, um ruhig zu bleiben. Da hatte man wieder die Bescherung. Die Leute an der Basis, wie diese Frau und auch er, bekämpften sich

schließlich gegenseitig, statt gemeinsam gegen die gesellschaftlichen Kräfte zu kämpfen, die sie ständig im Stich ließen, vor allem die Politiker, die in ihren Sonntagsreden immer die Wichtigkeit von Bildung und Erziehung betonten, um dann gleich am Montag die nächsten Kürzungen in diesen Bereichen vorzunehmen. Und dann diese Kampagnen, in denen die Lehrer als faule Säcke diffamiert wurden. Weil man einen Sündenbock brauchte, um vom Versagen in der Politik abzulenken. Einen Sündenbock, der sich eignete, weil ja fast jeder einmal eine negative Erfahrung mit Schule gemacht hatte.
„Kennen Sie die Arbeitszeituntersuchung, die die Landesregierung vor einiger Zeit über die Belastung der Lehrer in Auftrag gegeben hat, und die sie dann nachher zu verstecken versuchte, weil ihr die Ergebnisse nicht in den Kram passten?"

Frau Lange setzte seiner Frage nur wieder dieses höhnische Lächeln entgegen. Dabei kreuzte sie die Arme vor ihrer kaum vorhandenen Brust, die in einem eng anliegenden Top steckte, das sie vergeblich versuchte zur Geltung zu bringen. Der verächtliche Mund, die schlaff herabhängenden Haare und die Falten um ihr Kinn fanden ihr Pendant in den langen Beinen mit den knotigen Knien. Kaspar sah sie im Geist hinter ihrem Schreibtisch im Jugendamt sitzen und die Wünsche von Eltern oder auch Lehrern mit Strenge zurückweisen.

Herr Lange, der Kaspars Blick an der Gestalt seiner Frau nun von unten nach oben gleiten sah, fühlte sich gemüßigt, gewissermaßen eine Erklärung für ihre Anwesenheit in dieser Pension geben zu müssen. Gleichzeitig wollte er von der Auseinandersetzung über die Lehrer, die ihm peinlich erschien, ein wenig ablenken:
„Die Pensionsbesitzer sind aber ganz nett, finden Sie nicht?"
„Ja."
„Sie haben sich zum Beispiel große Mühe mit dem Bett meiner Frau im Wohnzimmer gegeben."
„Im Wohnzimmer?"
„Ja, sie passt doch nicht in das Bett im Schlafzimmer. Da haben sie einfach eine Konstruktion gebaut, die das Bett im Wohnzimmer verlängert. Diese Mühe hätte man sich nicht in jeder Pension gemacht."
„Kann sein."
Seiner Frau ließen aber ihr Hass auf Kaspars Berufsstand oder die angeblichen schlechten Erfahrungen keine Ruhe.
„Kaum einen halben Tag Arbeit, und dann schon wieder zu Hause. Und dann dauernd Ferien."
„Kennen Sie denn die Ergebnisse dieser Arbeitszeituntersuchung? Danach arbeiten die Lehrer aller Schulformen mehr als alle Angestellten im Öffentlichen Dienst."
Die Erwähnung des Öffentlichen Dienstes war aber erst recht ein rotes Tuch für Frau Lange.

Sie bestritt nun den Wert jeglicher Art von Statistik, hatte kein Ohr für Kaspars Argument, dass die Untersuchung von der Landesregierung, dem Arbeitgeber der Lehrer, in Auftrag gegeben worden sei, und dass ihr das Ergebnis nun so wenig in den Kram passte, dass sie die Veröffentlichung aktiv behinderte, und prangerte den Lehrerberuf als schmarotzerischen Traumberuf an.
„Warum sind Sie denn nicht Lehrerin geworden?" war Kaspars Frage zum Schluss, bevor er mit mühsam verhehlter Aufregung den Kampfplatz verließ und zu Felicia in ihr Apartment trat. Beim anschließenden Abendessen hatte Felicia große Mühe, seine Wut wieder mit ihrer gewohnten Geduld auf ein erträgliches Niveau herabzuschrauben.

5

Ein leichter Wind in den Pinien über ihm bildete das Hauptmotiv seiner Wahrnehmungen. Eine leise und unschuldige Melodie, die ihm Raum gab und ewig so weitergehen konnte. Sie wurde verstärkt durch den kaum wahrnehmbaren Duft der Nadeln in den Kronen, die er jetzt nicht sah, und im Sand, dessen Säure sich mit ihrer Würze mischte. Wenn er bewusster horchte, drang der gedämpfte Lärm der kleinen Kinder an seine Ohren, die am flachen Strand ihre gebuddelten Löcher mit Wasser füllten, in unermüdlicher und lustvoller Sysiphusarbeit. Und ab und an in der Ferne die marktschreierische Stimme der dicken Melonenverkäuferin. Er genoss es jedoch, wenn seine gelassene Aufmerksamkeit sich wieder im milden Rauschen der Bäume über ihren Köpfen einfand.

Als sich der Wind in den Zweigen mit jungen Lauten in spanischer Sprache mischte, öffnete sich blinzelnd eines seiner Augen und fand einen angenehmen Ruhepunkt auf einer zimtbraunen frischen Haut. Eine knappe hellgrüne Hose verlieh ihr einen Schmelz, der nun seine Augen vollends aus dem Schlaf vertrieb. Ein violett-weißes Bikini-Oberteil lenkte seinen Blick zu einem Gesicht mit ungewöhnlich großen dunklen Augen, das von lang herabfallenden schwarzbraunen Haaren gerahmt wurde. Gabriela mit Zimt und Nelken, dachte er. Wie konnte es so eine Haut geben? Sanftheit und Festigkeit zugleich. Er spürte es in seinen Fingerspitzen.

Gleichzeitig streifte sein Blick den Rücken von Felicia, die ein paar Meter vor ihm saß und las. Wie würde sie auf das, was er sah oder vielmehr anschaute, reagieren? Sie hatten sich gegen Mittag wieder auf die nördliche Seite des Strandes begeben, weil auf der anderen der Schatten mittlerweile gänzlich verschwunden war. Hier konnten sie unter Pinien liegen oder später, wenn die Schatten länger wurden, ihre Badetücher und anderen Utensilien in den weichen und sauberen Sand legen, der nun weiter vorne auch vom Baumschatten erreicht wurde. Genüsslich hatten sie ihr Körnerbrötchen mit Schinken und die saftigen fast kernlosen Weintrauben verspeist, die ihr Mittagessen bildeten, und Kaspar hatte sich dann auf die Seite gedreht, um sein Schläfchen zu halten. Und nun sah er vor sich diese beeindruckende junge Frau. Die ideale Frau? Sahen so junge Mallorquinerinnen aus? Bisher hatten sie unter all den Deutschen, Holländern und Engländern noch wenige Leute gesehen, die man als Mallorquiner einschätzen konnte. Und schon gar keine jungen Frauen. Am meisten waren ihm wirkliche Inselbewohner noch in George Sands „Ein Winter auf Mallorca" begegnet, in dem er ab und zu las.

Plötzlich ertönte Musik aus einem Kofferradio, das die Gruppe von jungen Frauen oder Mädchen mitgebracht hatte, zu der die Zimtfarbene gehörte. War das nicht Salsa oder Ähnliches? Ein Rhythmus jedenfalls, der auch Kaspar sofort in die müden Glieder fuhr. So dass er wie die Mädchen sich zu biegen und zu bewegen begann. Die Zimtfarbene, die er nicht aus den Augen ließ, sah nun, wie kurz vorher schon einmal, zu ihm herüber. Hatte sie ihn erkannt? Sah sie, dass er sich über sie Gedanken machte? Einerseits eine Bestätigung, andererseits peinlich. Er als alter Sack. Und neben ihm seine Frau. Was sollte das? Dann beruhigte er sich, als er sah, dass sie anerkennend den Daumen hob und lachte. Der dunkel-erotische Bann und das schlechte Gewissen waren gebrochen. Sie war ein Mensch. Und sie lehnte ihn nicht ab. Da könnte man doch ein Foto machen. „Me permite tomar una foto de Ustedes?" Kein Problem. Sie lachten und stellten sich gleich in Positur. Schwenkten ihre Hüften zum Rhythmus der Radioklänge. Dann ein Foto mit ihm in der Mitte. Wie ein Pascha. Oder nicht eher der große Großvater? Wie groß er war, fiel ihm später zu Hause auf, als er das Foto anschaute, das seine Frau aufgenommen hatte.

Dann ein Foto mit ihm und seiner Frau. Unter Lachen und Geplauder. Sie kamen nicht aus Mallorca. Sondern aus Argentinien. Großes Hallo. Dann sind wir also Nachbarn. Wieso? Wir lebten einmal fünf Jahre in Ihrem Nachbarland, in Chile. Aha. Sie arbeiteten von April bis Oktober auf Mallorca als Kellnerinnen. Hoffentlich stimmte die Berufsangabe. Andererseits- diese netten Gesichter. Normale Gesichter. Nun auch bei der Zimtfarbigen, die sich als besonders kontaktfreudig und lustig erwies. Kelne geheimen Beziehungen, Gefühle und Lüste mehr. Später überlegte er, ob es nicht sogar Studentinnen waren, die sich hier etwas dazuverdienten und zugleich Europa studierten, wie die Tschechin in dem Restaurant am Hafen.

Plötzlich die ersten Tropfen. Alles flüchtete unter den Schirm der Pinien. Sie tanzten wei-

ter zu ihrer Salsa-Musik. Kaspar auch ein bisschen. Bis er das deutsche Ehepaar neben sich entdeckte. Mit den vermeintlich finsteren Mienen. Als müsse er sich entschuldigen, erklärte er ihnen, das seien Argentinierinnen. Wie verblüfft war er, als die Frau ihn fragte:
„Sind Sie Lehrer?"
„Ich war Lehrer", entschlüpfte es ihm noch. Dann schaute er das Gesicht an und fing an zu grübeln.
„Wir kennen uns doch, oder?"
Sie lächelte nun. Eine ehemalige Kollegin? Aus Köln? Aus Leverkusen? Bis er sie plötzlich erkannte. Die Frisur kürzer, die Figur schlanker, irgendwie jünger geworden,
„Die Mutter von Sabrina!"
Natürlich, die Mutter der Klassensprecherin seiner vorletzten Klasse, die lange Jahre Vorsitzende der Elternpflegschaft gewesen war. Die Mutter von der Sabrina, die immer der festen Überzeugung war, dass sie einmal Stewardess werden und dann einen reichen Amerikaner mit Haus und Swimmingpool heiraten werde. Nach einer Lehre in einem Reisebüro hatte sie nun tatsächlich eine Anstellung als Stewardess gefunden. Bei der Condor. Die Lufthansa hatte Einstellungsstopp.

Bei munteren Gesprächen über die Vergangenheit waren die Argentinierinnen mittlerweile in Vergessenheit geraten. Und das scheinbar missmutige deutsche Ehepaar bescherte ihm noch einen angenehmen Abschluss die-

ses Tages. „Darf ich Sie zum Abschied einmal umarmen?"
Dagegen hatte er überhaupt nichts. Nachdem sie ihm vorher in Erinnerung gerufen hatte, was er doch für ihre beiden Töchter (Die jüngere war eine schüchterne Schülerin in seiner letzten Klasse vor der Pensionierung) für ein guter Lehrer gewesen sei. Eine Art Rehabilitation und späte Anerkennung seiner Arbeit. Wo ihn die Nachbarin in ihrer Pension vor kurzem noch schnöde in seinem Berufsethos getroffen hatte. Und die Urkunde. Die er zum Abschied aus seinem vierzigjährigen Berufsleben erhalten hatte. Die Urkunde mit der Unterschrift, die man nicht entziffern konnte, von der darunter aber erklärt wurde, dass es sich um eine Vertretung handeln musste. Und was ihn am meisten wurmte, war der fettgedruckte Rechtschreibefehler. Nicht, als wäre für ihn Rechtschreibung so fürchterlich wichtig gewesen, wie leider für manche Eltern. Und für die endlos tagenden Kommissionen, die die sogenannte Rechtschreibreform ausgebrütet hatten, die dann überhaupt keine war, sondern zu nichts als Verwirrung geführt hatte, vor allem bei denen, für die sie angeblich gemacht worden war, für seine Schüler. Nein, aber auf dieser offiziellen Urkunde am Ende eines langen Arbeitslebens mit dicken Buchstaben Seprember statt September zu schreiben, das entsprach für ihn dem Wert, den er als Lehrer in Politik und Gesellschaft offiziell einnahm. Das konnte man so nebenbei mit einem unin-

teressierten anonymen Sachbearbeiter abtun wie eine lästige Pflicht. War da nicht diese nachträgliche Umarmung eine wahre tröstliche Urkunde?